ある少年H

わが「失われた時を求めて」

石崎晴己［著］

UN GARÇON H

Mon « A la Recherche du temps perdu »

吉田書店

はしがき

本書にまとめられた六編のテクスト、これは全体として何というジャンル名で呼ばれるべきものなのか、と問われると、実はやや窮してしまう。以前、ある会報で「自伝」として紹介されたが、その時は急遽、以後は「エッセイ」としていただくようお願いしたものだ。「自伝」というのは、通常は、世に知られた「偉い人」が、自らの半生ないし生涯を語るもので、その人がかような偉人になったのは、なぜ、如何にしてであるかが、当人の口から解明されることになる。

私はそれほど人に知られる「偉い人」ではない、のはもちろん事実だが、実は「自伝」という名称を忌避した理由は、それではない。

近頃は「自分史」というものが盛行しているが、これは、「この世界の片隅で」営々と生活を営んで来た「名もない」人々が、波乱と苦難に満ちた己の生涯を振り返って、自分とは何者だったのかを探求し、敢えて言うなら己の「存在」(être=essence)を見つけ出そうとするものと思われる。これこそまさに、自伝に他ならず、これが自伝と名乗れない唯一の理由が、「世に知られた偉い人」でないということだけであるのなら、何憚ることなく、「自伝」と名乗れば良いのだ。

実は最近、出身大学の後輩筋に当たる畏友のある短文を読んで、衝撃的な感銘を受けた。それは、明治大学教授・高遠弘美氏で、周知の通り、氏はプルースト研究の泰斗、『失われた時を求めて』の個人全訳に取り組んでおられる。その氏が、ある会報（『ふらんす堂通信』）に寄稿された文で、こう語っている。氏の母上は、お父上亡き後、女手一つで氏を育てられ、氏の美意識の基盤を育まれた方だが、氏の高三の夏に急逝された。氏が、「失われた時を求めて」というタイトルに出会って激しい感動に身震いしたのは、まさに母上と過ごした「失われた時」への強い思いが共鳴したからだった。こうして、氏はプルーストの虜になって、次第にその深く宏大な言葉の世界の魅力に沈潜して行き、今度はそれによって、フェルメールを知り、さらに小津安二郎やジョルジュ・ブラッサンスなど、次々と新たな熱愛の対象に出会うことになった、という。

ここにあるのは、まさにフランス語でVocation（召命・天職・適性）と言われるものに他ならない。一人の人間が、神によって定められた一つの使命に身を捧げることで、それがその人の天職となり、天職を全うすることで、その人の生涯が一本の確固たる物語として全うされる。まさに理想的な生涯である。身近な友人の生涯であるだけに、なおさら感動する。おそらく美というものが降臨するのは、こうしたところになのだろう、という気にもさせられた。氏のこの文そのものが、それ自体一つの「自伝」になっている。

　省みて、私の「生涯」は、だいぶ違う。一つのVocationなり一つの物語に、どうもまとまらない、と言うか、幾つかの物語が錯綜し、せめぎ合っている、そういうものではないか、そういう気がするし、これらのテクストを書きながら、ますますその思いは強くなっている。

　もちろん私とて、自分は何者かを知りたいという思いに変わりはないが、何者なのか、あまりよく分からない。良い年をして……と言われるかもしれないが、そうなのだから、仕方がない。だからと言って、C'est la vie（人生なんて、そんなものさ）と、気取るつもりもない。分かる、ということも、いずれはあるかもしれないし……などとは思っている。私が「自伝」というジャンル名を忌避したのは、そんな理由からである。「忌避した」と言うよりは、「遠慮した」と言うべきであろう。

　今回私がやろうとしたのは、幼少期を思い出し、それを書き綴るということであった。だから、もし何らかのジャンル名が必要なら、「回想（録）」が相応しい、ということになろう。

　もともとなんらかの構想があって書き出したわけではない。書き出してみたら、次々と書くことが浮かんで来て、やがてこのようなものが出来上がった。当然ながら、書くこと即ち思い出すこと、で、一つの思い出を書くうちに、芋づる式に他の思い出が次々と浮かび上がってくるという具合で、書く喜びと思い出す楽しみが、一体だった。まさに、私の失われた時の探求は、快楽と幸せの中で遂行されたのであり、それ自体、充足し、自己完結している。これ以上何を望もうというのか。

しかし、悲しいかな、文というものは、読まれることを要求する。秘密の日記などの例外はあろうが。同人雑誌で限られた親しい読者に読まれるだけで満足できず、もう少し広い世間の人々にも読んでいただければ、との思い黙し難く、一冊の本として公開されたのが、本書である。げにも浅ましい煩悩かな。しかし煩悩こそ、人をして生きさせる原動力である以上、生きている限り、煩悩を恥じる謂れはない。

ただ回想録となると、時代の証言、という側面が重要な条件となりそうな気がする。コミーヌ然り、レス枢機卿然り、サン・シモン然り、ボーヴォワール然り、などと言ったら、いささか付け焼き刃のペダンティスムが過ぎるかもしれないが、この点は、実はかなり意識した。終戦の年に四歳で、新憲法下の新学制での初年度に小学校に入学したことは、自分を定義する重要な要素であるとは、物心ついた頃より漠然と自覚していた。日本近現代史の中で、戦後というものが形をとっていく、実現していくのは、自分たちによってだという自負もあったような気がする。

もう一つ、人は何を回想するかというと、生身の人間との交わりや、現実に起こった事柄だけでなく、観た映画や演劇やテレビ、読んだ本でもある。ここで「生涯」という語を使うなら、一人の人間の生涯とは、そうしたものの集積に他ならない。だから拙文も、これらの架空のもの、虚構のものが大量に盛り込まれているはずである。

ここに収められた六編のテクストは、いずれも雑誌『飛火《とぶひ》』に掲載されたものだが、必ずしも連載されたわけではない。各編はそれぞれテクストとして独立しており、一つの大きなテクストが連続して分載されたという構えのものではないからである。だから、むしろ「連作」と呼ぶのが適当であろう。今回、これらを一まとめにして刊行するにあたって、一つのテクストとしての統一性・連続性を確保するための調整は行なわなかった。ただ、掲載後に読者から寄せられたご指摘は、ありがたく組み込ませていただいている。

「仁古田再訪」は、「ある少年H」シリーズの一部をなすわけではないが、それを発想するきっかけとなった作品であり、冒頭に掲げることにした。始めに読んでいただいても、後から読んでいただいても、構わない。シリーズは、これで完結したわけではない。予定では、さらに数編書き上げるつもりだったが、ひとまずこの形で本にしようということになったものであり、その意味では、中断された、尻切れとんぼの文集なのである。

ご覧の通り、これらのテクスト、数多くの註を含んでいる。これらの註も、作品の有機的部分をなすものであるが、今回出版に当たって、さらに幾つか註を付すのが適当とのご示唆があり、本文下の欄外に、主に「若い人」用の註を加えることとした。「若い人」というのは、おおむね六十歳以下の人のことを指す。同じく、小見出しを付すようご要望があり、そのようにした。著者としては、この欄外註と小見出しは、「作品」の一部ではなく、本が多くの方に読んでいただけるための方便であると考えている。

「ある少年H」というタイトルについて一言ご説明しておこう。何しろ、妹尾河童の『少年H』というベストセラーがあるのだから。しかし、この日本に「少年H」と呼びうる少年は無数にいたし、今もいる。そうした無数の少年の一人の物語として、このタイトルを提起した次第である。「少年H」とは、フランス語で言えばLe Garçon H、英語ならThe Boy Hと定冠詞が付くはずで、「ある少年H」は、Un Garçon H , A boy Hと不定冠詞が付く、と考えつつ、ものの本で調べたところ、『少年H』の英語訳のタイトルがA boy called Hであるとあった。これは私の主張と整合しないが、訳者John Besterのお考えだから、やむを得ない。

ある少年H　【目次】

仁古田再訪──わが A la Recherche du temps perdu《失われた時を求めて》

　戦時中、信州上田の在の浦里村仁古田《にこだ》というところに疎開していた。Yという農家で、母の実家のようなところだった。父は出征して満州におり、東京市荏原区の平塚六丁目の家で、祖父の庇護の下に暮らしていたが、空襲の危険を避けて、母とともにこの家に身を寄せたものである。一九四〇年十月生まれだから、終戦の八月十五日にはまだ四歳だったことになる。いつから、どのくらいの期間かは、よく分からない。母が生きていたら分かったかもしれないが、仮に最晩年の母に尋ねることができたとしても、正確な日付は分からなかっただろう。しかし終戦まで何ヶ月くらい、ぐらいのことは分かったかもしれない。

　今はつくづく便利な世の中で、「疎開」とか「本土空襲」とかをクリックすれば、たちどころにかなり正確な情報が手に入るので、それによれば、防空総本部が「帝都学童疎開実施細目」を定めたのは、一九四四年七月五日、その一ヶ月後の八月四日に、最初の集団疎開児童が東京を発って各地へ（例えば、板橋第三国民学校の児童は群馬へ）向かった、とある。ついでにマリアナからの初空襲は、一九四四年十一月二十四日とある。要するに、終戦の一年前くらいに疎開が本格的に行なわれるようになったようで、私の場合もその動きの一環なのだろう。

ちなみに荏原区は、戦後（一九四七年）の東京市の廃止に伴う区の再編で、品川区に編入されて今日に至るが、もともとは一八八九年（明治二二年）の町村制施行により、戸越村、下蛇窪村、上蛇窪村、小山村、中延村の全域と、谷山村（残部は大崎村に編入）が合併して、荏原郡平塚村となったものが、平塚町を経て荏原町となり（一九二七［昭和二年］）、次いで一九三二（昭和七）年の東京市の郊外への拡大の際に、そのまま荏原区として東京市に編入されたものである。「平塚村の人口は、七万五千八百人」とかいう文句があったように記憶している。この数字の方はうろ覚えだから当てにならないが、要するに人口が多いことを誇示する文言だったようだ。それにしても、「平塚村の人口」だから、せいぜい大正時代の人口のことを言っているはずであり、いくら何でも多すぎる。荏原町という地名は、現在でも大井町線の駅名に残っているが、平塚という町は、西中延と新たに設けられた旗の台という町に分割編入され、現在では残っていない。私の生まれ育った町も現在は西中延二丁目あたりになっている。

かつては荏原地区全域をカヴァーした平塚が、今は昔、姿を消しているというのは、いささか口惜しい気もするが、その消失を促進した要因の一つに、神奈川県の平塚の存在があるのではなかろうか。現に大学院時代の友人に、拙宅を訪ねようとして、間違えてあっちの平塚に行ってしまった者がいる。いささか出来過ぎの話だが、事実だから仕方がない。あの七夕で有名な平塚と、知名度で太刀打ちできるわけはなく……ということではなかったか。

仁古田は、終戦後すぐに立ち退いたわけではない。満州から復員した父をこの地で迎えたことは、覚えている。両手をついて、「お父さん、お帰りなさい」と挨拶したらしい。「よく出来た、よく出来た」と、このジェスチャーはその後ずっと称賛の的として家族内で語り継がれることになる。ただ、それが終戦後どのくらい経ってからなのかは、分からない。いずれにせよ父は、比較的早期に日本に帰還することができたようで、満州からの引き揚げにまつわるあれらのドラマチックで悲惨な事例の数々を想わせるようなことはなかった。それについて父が語っている記憶はないが、ことさら語らなかった、というわけではなさそうである。兵隊生活について、多くはないがいくつかのエピソードを漏らしている記憶があるからである。要するに比較的順調に帰還した父は、かなり早期に私たちを迎えに来たのであろう。

仁古田には、その後も何度か赴いているが、おそらく最後の訪問として記憶に残っているのは、小学校が終わった年の春休みの際のものである（計算をするなら、一九五三［昭和二八］年三—四月ということになる）。当時、絵物語を書いていて、春のヴァカンスの中にもその「仕事」を「持ち込んで」、Y家の片隅で、一心にペン画を描き続けた。当時まだ学齢に達していなかったY家の総領息子、勇徳君にとっては、まことに驚嘆すべき光景だったようで、今でも彼はその時の強烈な印象を語る。

浦里村の近傍には、別所温泉があって、これは藤村の『破戒』の冒頭にも登場する古来名高い名湯だが、そこにも遊んだ記憶がある。確実な記憶として残っているのは、昼食にラーメンを出前させたところ、何やら油臭く、母が怒って突っ返したという場面だ。まさに灯油のような油臭さで、その臭いは、この文を書いている今、何やら如実に蘇って来たような気がする。それ以来、別所を訪れたことはないのだが、旅館の部屋の様子、庭先とその先の塀越しに見える表通りのイメージ、ぶらぶらと道を上ってお寺に入って行く時のいくつかの断片的な景観など、いまでもふわふわと頭のそこらに漂っている。仏閣としては、北向観音の本坊である天台宗の常楽寺や、国宝の八角三重塔を擁する曹洞宗の安楽寺があるが、それらのいずれかへのアプローチのイメージであろう。

別所には、上田から別所終点の上田電鉄で行けたが、仁古田からだと、山一つ越えたところに駅があり、そこから電車に乗った。仁古田には、当時は上田からバスがあったが、今はない。さすがにモータリゼーションの進行で、バスはずっと以前に廃止されていたのである。仁古田への道すがら、バスの最後部の席に妹と座って、盛んにお喋りをしていたら、前に立っている複数の乗客が大いに笑っていたのを覚えている。旅の往きなものだから、大いにテンションが上がり、よほど面白い話をしていたのだろう。

善光寺から上田へ

　実は今回、仁古田に行くことを思い立ったのには、いくつかの伏線がある。一つは、最近親戚の葬式で、わざわざ上京してくれた勇徳さんと再会したこと。顔を合わせるや、彼は例の「絵物語」の話を喚起したものだ。あの仁古田の地に、生きているうちに一度は行ってみたいという想いが、そこはかとなく兆した。もう一つは、かつての教え子のK・梓が、昨年から上田に住むようになっており、私が仁古田に縁故疎開をしていたことを知って、是非来るようにと言ってくれていたこと。だから、どうしようかな……くらいの気持はあったのである。そしてここに来て、しばらく没頭していた仕事が出来上がって、生活に区切りがついたような感じになった。そんなところに持って来て、善光寺に行くという用事が生じた。今年（二〇一五年）は七年に一度の善光寺の御開帳だが、永の患いを抱えた娘は、七年前の御開帳の際に回向柱の小型版を購入しており、それを七年後にお返しするとご利益が確実となるらしく、移動が難しい娘に代わって私か妻がその役目を果たさねばならないことになり、娘に掛かり切りの妻よりはフリーな私がそれを請け負うことになったのである。そこで、善光寺で役目を果たしてから、上田へ回るというプランを立てて調査を開始した。

　ところがグーグル・マップで調べてみると、さすがに意外なことばかりである。まず別所が、思っていたよりはるかに仁古田に近いということ。私の抱いていた地理的イメージは、山を越えると青木村になり、そこに駅があって別所行きに乗る、というものだったが、実は青木村は仁古田から真西の方向にあり、別所行きの駅は南に山を越えたところにある舞田駅であること。しかも、別所は舞田からわずかふた駅、仁古田からも、直線距離にして舞田駅より多少遠いという程度であること。Kの住む中野は、仁古田のすぐ隣りであることも、分かった。

舞田駅から仁古田のY家までは、徒歩三十五分と出た。どうやらバスはないらしい。三十五分を歩くのはかなりきつい。舞田駅にはタクシーなどありそうもない、となると、やはりだれかに車で運んでもらう必要があるだろう。密かな期待を抱いて、私はKに葉書を書いた。もちろんこちらから、車で運んでくれれば、などと言うわけにはいかない。ところがKの日常のことなど、全く承知していないのだ。「おチビさん」がいることは知っていたから、当面勤務はないとしても、幼児に掛かり切りで、とても人を車で案内する余裕があるとは考えにくかった。

こうして彼女の返事を待った。葉書にはこちらのメールアドレスも書いてあるので、返事が早めに着く条件は整えてあったが、返事はなかなか来なかった。そこで数日後多少躊躇《ちゅうちょ》しながら、電話を入れた。留守だったので、やはり躊躇《ためら》いながら、「まあ、いろいろご事情もあろうかと思いますが、ご様子を窺うためにお電話させていただきました」などと留守電を入れた。入れた後、多少後悔した。あまりリップサーヴィスを真に受けすぎたかな、彼女は計算から外した方がよさそうだ、と思った、その矢先、その日の夕刻に、念のためメールチェックをしてみると、「返信遅くなりました！　梓です」というメールが来ていた。心が躍った。

「前略、うれしいお葉書いただきありがとうございます！／実は、愛犬が急病で亡くなり、傷心で実家に一週間ほどおりまして……先ほど帰宅しました。お電話までいただき、申し訳ありませんでした。／先生、是非是非お会いしたいです!!／また日時など教えてくださいませ！」とあり、携帯の番号とアドレス、ＰＣ用のアドレスを教えてくれて、「まずはメールをと思いまして、取り急ぎ……」と結んであった。どうやら嘘ではないらしい。この犬の急死で傷心云々は、真実であることがあとで確証される。

こうしてことが動き出した。メールと電話の遣り取りの中で、彼女は「私のポンコツ車でよろしかったら、先生ゆかりの地を廻りますので！」と言ってくれた。当初、別所あたりに一泊は必要かと思っていたが、そうなると日帰りの可能性も見えて来た。そこで初めて、仁古田の勇徳さんに電話をかけた。まあ、仁古田のお宅の近くをうろちょろするのだから、ご挨拶だけはする必要があろう。ただ、予定日の前々日になってしまった。ずいぶん急で勝手な、失礼と言われても仕方のない電話だったが、幸い彼はその時刻にご在宅で、ご夫人は仕事があって不在だから「あまりお構いはできない」が……と、来訪を承認してくださった。二度目の電話の際は、車で「ご案内」とまで言ってくださったが、「お気持ちだけで十分」とお答えできる態勢が整っていた。

二時間ものサスペンスドラマのように

今年の四月は二十一日まで不順な天候が続いた。テレビなどでは、四月としては記録的な日照不足、つまり晴の日は数少なく曇りか雨が圧倒的多数という天候、と報じていたが、「明日からは……」、好天が連続することを予報した。二十二日、早朝に家を出て、大宮まで三クオーターほど、九時〇二分大宮発の「かがやき」に乗ることができ、きっかり一時間で長野着。七年に一度の御開帳でごった返す善光寺で、一通りのことをこなし、一四時〇三分の「あさま」で上田へ。次々に列車が来るという、東京の甘っちょろい感覚は、当然ながら裏切られたが、まずは許容範囲内。長野始発で、すでに列車が横たわっているホームの立ち食いそば処で、遅い昼食をとった。そばはさすがに旨かった。「さすがだね。全然違うね」と、ホームの立ち食い処の、「おばさん」にしては意外に顔立ちの良いおばさんに捨て台詞を残して、車輛に乗り込む。

当日、一三時からはスタンバイしているとのKには、乗車列車が決った時点で電話を入れ、勇徳さんにも、おおむね予定通りであることを連絡してあった。一四時一四分、上田着。改札口の向こうに彼女の姿が見えた。

Kがいつ私の学生だったかについては、九・一一同時多発テロという恰好の目印がある。大学教員というのは、就任直後の学生はさすがによく覚えていて、時系列的把握も行き届いていて（少なくとも私はそうだった）も、その後は、少なくとも時系列的把握は大分ほころびてしまい、どの学生がいつごろいたのか判然としなくなるものだが、彼女は二〇〇一年のヴァカンスにアメリカに遊び、帰国を目前としていた時に九・一一が起こり、帰るのに非常に苦労しており、それが彼女の学生時代の「世界史的」目印となっている。「足留め」を食った彼女は、ゼミ合宿への参加不可能の理由説明のために、アメリカでの右往左往を綴った日記を私に送って来た。事態が事態でもあり、なかなかの迫真の叙述でもあったので、私は感心した。仏文科には、御多分に漏れず、いわゆる「学内学会」というものがあり、研究誌と「お便り」的な会報をそれぞれ年に一回出しているが、その年たまたま会報を担当していた私は、「独断と偏見」でそれを会報に掲載することにした。かなり長くなったが、あまり削除をしなかったと思う。その後彼女は某新聞社に就職し、神奈川や群馬に配属されたが、やがて信州佐久に帰郷し、結婚し、一時須坂あたりに居住したのち、一、二年前から上田市に住むことは、すでに述べた。要するに、一別以来十数年ということになる。その間私は定年に達し、退職した。

「先生、本当にお変わりありませんね」、「君も変わりないよ」、「いえ、いえ……」などの遣り取りもそこそこに、われわれは発進した。ともかく仁古田へ。実はY家の近くにはお寺があって、そこが幼稚園のような働きをしており、私もそこに通っていたように覚えている。お寺の前に四角い溜め池が二つあり、その間を通って境内に入る、というのが、私のイメージだったが、今回グーグルで調べたところ、それは寺ではなく、諏訪神社と書かれていた。またしても思い違い、ないし記憶違い。地図では諏訪神社の傍にかなり大きな四角い水面が見え、その畔に仁古田第六集会所があるらしい。ともかくまずそこを実地検分したい。

溜め池の北、神社の裏手の木造の公共の建物らしきものの前に、車が停められるスペースがあった。ここなら停めても叱られないだろうと、駐車し、探訪を始めた。何やら二時間もののサスペンスドラマに出てくるコンビみたいだね、などと言いながら。鳥居があって、その先は何もない広い空き地で、奥に建物が二つ。正面の大きな建物は、神社とも寺ともつかぬ、戦前の小学校の廃墟のようだった。境内の縁には、曲がりくねった巨木が数本。幹が恐ろしく太く、空洞になっており、幹とも根とも判別できない木の塊が褶曲しつつ地面の上に裾を広げている。溶岩流がとぐろを巻いたまま冷えたような、蠟燭が燃え尽きてへたりこんだ鑞の塊のような感じ。しかも鳥居の脇の木は、そのへたりこんだ褶曲を鳥居のすぐ前にまで延ばしており、まるで鳥居への道が半ば溶岩流で塞がれたようになっている。

あたりは一通り民家が建ち並ぶ集落で、民家も多くがモダンな建築だから、大都市郊外の住宅街とほとんど変わらない。おそらく、過疎化に悩む村落でない集落は、どこもこのような景観を呈しているのだろう。サスペンスドラマのコンビよろしくわれわれは、いよいよY家を探り出すことに取りかかった。プリントアウトしたグーグル・マップを頼りに、Yという表札の家に辿り着く。しかし番地が書いてないため、目標のY家なのか確信が持てない。仁古田にY姓の家は六軒あると、あとで分かった。そこで電話を入れてみる。「Yという表札の家の前にいるんですがね。向かいは○○というお宅ですが」と言うと、やはり違っていた。外まで出迎えてくれると言うので、路地を戻って、神社の方を見ると、鳥居の手前で勇徳さんが「こっち、こっち」と手を振っていた。

紙芝居と絵物語

古い家らしく、神棚があり、祖父母と父母の写真がそれぞれカップルで並んで長押に掛る座敷に通されて、話は弾んだ。果して勇徳さんは、例の「絵物語」の件を語り出した。改めて年齢を確認すると、彼は昭和二三年生まれ、私より八歳下で、当時五歳くらいだったろうから、ずいぶん年長の親戚の少年が、インク壺にペンを浸しながらペン画を書いているさまは、さぞかし新鮮な驚嘆の光景だったろう。するとKが「絵物語ってどんなものですか」と尋ねた。至極もっともな質問である。絵物語というジャンルを知っている人間は、現在の日本に何人生き残っているだろうか。

紙芝居というのは、多分比較的知られている。戦後の少年たちの風物誌として語られることも多いからだ。あの頃、学校が終わった午後のひと時、街に紙芝居屋のドラムの音が鳴り響く。首から腹の前に縦に掛けたドラムを両手のスティックで「ドドンがドン、ドドンがドン」と叩きながら街を練り歩くと、子どもたちが集まってくる。自転車の荷台に括り付けた箱の最上段を立てると、それが紙芝居の舞台たる枠になり、下の段の抽き出しを引くと、水飴やらあのお麩煎餅（正式名称があるなら、ご教示いただきたい）やらが入っていて、それを買うと紙芝居を観る権利を得たことになる。会場は、街の路地の片隅で、四つ角のことが多く、子どもたちは舞台の前に丸く凝集して立ったまま観るのだから、何も買わないで観ることも可能だが、紙芝居屋はさすがに目敏く不埒者を見抜いて、「何だお前は、こんな良いものを着ているくせに」などと、迫害する。一番の人気商品は、割り箸二本の先に塗り付けた水飴で、二本の箸をくちゃくちゃと擦り合わせると、透明な飴が次第に白くなってくる。紙芝居それ自体は、大体画面が十枚で一話が構成され、次回に続く、となるわけだが、一回の「公演」はそうした出し物二、三本から成っていた、ように記憶している。

紙芝居の画は、漫画風のものと、「写実的」なものとがあったが、後者の代表格は山川惣治で、彼の『少年王者』は絶大な人気を博していた。和製ターザンと言えば分かりやすいが、おそらくコンゴ（ザイール）周辺の熱帯雨林の中で、チンパンジーに育てられた日本人少年の物語で、彼が「アーアーアー」とジョニー・ワイズミュラー張りの雄叫びを上げると、ジャングルの猛獣が駆けつける。日本人の探検隊がやって来て、すい子さんという少女もそれに加わっていたが、あるとき危険に曝された彼女を彼が救う。彼の名は、そう、「慎吾」だった。「すい子」という名の方は、文を書く前から記憶があったが、こちらの方は、いまいきなり浮上して来たのだ。そう、たしか「慎吾」だったと思う。ただ漢字はこれかどうか、自信はない。篠突く豪雨の中で、息も絶え絶えのすい子さんを必死に抱きしめて温めようとする慎吾の画面も、いま浮上して来た。

紙芝居『少年王者』は、そのうち本になって、紙芝居屋が売っていた。紙芝居の絵は絵の具で描いた多色のものだったが、本の中では絵は白黒のペン画となっていた。終戦直後のハイパーインフレ下のこと、たしか第一巻は十円かそこらだったのが、第二巻は数十円、第三巻は百円を超える、という具合に値上がりして行った。この本がまさに絵物語というもので、リアルなペン画の挿絵の脇の枠で囲まれた四角い余白スペースの中に文が書かれていた。要するに、挿絵の比重が圧倒的で、文章が従であるものを、絵物語というのである。漫画は画面の中の吹き出しに科白が書き込まれ、後に発達した劇画は、画面の中に自由に文が書き込まれるが、絵物語では、絵は絵できちんと枠の中に収まり、その横や下の小さな枠の中に文が収まる。

山川惣治は、このあと『産經新聞』に『少年ケニア』を連載して、「ビッグ」になった。これにはアロサウルスだかティラノサウルスだかが登場し、ワンピースの水着風に乳房から股間部までを覆う豹の毛皮（!!）の着衣をまとったブロンドの白人少女が活躍した。他には、感臨丸で渡米した遣米使節団の一員の遺児が、アメリカ西部で成長し活躍する物語（タイトルは失念）、アメリカで活躍した日本人ボクサーの物語（もしかして『ノックアウトQ』？）など、それに私が一番熱狂した『幽霊牧場』がある。これはアパッチの叛乱の物語で、ジェロニモも登場するが、主人公はサンドロ、それに対抗する悪役はオガサだった。サンドロというのは、れっきとしたスペイン語のファーストネームで、アパッチの名前として自然だが、今にして思えば、オガサというのは、大分怪しげな命名ではなかろうか。それはともかく、未来の絵物語作家たる私は、これに大いにヒントを得て、アパッチの叛乱の歴史をたどる大河絵物語『最後の叛乱』を構想し、仁古田でも執筆を続けていたわけである。

「あれは小学校が終わって、中学になる時の春休みですよ」と、私は勇徳さんに向かって年代確定をした。その理由は明確である。「絵物語は、中学一年のうちにやめてしまった」からだ。絵を描く手間が次第に重荷になって来たのだ。何しろ絵は、何も見ないでそのままペンで描いていく。確か小六の始め頃から描き始めたと思うが、絵は次第に上達し、正確・精密になって来る。それに伴って、一画面（コマ）を仕上げるにも多くの時間が掛るようになり、物語が進行しなくなってしまったのである。一時、挿絵の多い小説を試みた。つまり、絵の比重を減らして、文の比重を増やしたわけだ。しかしそれもほとんどすぐに放棄した。その後、中二からは、「本格的な」文学少年に「転身」した。つまり、絵がない、文だけのものを書くようになったのである。それではなぜ漫画少年にならなかったのか、というと、絵が下手だったからだ。漫画を描くには、それなりの才能、意匠力とも言うべきものが要る。絵物語は、普通の写実的デッサン力があれば足りる。四コマ漫画を多少描いた覚えはあるが、我ながら下手くそだった。そんなわけで、絵物語を「卒業」すると、文章の世界しか行きようがなかったのである。

　絵物語の人気作家には、他に小松崎茂がいて、彼の『地球ＳＯＳ』は最近復刻され、私も購入した。『冒険王』に連載された福島鉄次の『沙漠の魔王』は、カラーの絵物語だが、これも最近完全復刻版が出た。これも懐かしくて購入したが、私はそれほど熱烈なフ

福島鉄次『沙漠の魔王』復刻版の表紙と冒頭のページ。

ァンではなかった。改めてこれを見てみると、科白は漫画型のモクモクした雲形の吹き出しの中に収まっており、地の文は、四角い枠に括られているが、それが画面の内側に収められていて四角い吹き出しという格好になっている場合と、画面の内側ではなく、その傍や下に配置されている場合（絵物語の標準型）とが混在している。要するに、漫画と絵物語を折衷しているのである。

闇米取り締まりと車内歌謡会

母は、浦里小学校出身で、晩年まで何度も仁古田にやって来ては、同窓会に顔を出したりしていたという話だが、私にとっては「多分その時が、仁古田に伺った最後だと思いますよ」と言いつつ、私はそれまでの仁古田訪問の思い出を語る。特に覚えているのは、戦後の列車の中の場面である。「終戦直後だからね、すごい混雑で」と、むしろ若い世代のKに教えるような口調で。思い出す場面での私たちは、通路にもぎっしり人が立って混んでいる車両の中で、幸いいつも座席に座っていた。あるとき、ぼろをまとった垢だらけの少年が、すぐ傍を通り過ぎた。ズボンの尻のあたりが裂けていて、尻がそのまま覗いていた。また、ある時など、闇米の取り締まりに遭った。警官が乗り込んで来て、闇米を運んでいる者（大抵はいわゆる「おばさん」「かみさん」だった）を見つけ出して、米を没収するのだ。実は我が一行も土産として米をいただいていた。車内で演じられる修羅場の喧騒が次第に私たちの席に近付いて来て、私は多分緊張していた。しかし警官たちは私たちの席の傍をそのまま通り過ぎて行った。私たちに目もくれずに。私は安堵したが、疑問が残った。「家《うち》は大丈夫なの?」と母親に訊かずにはいられなかったのである。母は慌てて声を潜めて、「そんなこと言うんじゃないの」とたしなめた。私の疑問に答えてくれたのは、確か祖父だったという記憶がある。つまり「摘発・没収されるのは、闇米を売って商売している者たちであり、家《うち》は親戚から土産として米をもらったのだから、対象外である」と。ただ、祖父がそんなにしばしば仁古田行きに同行したとは思えないので、やはり母が説明したのだったか。それとも帰宅後、帰り道の出来事を家族に報告した際に、私が「変なことを言い出して、困ったわ」などと母が報告したのを承けて、祖父が説明したのだったか。

「一番印象に残っているのは」と私が語ったのは、以下のようなエピソードだ。ある時、列車が停止してしまった。かなり長い停止だったようだ。その頃は珍しい話でもなく、不要な動揺などが起こった気配はなかった。それにその時は、上述のような混み方ではなく、通路に立つ人はあまりいなかったようだ。すると車輌の中程で男が一人やおら立ち上がり、「みなさん、さぞかしご退屈のことと存じます。実は私は歌手○○のマネージャーでございます。ここで○○に最近のヒット曲を一曲歌わせようと存じます。みなさんのご退屈をお慰めできますれば、まことに幸せでございます」というような口上を述べた。女性歌手○○がにこやかに立ち上がり、えくぼの浮ぶ頬に人差し指を添えながら、歌った。

「こういう歌なんですよ」と言いながら、私は歌い出す。「夜の銀座ああは、七あ色ネーオン、だれに上げよかあ、くうちいびるを、仮初えのこおい、ああ……」。「あれ、待てよ」などと呟きながら、少なくともメロディーだけは、最後まで歌い終わった。実はこの歌、誰の何という歌か、一切詳らかにしない。ラジオなどで、その後耳にした覚えもないのである。結構良い歌で、人口に膾炙してもおかしくないと思うのだが。古い歌が揃っているカラオケのレパートリーでも見かけたことはない。もっともタイトルを知らないのだが、この歌なら察しが付きそうなものである。さきほど試しにピアノで再現しようとしたら、「こんな女にだれがした」になってしまった。そういえば「東京ブルース」にも曲調が似ている。「こんな女に……」はパンパンの歌だし、「東京ブルース」もそれに近い。しかしこの歌は、売れっ子の銀座の女という感じで、終戦直後的な暗さがない。ヒットしなかったのは、そのせいかもしれない。「よく覚えてますね」と、勇徳さんは感心したが、私も我ながら感心している。カチューシャの一種と言うべきか、パンパンの間で流行った、頭の上に大きなリボンを結んだスタイルの歌手○○のえくぼを浮かべた顔も、明瞭に覚えている、ような気がする。今で言う「営業」か「どさ回り」で汽車に乗っていたのだから、それほど売れっ子ではなかっただろう。しかし、彼女はそんなに近くの席にいた

筆者が「採譜」したもの。後日、大学院時代の教え子に正しい楽譜を教えてもらったが、ここには最初の「正しくない」ものを提示する。

とは思えない。他の映像が混入しているのだろうか。こうして書いていると、彼女への想いがやたらに募るような気がしてくる。誰で、その後どうなったのか、と。

ご参考までに、メロディーを楽譜でお示ししておくので、何かご存知の方は、ご教示願いたい。ただし、素人が一本指でピアノを叩きながら「採譜」したものであるから、音程は間違っていないと思うが、音の長さ（四分音符か八分音符か、等々）は、全く請け合いかねる。小節の中で計算が合わない、などということだらけだ。どなたかその能力のある方に、「添削」していただきたいものである。

米軍による機銃掃射

「終戦の頃、川の畔の××のお婆さんという人の家にいたんですよ」。この人については、勇徳さんも知っていて、その家がどこかも分かっていた。おそらく分家筋の人で、当時一人暮らしだったその人に私たちのことを頼んでくれたのだろう。「そこで八月十四日、終戦の一日前、機銃掃射を受けたんですよ」。

上田は、本州島の中で海岸から最も遠い地点の一つである。もう一つ北へ行くと、例の「松代大本営」がある。その上田の飛行場が、八月十四日に爆撃を受け、そのあと周辺に戦闘機が飛来して、機銃掃射を加えたのだ。「上田がやられるようじゃ、日本もお終いだ」と、大人たちが言っていたと……これは「覚えている」ではなくて、「後で何度も聞かされた」と言うべきだろう。もちろん八月十四日ということも、後で形作られた伝聞記憶であるが、終戦の直前というのは事実だろう。何度も「敵機襲来」があったという話は聞いていないから。

「慌てて、母親と一緒に、川岸の竹林の中に逃げ込んだんです。そこに戦闘機が降下して来たんですよ。母はパイロットの顔を見たと言ってました。『憎らしいわね、ニヤニヤ笑っていたわよ！』と言ってました」。ただし、本当に私たちが機銃掃射を浴びたかどうかは、定かでない。ただ顔が見えたというのは、嘘ではないだろう。

「ああ、うちの爺やんも」と勇徳さん。「爺やん」というのは、彼の祖父のことで、この人が、私たち母子を匿ってくれた当主である。「爺やんも、見たと言ってましたよ。畑仕事をしていたら、いきなりやって来て、傍を通り過ぎて行ったらしいんだけれど、そのとき顔がはっきり見えた、と」。

「空襲ってのは、聞いたことあるだろう。あれは爆撃機が爆弾を落とすのだけれど、そのあと、護衛でついて来た戦闘機が、近くのその辺をダダダダッと機関銃で銃撃するんだよ」と、私はKに向かって説明する。こんな具合に、ラフな口調になるのは、Kの方を向いて話す時だ。「折角積んで来た弾薬を使って帰ろうというんだろうね。中には、少し遊んでやるか、という奴もいたに違いない。そう言えば、この間、テレビでやってましたよね」。「そうそう、僕も観ましたよ」と、勇徳さん。

それは、TBSの『戦後七〇年　千の証言スペシャル「私の街も戦場だった」』という番組で、機銃掃射に的を絞ったドキュメンタリーとしては初めてのものではないか。ネットで調べると二〇一五年三月九日（月）放映とあるが、これはおそらく一九四五年三月十一日の東京下町大空襲の記念日に向けて他局が爆撃を扱う番組を放映する機先を制して、新しい切り口の企画をぶつけたということなのだろう。アメリカの国立公文書館には、戦闘機に付けられたガンカメラが撮影した映像が大量に保管されている由だが、それを発掘したことが企画の眼目となっており、急速に接近する地上の目標に集中して行く銃弾を映した映像がいくつか提示される。いずれも非軍事的目標のようで、広い海岸で逃げ惑う人々を追い回すような動きも見える。

地上に急接近する画面の真ん中に小さな少女の姿があり、それが急激に拡大して恐怖に引きつるこちらを向いた顔となり……という白黒の映像は、『シベールの日曜日』というフランス映画（一九六二年）の一場面で、ハーディ・クリューガー演ずるフランス空軍パイロットが、インドシナ戦争で機銃掃射を行なった際の、まさに彼の目から見た映像である。彼はそのため記憶喪失となるが、やがて孤独な一人の少女に出会う……というのが、映画の物語であるが、やはり私には、何よりもこの映像が明瞭に残っている。そう言えば、ハーディ・クリューガーというドイツ人俳優は、なかなか気に入っていたのだが、調べてみると、われわれの目に触れる範囲では、それほど多くの作品に出ていない。どれもドイツ軍将校の役で、私の記憶に鮮明なのは、『ネレトバの戦い』（一九六九年）での、ドイツ戦車隊の隊長役だったが、つい最近テレビで観た『ワイルド・ギース』（一九七八年）という映画で、やや年老いた彼に再会した。『ネレトバの戦い』は、ユーゴスラヴィアの国を挙げての大作で、話題満載だが、ここでは割愛しよう。

件のＴＢＳの番組は、いくつかの重大な機銃掃射被害の事例について、それに参加した米軍パイロットの追跡調査を行ない、何人かのインタビューに成功している。もちろんいずれも「適正な」目標以外に、つまり無防備な民間人に銃撃を加えたと、あからさまに告白する者はいなかった。

「でもお祖父さんは、かなり剛胆な人なんですね。そうやって、敵機のパイロットの顔を見ていたというのだから」。

「そう、結構豪放磊落で、かなりの文化人だったようです」と、勇徳さん。なにしろ子供七人に加えて、私の母たち三人姉妹も、我が子同然に養育したのだから、かなりの人物だったのだろう。末の男の子は大学の教員になっている。「でも、そちらのお祖父さんも、胆の座った人だったんでしょう？」

「まあ、かなり豪放で聞こえていたようですがね」。

「空襲の時、大変活躍されたという話……」。それは、戦後何度も聞かされた祖父の武勇伝だった。

「そう、屋根に上って、日本刀を抜いて、敵機に向かって斬りつけた、と言うんですよ。『そのお陰で、周りはみんなやられたけれど、家《うち》だけは焼けなかった』って、いつも自慢していました」。

「ヘェー」と二人の聴き手が簡単の声を上げる。私は調子に乗って「僕の家は、中原街道という大通りをちょっと入ったところにあったんですが、よく祖父さんは、『マッカーサーが中原街道に来やがったら、俺はこの刀で奴をタタッ斬ってやる』と言ってましたよ。戦後は、進駐軍の命令で刀狩りが行なわれたんだけれども、祖父さんは、『荏原署も認めているから、大丈夫なんだ』と言って、押し入れに一振りの大刀を所持していて、時々刃に油を叩いたりしてました。

家《うち》にはよく友達が来ていて、それは祖父さんが『乃木大将が出世したのは、お母さんが偉い人で、息子の友達を大切にもてなしたからだ』というのが口癖で、だからいつも大勢友達が来ていたんですよ。だから、最近、同期会などがあると、ほとんど知らない奴から『あんたの家に行ったことがある』などと言われることがあるんです。そんなわけで、友達が来ていると、祖父さんは、車座に座らせて、一人一人にその日本刀を握らせたりしていました。

祖父さんは、鋳物の職人で、あの町工場は祖父さんが始めたもので、父親は、まあ二代目で跡を継いだんです」。

川口は鉄で、家《うち》は非鉄

「ああ、鋳物でしたね。鋳物と言うと、川口でしょう」。

「川口は鉄で、家《うち》は非鉄でした。要するに、アカ、つまり銅です。銅と言っても、銅そのものということはないので、真鍮ですね。それとアルミです」。このあたりは、言わば私の十八番で、何度となく繰り返され、練上げられた自己紹介文言となっている。とりわけ若いKに対して「鋳物」なるものの説明をしなければならない。何しろ、「鋳物」という語と概念は、一般に馴染みが薄く、小学校の頃、我が家の職業は「芋屋」だと思われていた。それもある意味では無理からぬ話で、鋳物職人を意味する「鋳物師」という語は、むしろ「いもじ」と読まれる。だから「鋳物屋」を「いもや」と読むのは、理に適っている。もちろん我が学友の悪ガキ諸氏は、こんな推論をしたわけではないのだが。

いずれにせよ、鋳物、つまり鋳造というものは、重要な技術＝産業であり、例えば奈良の大仏も鎌倉の大仏も、鋳物（鋳造品）である。これらはいずれも銅に錫を加えた青銅《ブロンズ》の製品で、ブロンズと言えば大抵の人は知っているが、今日、銅の合金で圧倒的に使用されているのは、亜鉛を加えた真鍮（黄銅）である。しかし、真鍮が大量に生産・利用されるのは、比較的近年（十八世紀あたり）になってからのようで、これはどうやら、亜鉛は沸点が低く、容易に蒸発してしまい、金属として取り出すのが難しかったためらしい。

ちなみに川口の鉄鋳造業は、吉永小百合の（早船ちよの、と言うべきか？）『キューポラのある街』で有名になったが、キューポラとは、cupola furnace すなわち、溶鉄炉のことで、形状が穹窿《きゅうりゅう》すなわち丸天井状なので、この名があると思われる。要するに、上部から鋳物の材料たる鉄材を入れると、コークスの燃焼で溶け、それを下部の穴から流し出すわけである。川口では、工場の屋根から突き出たものをキューポラと呼んでいたようだが、あれは単なる排煙筒にすぎない。要するに煙突である——ということを、例によって、この稿を書いているいま初めて知った。だとすると、家《うち》にもキューポラはあったのではないか。基本的には、同じ原理・機能の溶鉱炉を用いていたはずだから。非鉄の場合は、キューポラとは呼ばなかったのだろうか……。ちなみに cupola はフランス語では coupole。厳密に言うと、穹窿の内側、すなわち丸天井のことで、外側、すなわち丸屋根は dôme である。そこで思い出すのは、サルトルゆかりのモンパルナスのメトロのヴァヴァン駅のあたりに、La Coupole《クーポール》 と Le Dôme《ドーム》 といういずれも有名なカフェ・レストランがあること。たしか二つは、間に一つか二つの店を挿んで並んでいる。私も両方に入ったことがあるが、この名称は、互いの意味論的関係を意識して選ばれたのだろうか。乞う、ご教示。

「鍋などを作っていたけれど、水道のカラン、つまり蛇口ね、あれなんかも作っていたね。自動車の部品にも、鋳物は沢山あるんだよ。ラジエーターなんかもね。家《うち》ではそんな複雑なのはやってなかったけれど」。

「お父さんとしては、跡を継いでもらいたかったんでしょうね」と、勇徳さん。

「まあ、そうでしょうね。学部を出たあと、家《うち》で働きながら、大学院に通っていたんです。事務と運搬関係をやっていたわけです。週に一、二度、品川区から大船まで、製品を運んだりしていました。まあ、一種のモラトリアム人間で、要するに社会に出るのが嫌だったんですね。そのうち、結婚までしたから、父親としては、いよいよ『身を固め』てくれるのかな、と思ったかもしれないけれど、そんな時、仏文・フランス語関係で、なんとか食えるようなバイトが見つかったので、それで鋳物屋の世界から足を洗って、仏文の世界に完全に入り込むことになったんですよ。それからしばらくしたら、工場がつぶれました。まあ、張り合いがなくなったんでしょうね」。

そのバイトというのは、東京日仏学院の通信教育講座の事務主任というポストで、今は亡き畏友、大久保敏彦氏に話が来たのを、彼が私を推薦してくれたものである。それまでそのポストは、やがて早稲田仏文の専任教員になるような俊英が、代々引き継いで来た由緒あるドル箱的ポストだったが、ドジな私は、優秀な働き手からはほど遠く、すっかりその輝かしき伝統を汚してしまい、その結果、従来通りのリクルートはこの男で最後として、今後はもっとstableな人材を充てるべきだ、ということになった。つまり、週に三十時間そこそこの労働時間で、しかも二、三年で交替して行くという、やや英才支援的な意味合いの込められたシステムは止めにして、四十八時間の正規労働の永続的な人材によるシステムに切り替えたのである。

あの時、鋳物屋の世界に完全に入り込んでいたら……という「もし」が、あの頃、時として脳裏をよぎることはあった。仏文の世界で十分にやって行ける自信などありはしなかったし、第一、どの程度の人間になるにはどの程度の能力・才能・努力が必要なのか、見当もつかなかった。悪いことには、仏文をやるしか手がない、というほど、世間的ないし実践的能力が欠けているとは、自認していなかったこともある。「国に帰って百姓をやる」的な安易な道ではないものの（もちろん「百姓をやる」ことそれ自体、大変なことであるのは重々承知している）、仏文の世界で何とかなるよりは、多少は楽な気もしないではなかった。勤勉に家業に勤しみながら、地元の歓楽街では多少の顔になり、「あの人はあれで、なかなか教養があるんだよ」などと言われる、業界ないし町のそれなりの人物、などというのを思い描くことがなかったわけではない。

道が下った先に橋はなかった

「その××のお婆さんの家というのが、今でもあるのなら、行ってみたいんですが……」という願いに応えて、勇徳さんは案内してくれることになった。もちろんその時の家は残っていないし、住む人は、今では全くの他人になっている。私としては、外から見ることができれば十分だし、特に母親と隠れた川岸の竹林を見てみたいのである。「足下は大丈夫かな」と、勇徳さんはKの履物を見て呟いた。私の革靴は、多少の山道でも大丈夫な、いわゆるウォーキング・シューズだったが、彼女のは簡単な「平地用の」パンプスだった。「まあ、いいか」と、外に出た。目の前に、かなり大きなぼろ家があり、それがあの頃の母屋だったという。つまり現在のモダンな家屋は、あの頃の庭先に建てられたのである。そう考えると、私の記憶の映像は納得した。当時の母屋は、道に沿って建てられたかなり大きな家屋だったが、北側を通る道に対しては裏側を向けており、玄関に相当する入口や縁側は、南側の広い庭先に面していた。典型的な農家の造りで、二階は蚕部屋になっていた。当時は別棟が並んで建っており、母屋と別棟の間を通っていったん庭先に出るのが、母屋へのアプローチになっていたのである。かつての母屋は、ガラクタ置き場になっている。

ゆるやかな起伏に家屋や庭や畑が散在する中を行くと、いったん下った道は、再び上りになる。いかにも川縁の段丘を思わせる起伏の上に、やや変わったモダンな造りの家が建っており、それがかつての××のお婆さんの家の跡地だと、勇徳さんは説明した。その家を横目で見ながら、彼は無造作に畑の中の細い道に踏み込んで行く。道と言えるかどうか分からない細い通路をわれわれもゆるやかに上って行く。すると崖と言っても良さそうな急な斜面の上に出た。一面、大きな笹の落ち葉が降り積もっている。竹やぶ、ないし竹林と言っても良さそうだ。××のお婆さんの家の前の道は、そのまま川へと下って橋の上を通って川を渡る、というのが、私のイメージだったが、勇徳さんによると、これがまさにその道だと言う。それは笹の葉が敷き詰まった単なる斜面で、その下には川はなかった。向こう側にガードレールが付いた、車が普通にすれ違えるほどの舗装道路が横たわっていたのである。

「気をつけてね」と言いながら、勇徳さんは、その斜面を斜めに下って行く。何となく人の歩いた「獣道」のようなものがあるのだろう。「アッ」と思うと、私はするっと滑った。正面を向いて尻餅をついた恰好になったが、ショルダーバッグを持ったまま、両手を地面に付けて支えたため、尻が地面に付くことはなかった。最後の急斜面を駆け下りるようにして、何とか私は下りることができた。最後はKの番だ。女性らしく、結構かさばる荷物を抱えた彼女は、最後の急斜面の上で足を止めてしまった。私は手を差し出し、彼女の左手を取って、そのまま素早く下りるよう促す。彼女はそうしたが、私の方に体重をかけるのを遠慮したからだろう、勢い余って、体の右側から倒れ込んでしまった。右手に軽い擦り傷が付いた。

「あのあと一種のニューディールがありましてね……」と、東京の大学を出て、しばらく千葉で高校教師をしていた勇徳さんは、説明した。このあたりは、幅の広い氾濫原だったのを、村が土木事業を行なって、川筋を整理したという。ガードレールの向こうは、本格的な竹林に覆われた斜面となって、さらに落ち込んでいた。その先の低地に田畑が広がっていた。われわれはその通りをそぞろ歩き、あたりをぐるっと一回りして、諏訪神社のあたりに戻って来た。もう一度、家に上がるよう勧められたが、別所へも立ち寄りたいと言って、ご遠慮した。

「ここはお寺だと思い込んでいたんですが、何かここで、しょっちゅう何かやっていて、よく来ていたような気がするんです」と言うと、「ああ、それは、あれが保育所をやっていたんです」と、勇徳さんは、神社の裏手の建物を指差した。それで分かった。幼い私は、神社の傍の保育所に預けられていたのだ。その前には、石垣造りの結構大きな溜め池があり、柵にロープを渡して、立ち入りを禁じていた。車を停めたのは、その建物の向こう側で、ここからでは陰になっている。「この池に突き落とされたことがあるんですよ」

と私。Kが「ええーっ、いつですか」と、悲痛な声で聞く。「あの頃だよ。東京者だからね。必死に石垣にしがみついて助かったのは、よく覚えている」。「ああ、そう言えば、この間テレビで、愛川欽也が、そんな話をしていましたっけ」。愛川欽也は、学童疎開で上田市の北小学校にいたが、疎開の子供は「東京もん」と言われていじめられたという。まあ、仕方のないことだったのだろう。

勇徳さんと別れて、われわれは別所に向かった。二、三確認したいこともあったが、それにはやはり、じっくりと散策する必要があるだろう。そのことを確認して、夕闇迫る中、上田駅へと向かう。新幹線の時間を確定してのち、Kのご夫君および二歳の渚君と合流。ご夫君は、地元の病院に勤務する医師である。渚君は男子だが、大島渚がいるからいいか、というんで命名されたという。川魚や雉肉など、上田の味を楽しんだ後、二一時過ぎの列車に乗りこんだ。朝五時起きの、後期直前の高齢者にとっては、かなりきつい The Longest Day とは相成った次第。ともかくこれで、「死ぬ前にしておきたかったこと」を一つ、果たすことができた。

エピローグ

この稿を書き終えて、「楽譜」の最終調整のみを残していた頃、ある先輩のご葬儀があり、出掛けたところ、教え子筋の中堅研究者N氏と出会い、彼とその同僚のSh氏と三人で、帰りに歓談することとなった。話が硬すぎず柔らかすぎぬちょうど良い案配に弾んだので、私は上田への（からの？）車中での例の「思い出の歌」の一件を持ち出し、ほどよく酒も入っていたので、そのメロディーを披露しつつ、その後今日までその歌に一度も出会っていないと嘆いた。するとN氏は「歌詞はご存知なのですね」と言い、やおらタブレットを取り出して、「夜の銀座は七色ネオン」と、歌詞の出だしを打ち込んだ――らしい。「らしい」というのは、私と向かい合わせの氏の操作は私から見えなかったからである。と、次の瞬間、「これですか」と目の前に差し出されたディスプレイには、女性歌手の顔写真の上に「かりそめの恋」というタイトルが大書されていた。

さてこそ今は、つくづく便利な世の中である。私は一番の半ば過ぎまでしか思い出していなかったが、何と最初の数語だけで、歌を特定できるのである――などと、素直に驚嘆を表白してしまうと、「原始人」丸出しになってしまう。「かりそめの恋」、昭和二十四（一九四九）年リリース、歌手は三條町子、作詞・高橋掬太郎、作曲・飯田三郎。三條町子は、前年にデビュー、「かりそめの恋」が大ヒットし、他にもヒットがあったが、一九五一年に結婚を機に引退、とある。始まったばかりのNHKの紅白歌合戦にも二度出ている（第二回、第四回）し、引退後も一九六〇年代から、名前を「三条」に替えて、時々テレビに出演。現在まで「高齢ながら精力的に」活動を続けており、二〇一二年にもNHKに八十七歳で出演した——だと⁉　現にこのタブレット上で、「高齢」の彼女の堂々たる歌唱の場面も、「お陰様で」目にすることになった。

本稿で私が書いたことは、何だったのか⁉　結構ヒットしてるじゃないか！「それほど売れっ子ではなかっただろう」なんて、当人が聞いたら、いや、結構いるらしいファンないし識者が聞いたら、怒り出すだろう。それに彼女の相貌は、私の記憶のイメージとは、あまり合致しない、どころか、どうやら全く違う。彼女の方が、どうも「今風の」美人に近い。サザエさんが頭にディズニーランドのミニーちゃんのようなでっかいリボンを着けて……というあのイメージは、一体どこから来たのだろう。そう、いま念のため画像を検索したら、本稿で私が表現しようと苦心したリボンは、まさにミニーのリボンなのだ（柄は違うけれどね）。それに「えくぼを浮かべた顔」、実はいま目の前にその顔のイメージが明瞭に浮んでいるのだが、その「出自」にはとんと覚えがない。もしかしたら、中学時代の音楽の先生の顔の記憶かも知れない。

その人は、オペラ歌手としてかなり活躍していたようで、当時スメタナの『売られた花嫁』に出演した（どの役かは分からないが）のは記憶している。彼女、ご面相は、幼い中学生から見ると、かなり「ブス」に見えた。しかし豪快な唇とくっきりと窪んだえくぼは、実に印象的だった。ある時、授業が葦笛の発明ないし起源の話になった。昔々ギリシアで、パン（牧神）がある美しい女性に恋をして追いかけたところ、彼女の体に手を触れたとたん、彼女は葦となってしまった。そこでパンはその葦を摘んで、ムムパッと接吻した。するとえも言われぬ楽の音が流れ出した……とさ、と彼女は語った。その「接吻」の音は、いまでも鮮明に思い出す。

いずれにせよ、この歌がかなりヒットして、その後も多くの歌手にカヴァーされており、おまけに彼女自身も現在までブラウン管（古いね、いまのＴＶはブラウン管ではないだろう）に登場していたとすると、「その後耳にした覚えもない」という私の発言は、信憑性が疑われかねないではないか。しかし、神掛けて、私は嘘偽りを申しておりません。もしあれ以降、私があの歌を聞いたとするなら、懐かしいその歌を聞いたという経験の記憶が残るはずであろう。しかし、遠い子供の頃にラジオで聞いたとしたら、差異化された個別的記憶事実としては残らないかもしれない。まあいいや。神掛けて誓うというのは、表層意識のレベルの事柄であり、人は己の無意識には責任を問われない、ということにしておこう。

それにしても、現代のハイテク（と言うほどのものかどうか分からないが）は、私の「失われた時を求めて」の感傷を無惨にも打ち砕いた。まあ、初恋の人の老いさらばえた現在の姿を容赦なく突きつけた、といったところか。しかし、「どうも、済みません」とN氏は謝ったが、まあ、テクノロジーの進歩と官軍には勝てないし、それを嘆くのは、いささか自己撞着であろう。今度カラオケに行ったら（などと書くと、しょっちゅう行っていると誤解されそうだが）、この歌を探し出して、「星の流れに」（「こんな女にだれがした」をクリックしたら、正式タイトルが判明した）や「東京ブルース」との歌い比べをするとしよう。この歌の歌詞、なかなか良いから、ここにお示ししようかとも思ったが、ハイテクのお陰で、どなたもその気になれば見られるので、割愛する。なお楽譜は、著作権の関係で、ネットで検索するのは困難とのこと。これは、Sh氏の情報である。

ある少年H　わが「失われた時を求めて」

一　ある少年H

西暦一九四〇年は、当時「皇紀二六〇〇年」と言われた。日本神話で、日本国初代大王《おおきみ》カムヤマトイワレビコノミコトが、九州高千穂より軍を発し、のどかに暮らしていた「うまし国」大和を武力で制圧し（ただし、苦戦続きであったようだが）、橿原宮にて大王に即位、ハツクニシラススメラミコトを名乗った時より、二六〇〇年目である。この年、紀元二千六百年式典というのが、盛大に執り行なわれ、「紀元は二千六百年……」という歌が、大いに歌われた。そのせいで、この年に生まれた者には、「一紀」とか「紀二」とか「紀元」といった名前が多く、友人にも「一紀」君や「紀二」君がいたが、幸か不幸か（そのどちらでもないか）、この年生れの少年Hの名前は晴己である。これはHarumiと読む。実はこれは誤読で、「己」は、ki か ko と読み、mi ではない。mi と読むのは、上付きの「巳」で、要するに、区役所に届けた時に「巳」を書こうとして間違えたのか、意味と音の「いいとこ取り」をして、「己」を強引に mi と読ませたのか、どちらかと言えば後者だろう。

だから、文字通りなら、「ハルキ」と読むべきところで、「ハルキ」と言えば、一頃は『君の名は』▼の後宮《あとみや》春樹だけだったが、今や村上春樹がいて、この名はすっかり聖別されてしまった。ところが、実はHの名が「晴己」であるというのも、厳密に言うとかなり疑わしい。というのも、所属大学で作成された名簿には「晴已」で載っていたからである。あるときそれに気付いて、訂正を申し込んだところ、戸籍には明らかに「晴已」とあるので、変えられないとのこと。人に綴りを言う時には、「晴天の晴れる」と「おのれ」と言っていたのが、全く立ち行かなくなってしまう。そこで、筆名ということにして、変えてもらった。大体「己」という字を書く時、筆の勢いで、必ず多少は先が上に出るものだろう。それを役所の者が、「已《い》」と決め込んでしまったのではなかろうか。

ともかく読みは「ハルミ」なのだが、これはたいていは女の名で通っており、場末の酒場かキャバレーによくある源氏名で、小林旭の「昔の名前で出ています」にも出てくる——と書きかけて、念のため確認したら、「忍」と「渚」と「ひろみ」だけだったが、「ハルミ」もいかにも出て来そうな名だ。むくつけき男《おのこ》たるHとしては、この名にはやや違和感を抱いていた。女子学生がお洒落で綺麗、で名高い都内某私立大学の仏文科に所属するようになると、どうも女子学生の間では「ハルミ先生」と呼ばれていたらしいだけでなく、同僚にも、Hを「ハルミちゃん」と呼

▼**『君の名は』** 菊田一夫脚本によるラジオ・ドラマ。一九五二年四月からまる二年間、放送された。毎週木曜二〇時半から二一時までの放送時間には、「女湯が空になる」と言われるほどの人気を誇った。主人公は、後宮春樹と氏家真紀子。空襲の下で巡り会い、再会を約束した二人が、なかなか会えないという「すれ違い」が、人気の秘密。ドラマ終了以前から、佐田啓二、岸恵子を主役に映画化され、第三部まで続き、佐田と岸の二人も、スターの座を不動のものとした。ドラマの主題歌（「君の名はと、尋ねし人あり……」）や、「忘却とは忘れ去ることなり、……」という、冒頭のナレーション、映画で岸恵子が着けるストールの巻き方「真知子巻き」など、魅力的な付属アイテムも多い。それにしても、当時、ハルキという名は

ぶ者があった。女子学生にそう呼ばれるのは、日本男子たる者、沽券に関わるとは言え、いささか「こそばゆい」くらいで済んだが、同僚から呼ばれるとなると、話は違った。親愛の情（の偽装）と軽い蔑視が微妙かつ陰険に絡み合った（と受けとめていた）このpéjoratif（軽蔑的）な呼称を、しばらくは甘受していたが、ある時、最も近しい同僚の一人たる、紅一点の○○教授にそう呼ばれた時、「○○さんまで、ハルミちゃんですか」と、不満を表明した。その時以来、同僚の間での「ハルミ」呼ばわりは、目出度く減少した。

　女の名前と区別するために、Hが拘ったのは、いわゆるアクセントで、通常の「ハルミ」は、無アクセントで平たいアクセントだが、Hの名は、語頭の「ハ」にアクセントを付けて、「ハルミ」と発音する。無アクセントの場合は、「貼る」の後に「ミ」を付けたのと同じになるが、Hの場合は、「春」の後に「ミ」が付いている、と言ったら、分かりやすいだろうか。幼い頃から、こういう風に呼ばれて来たが、どうも日本にはこのようなアクセントの「ハルミ」はないらしく、必ず無アクセントで「貼るミ」と呼ばれる。病院などでこれをやられると、いかにも自分ではないような気がするが、そこまで拘って修正を要求することはできない。もっとも、「無害」そうな老人になった近頃は、おとなしそうな女子職員に「アクセントが違う」などと講釈をぶつことも、皆無ではないけれども。

希少だったのではなかろうか。

この「春ミ」という音は、どうやらアラブ語風であるらしく、昔フランスに留学していた時、学生のバス旅行に参加したところ、バスの後の方に陣取ったアラブ青年たちが、さかんに「春ミ」！と怒鳴りあっているのが聞こえた。正しくはHadmi らしく、「やめろ」という意味だと聞かされたものだが、果してどうなのか、も一度きちんと確認したい気はある。

心優しき（?）GIたち

一九四〇年十月生まれの者にとって、ポツダム宣言受諾による日本の降伏（一九四五年九月二日）は四歳の時、新憲法公布（一九四六年十一月）は、六歳の時のこととなる。そして、一九四七年四月、新学制による小学校に入学する。その前年度まで、教科書は戦時中の「アカイ、アカイ、アサヒ、アサヒ」*の不適切な箇所を墨で塗り潰して使ったが、この年から、教科書は綺麗な色彩豊かな「お花を飾る　みんないい子……」に変わった。自分たちは、戦後の新体制の初年度に小学一年だったということは、後年、強く自覚することになり、戦後初年度生の誇りのようなものを抱くことになるが、もちろん当の一年生の時に、その自覚に達したわけではない。

＊　この件、初出では、「ハナ、ハト、マメ、マス」になっていた。これを読んだ一読者から、誤りのご指摘があり、「アカイ、アカイ、アサヒ、アサヒ」に改

めたものである。「ハナ、ハト、マメ、マス」は、「ハナハト読本」と呼ばれ、一九一八年から三二年まで使用され、その後（一九三三年から四〇年）が「サクラ読本」（「サイタ　サイタ　サクラガ　サイタ」）、そしてその後一九四一年に、戦時体制の強化の中で、初等教育並びに前期中等教育が国民学校に再編され、尋常小学校が国民学校初等科となると、その国語読本として、通称「アサヒ読本」（「アカイ、アカイ、アサヒ、アサヒ」）が採用された。ご指摘くださったのは、学部の同級生、宇田川雄司氏である。改めて、御礼申し上げる次第である。

　朝鮮戦争勃発（一九五〇年六月）は、四年生になったばかりの頃で、勃発直後、北朝鮮軍の破竹の進撃で韓国軍が釜山に追いつめられた頃の恐怖感は、何やら覚えているような気がする。また、その後、仁川上陸作戦の成功によって南軍が北進を続け、ついに鴨緑江に達した時、米軍司令官たち数人が鴨緑江の岸に立って、にこやかに対岸を指さしている写真が新聞の一面を大きく飾ったが、その写真は鮮明に覚えている。

　戦争ついでに言うと、少年時代の記憶に鮮明に残っているのは、ディエンビエンフーの戦い▼でのフランス軍の敗北で、そのフランス軍部隊の総司令官の名が、ド・ラ・クロワ・ド・カストリだったので、「カストリ▼じゃ駄目だ」と父などが笑い飛ばしていたのを、覚えている。黄色人種と白色人種の戦いとしては、これは旅順要

▼ディエンビエンフーの戦い
第一次インドシナ戦争の趨勢を決めた戦い（一九五三年十一月～五四年五月七日）。フランス領インドシナは、一九四一年以降、日本軍が駐留していたが、一九四五年三月、日本はヴェトナム、カンボジア、ラオスを、日本の保護下で君主国として独立させる。しかし日本の降伏を機に、八月後半に、ホーチミン指導下のヴェトミン（ヴェトナム独立同盟会）による全国的蜂起が起こり、ヴェトナムの保大（バオダイ）帝を退位させ、ヴェトナム民主共和国の樹立が宣言された。しかし、やがてフランス本国より軍隊が送り込まれ、四六年十二月から、全面的武力衝突が始まる（第一次インドシナ戦争）。
　戦争は長期化したが、やがてフランス軍は、ラオスとの国境地帯のディエンビエンフーに空挺部隊を降下させ、攻撃を仕掛

塞の陥落以来の黄色人種の大勝利だと、心が躍ったものだ。そこまで考えてはいなかったと思うが、太平洋戦争の敗北のリベンジを、ヴェトナム人が果たしてくれた、という意識がどこかにあったかもしれない。しかしこれは、一九五四年五月のことなので、Ｈはすでに中学二年になっていたから、戦後日本の思春期以前の少年の素朴な体験を回想しようとする本稿の枠には、ぎりぎり収まるかどうかというところである。

終戦直後の日本少年たちの標準的なイメージとは、ジープで街を走るＧＩの後に群がって、口々に「ギヴミー・チョコレート」と叫んで手を差し出す、というものだが、もちろんＨにはそんな体験はない。まだ幼すぎたからかも知れないが、実際にＧＩなどに遭遇する機会はなかった。東京都品川区の荏原地区という、まあ二十三区内での周縁部だから、ＧＩがジープでやって来ることもなかったのだろう。いずれにせよ、小学校周辺の狭い行動半径の中では、そんなことは起きなかった。

一つだけ、父が語ってくれた出来事がある。ある日、父母とＨと妹の一家四人で、おそらく上野公園に行った。小学校入学の頃だとすると、三歳下の妹は三歳ということになる。何だったのか、例えば花見だったのか、イメージとしては、四人が芝生などに座って団欒していた、となるが、そぞろ歩いていたのかも知れない。そこへＧＩがおそらく二、三人やって来た。そして、妹を抱かせてくれと頼んだ

けるヴェトミン軍を殲滅するという囮作戦を企てるが、逆に包囲殲滅されることになる。この敗北を承けて、フランスはヴェトナムと和平交渉をジュネーヴにて開始、一九五四年七月に和平協定が締結されるに至る。

▼カストリ　終戦直後に出回っていた粗悪な密造焼酎。失明の危険のあるものもあった。「カストリ」という名は、酒粕を蒸留して作る「粕取り」の名を借用したものだが、この粕取りとは似ても似つかない別物だった。粗悪な紙に印刷された低俗な雑誌も「カストリ雑誌」と呼ばれた。

のである。二、三歳の可愛い盛りだったろう。ところが悲しいかな、英語の片言も話せない庶民たる父母は狼狽した。「何しろ、そのまま連れて行かれでもしたら、どうしようもないからな」。想像するに、もちろんそのGIたちは、GHQのプロパガンダ通りの、若く感じの良い、そこそこ礼儀も心得た青年たちだったろう。遠い異国の地で、郷里《くに》の妹や姪や娘を思い出したのだろう。しかし無辜の庶民としては、やはり狼狽するのである。

この話の顚末は知らない。占領下の東京市民の意外な狼狽に接して、彼ら心優しきGIたちは、すぐに諦めたのだろう。こう書いてみると、いささか心が痛む。しかし、これが「ギヴミー・チョコレート」を一皮めくった現実の庶民の姿である。アメリカの日本占領は、おそらく史上最良の他国占領だったろう。もちろん、あちこちで細かな、しかし個別的にはそれぞれ人の一生を左右しかねない重大な不都合が、起こっていたと思われるにしても、である。

サンフランシスコ講和条約の調印は、一九五一年九月八日、それの発効は翌一九五二年四月二十八日、これをもって、アメリカ（連合国）による日本占領は終わる。これはHの小学六年の時だから、したがってHの小学時代は、ほぼ占領期と重なるわけである。戦後日本の高度成長と隆盛を担った主力部隊は、いわゆる団塊の世代とされているが、団塊初年の一九四七（昭和二二）年生れというのは、Hたちの下の弟や妹たちの年回りで、現にHの下の妹は七歳年下で、団塊初年に生まれている。「団塊の世代が定年に達する」などと、日本社会の中で彼らが常に重視されるのは、何せ人数が多いからであって、実は高度成長が始まった頃に企業戦士となったのは、Hたちの世代であるし、戦後の劇的な転換を最大限に体験し、体現しているのも、Hたちの世代のはずである。まあ、むきになるほどのことではないが。

労働争議と「川上音二郎の衣装屋」

家は鋳物の町工場だった。祖父が創業し、戦後、復員した父が跡を継いだ……と書こうとして、待てよ、父はたしか卯年だから、一九一五年生まれ、一九四五年には三〇歳ということになる。だとすると、少し早すぎはしないか、とも思ったが、まあ、肩書きはどうであれ、五十代半ばに達する父親の下で、実質的には「若旦那」が采配を振るう、というのは、当時としてはかなり標準に適っていたのではなかろうか。Hの記憶の中には、現場で働いている祖父の姿は見当たらない。といっても、父親の姿もそれほど見当たらない。ただ、カーキ色の作業服に手ぬぐいを「海賊被り」して笑っている父の写真には、覚えがある。

景気はどうだったかというと、かなり良かったのではないか。銅合金（主に真鍮）とアルミで鍋などを作っていた気配があり、終戦直後の、初歩的生活再建期には、かなりの需要があったのではなかろうか。

祖父は、もともと五反田にあった品川製作所の職工だったが、「伝説的？」な、少なくともＨの家族史では「伝説的」だった一大争議の結果、退職し、石崎鋳物工場を起したもので、「わが社」（少なくとも戦後は、有限会社を名乗っていた）の主たる発注元は、品川製作所だった。つまり「わが社」は品川製作所の下請けだった、わけである。いまネットで見てみると、果して品川製作所が見つかり、「アルミ、真鍮加工などの光学機器、部品なら……」とあったので、「これだ！」と思ったのだが、よく見ると、従業員八名の有限会社で、創業昭和三五年、所在地は調布市、とある。あとは、愛知県とか奈良市とかで、かつての品川製作所の痕跡は見当たらない。こんな「検索」をしていると、「わが親会社」への懐かしさがこみ上げて来たが、まことに遺憾、という他はない。

件の争議は、おそらく一九二〇年代の労働運動高揚期（私などの「素朴」なイメージでは、『太陽のない街』▼の共同印刷争議に代表される、ということになってしまうが）に属するものと思われるが、日清戦争後生れの祖父は、一九二五年なら三十二歳前後、まさに職工としては、充実期の絶頂にあったのだろう。当時は、戸越に社宅のようなものがあったらしく、争議で会社に泊まり込む夫の留守を、妻たちが結束

▼**『太陽のない街』** 徳永直（一八九九〜一九五八年）の長編小説（一九二九年）。日本の小説の伝統から異質の、西洋文学の翻訳のような文体が斬新で、いわゆるプロレタリアート文学の代表的作品。共同印刷の労働者で、ストライキに参加して解雇された徳永は、これ一作で職業作家になった、学歴のない労働者出身のプロレタリア文学者という特異な存在。戦後（一九五四年）には、山本薩夫監督で映画化されている。共同印刷争議（一九二六年）は、戦前における日本最大の労働争議だったのではなかろうか。

して守っていた、という様子も、祖母の断片的な回想から窺われる。「会社の奴らがやって来てさぁ……」などという科白が、すでに高齢となった祖母の口から出たこともある。会社による、切り崩しや、家族への威嚇工作などがあったのであろうが、この科白の他は何も思い出せない。

祖父の祖父は——つまり石崎家は、ということになるが——幕臣だった。幕臣といっても、御家人で、御目見え以下の微禄者だった、と思われる。先祖には、江戸町奉行配下の者もいたようで、そのイメージは、着流しの同心、ということになる。Hとしては、勝安房守の父、勝小吉をすぐに思い浮かべる。小吉は文盲で、本所あたりの博徒などとも交わっていた、というのが、子母沢寛《しもざわかん》▼の伝えるイメージだが、要するに、巨大都市江戸の町人社会と文化にどっぷりと浸かって生きていたのだろう。司馬遼太郎によれば、全国の武士階級の中で、直参は最も文化水準が低かったというが、それゆえおそらくは最も弱かっただろう。幕末の幕府最強の部隊たる「新撰組」の中心が、多摩の百姓の出身者たちであったことが、その一つの証左で、幕藩体制の中での身分的優位に起因する堕落・退廃、と言わざるを得ない。ちなみに、フランス人にこのカテゴリーを説明するときは、Vassal direct du Shogun de troisième catégorie（将軍の直属封臣第三カテゴリー）と訳すことにしている。譜

▼**子母沢寛**（一八九二～一九六八年）自身、微禄の幕臣の孫で、『新撰組始末記』（一九二八年）でデビュー、新撰組ものや、勝海舟もの（『父子鷹』や、NHK大河ドラマ『勝海舟』の原作）など、幕末もの時代小説の第一人者。阪東妻三郎の遺作『あばれ獅子』（一九五三年）の原作も子母沢寛で、阪妻は勝子吉を演じている。股旅物も多く、映画の座頭市シリーズの原案も子母沢の短編から採られた。

代大名が第一カテゴリー、旗本が第二カテゴリー、のつもりである。

徳川幕府の崩壊と、それに続く武士階級の廃止によって、当然、石崎家も没落したものと思われるが、祖父の祖父は、それなりの活躍をしたようで、家族伝承では「佃の渡しを作った」と言われていた。ネットで見ると、これまで不定期だった佃の渡しに定期船の運行が始まるのは、一八八三（明治一六）年とあるから、この事業に何らかの形で関わった人物なのだろう。その石崎家を没落させたのが、祖父の父親だった。「川上音二郎▼の衣装屋」をやって、身代を傾け、お陰で息子である祖父盛太郎は「十四の時から小僧に出された」と、よく聞かされたものだ。詳しいことは分からないが、川上音二郎に肩入れした、入れ揚げた、というのは、それなりに日本近代文化史的な意味のある行動であり、遊び人かも知れないが、曾祖父さん、なかなかの文化人じゃないか、とは思える。また「十四の時」というのは、当時（おそらく日露戦争直後？）としては、通常の少年の就労時期であろう。「十四」というのも、かなり怪しげな記憶ではあるが、語感からして「十二」か「十四」のどちらかだと思う。もし十四だとすれば、高等小学校まで出ていたことになるから、当時の少年としては、かなりの学歴と言えよう。しかし祖父は、この「道楽者」の父親のせいで、不当な苦労を強いられたと主張しており、その恨みから、父親の「位牌を床に叩き付けた」もしくは「位牌に○○を投げ付けた」と、言ってい

▼**川上音二郎**（一八六四〜一九一一年）自由民権運動の中から生まれた壮士芝居の流れの中で、書生芝居と称する演芸活動を始め、風刺歌謡「オッペケペー節」で人気を博す。当代一流の芸妓貞奴と結婚、一座を率いて欧米で巡業すると、貞奴は大変な人気を博し、フランスでは「マダム貞奴」ともてはやされた。翻訳劇も積極的に上演している。明治期に歌舞伎（旧派）に対抗して発展した新たな演劇活動は、新派と呼ばれ、のちに統合されて今日に至るが、川上音二郎も新派の源流の一つということになる。

る。

父親の位牌に灰を……

位牌に何を投げ付けたかはおぼろであるが、葬儀で「灰を投げ付けた」のだとすると、これはまさに、織田上総介信長の所業に呼応する。祖父は、日本史上二大「父親の位牌に灰を投げ付けた」人物の一人ということになる。これは英傑の印ではなかろうか。祖父が、上総介の故事を知っていて、その顰《ひそみ》に倣ったのかどうか、判然としない。しかし当時、この伝承はかなり人口に膾炙していたはずである。私も、片岡千恵蔵扮する上総介信長が盛大に営まれている父の葬儀に遅れて到着し、その位牌に向かって、香炉に盛られた灰を鷲掴みにして投げ付ける場面を、目にした覚えがある。さすがに父親の位牌であり、しかも上総介の場合は、特に父に憎まれたわけではなく、むしろ母には憎まれたが、父には愛されていた、という。そこで画面は、上総介の顔と父の位牌のクローズアップを交互にカットバックして、上総介の内面の緊張を高めていき、弓が引き絞られた極限で矢がひょうと放たれるように、灰が位牌にぶち当たる。* そうなると、この行為、「私を一人にして、なぜこんなに早く逝かれたのか」という、甘えの表現だったかも知れない。

＊ この映画、一九四〇年制作・公開のマキノ正博監督『織田信長』であること

が判明した。これは戦後の一九五四年に『風雲児信長』として短縮版が公開されている。私が観たのは、当然こちらの方だが、例えば上総介が松平竹千代を自分の前に騎乗させて、何やら遠方の行列などを見晴らしながら、この国で一番偉いお方はどちらにましますか、と訪ねると、竹千代すかさず、背後の上総介を斜めに振り仰ぎつつ、「京に、都に」と息を切らせて「……まします天朝様こそ」なども答える。これを聞いて上総介は、えらい、その通りだ、と言って、竹千代を抱きしめる場面があったが、これなどはいかにも戦時中的であろう。ただし、この場面、二人が一つ馬に相乗りしていたのか、轡を並べていたのか、は定かではない。ちなみにマキノ正博は、しょっちゅう名前を変えており、われらが『次郎長三国志』の時は、マキノ雅弘だった。

しかし実際問題、灰を投げ付けるというのは、かなり現実性に乏しいのではなかろうか。掌一杯の灰を投げ付けたら、後始末は大事《おおごと》になる。もっとも昔の日本人は、「膳をひっくり返す」(いわゆる卓袱台返し)などということをよくやっていたようだから、片付けは家内の者がやってくれたとして、掌に一杯の灰というのもかなりの量である。まあ、「位牌に灰を投げ付けた」の方は、少年Hが幼い想像力で「でっち上げた」ものかも知れない。

もしかしたら、「位牌を床に叩き付けた」の方も、もう少しささやかな、例えば、「あんた、何と言っても、お父さんなんですから……」などと、しつこく諫める妻への反発から、「何だこんなもの」と言って、位牌を畳の上に放り出した、といったヒステリー的発作を、孫息子に語るまでの歳月の中で、神話として磨き上げたのかも知れない。いずれにせよ祖父は、このいささか神話的・象徴的な行為、ないし神話化した行為を、己がセルフ・メイド・マンであることの至高の根拠に祭り上げたのだろう。その根底には、自分はもう少し「上の学校」に行く資格と能力があったはずだという自負があったのかも知れないし、はっきりとその希望を表明しながら、境遇の急変によって叶えられなかったのかも知れない。

しかしこの神話的行為は、石崎家を象徴的にその祖先から断絶させて、少年Hが生きる現在の石崎家を創始した行為に他ならず、いわば現石崎家は、父の位牌への不敬という象徴的父殺しによって根拠付けられている、と言えないことはない。ある意味では、普通ならきわめて象徴的に、と言うことはつまり、間接的・隠蔽的に行なわれるはずの父殺しが、かなり具体的・現実的に行なわれたことで創建された「家」ということになる。言わば、父殺しを創建の原理に据えた家族であり、その家の男子が父と少年Hだけである以上、Hはその原理を内面化して育つことになるわけである。いわゆる「お祖父ちゃん子」のHは、何となく隔世遺伝的自己意識を持っていた。そのあおりを喰らったのは、もちろん父である。

ドラマ『あ・うん』の父親

父との確執、というのは、志賀直哉を始め、日本近代文学の好みのテーマの一つと言える（もちろん、日本近代文学に留まらぬ、人類普遍のテーマと言うことは、妨げないが）。しかし確執というのは、強大な父親に対して、息子も同じ強度で立ち向かう、ということであろう。ところが、それとは全く違った父親像が、向田邦子▼脚本のテレビ・ドラマ『あ・うん』に登場する。

主人公水田の父親は山師で、一山当てようとして家財を使い果たし、息子にも大変な迷惑をかけて、それ以来、息子の家で養われながら、息子には口も聞いてもらえない。ところがある日、昔の仲間が「いい話」を持ち込んで来て、彼らは自分の金歯を引き抜いて資金を作る算段をする、という場面があった。さらに、印象深かった、というかむしろ「勉強になった」のは、昔の仲間が父親の様子を探りに来て、まず何をするかというと、塀の外に置かれたゴミ箱を開けて中身を調べるのである。戦前、というより、おそらく一九七〇年頃まで、家の外に置いてあった例の木製のゴミ箱で、蓋には錠が掛かっているわけではないので、板一枚の蓋をパタンと開ければ、中身を見ることができた。ゴミの中身を見れば、何を食べているかが分かり、要するに生活水準が分かるのだ。

水田はフランキー堺、その妻たみは吉村実子、父は志村喬、ついでに言うと、水

▼**向田邦子**（一九二九～八一年）『時間ですよ』、『寺内貫太郎一家』などの人気脚本家で、直木賞作家として、小説も多数出している彼女、台湾で飛行機が墜落して死んだことは、よく知られているが、直木賞を受賞したのが、死の前年（一九八〇年）であることは、意外の感がある。

田の親友で、羽振りの良い鋳物工場主は、杉浦直樹が演じていた。吉村実子は、今村昌平の『豚と軍艦』での鮮烈なデビュー以来、「好きな」女優だったが、寡作な彼女にとっては、これは代表作なのではないか。志村喬は、もちろん『酔いどれ天使』と『生きる』、それに『七人の侍』の勘兵衛の名優だが、彼が演ずる父親は、まさに絶妙、としか言いようがなかった。いつも座敷の片隅か廊下に座り、肩を丸めて何か読んだりしている、まさに「穴があったら入りたい」その穴の中にひっそり身を隠しているかのようなその姿が、さりとて卑屈にもいやらしくも見えない、ある種飄々とした達観の風情をかもしていた。ある時（一九七〇年代前半）、フランスから空手の修行に来ていたマケドニア人が、テレビの水前寺清子主役の時代劇ドラマを観ていて、いきなり画面を指さし、「彼は『生きる』の主人公だ」と言った。まさに志村喬がそこにいた。これには感動したが、ある種忸怩たる思いもあった。あの世界的に知られる『生きる』の志村喬が、何とこんなつまらんドラマの端役をやっている、という思いである。フランキー堺も好きな人材だったが、割愛する。

こういう父親像は、他にないのではなかろうか。父親というものにはこういう形の関わり方もある、ということに、もはや壮年に達していたHとしては、えらく感銘を受けたのである。というのも、これは深町幸男監督の作品で、ネットによれば、一九八〇年に制作・放映とのこと。Hは四十歳だった。その前年に、かの和田勉監督で、同じ向田邦子の『阿修羅のごとく』が連続放映された。これもすこぶる面白く、和田勉らしく、目まぐるしく意表を突く展開が小気味良かったが、出演者に触れると長くなるから、これも割愛。ただ、タイトルバックの曲が、「トルコ軍隊行進曲」で、これまた衝撃的だった。オスマントルコのイェニチェリの行進曲であるこの曲、おそらくその頃、知っている日本人はそうそういなかっただろう。なんともぶっきらぼうな不協和音の闖入、というのが、最初の印象だったが、今ではかなり知られるようになったこの曲、日本の戦前の軍歌にも似た哀調を帯びてもいる。同じアルタイ語族の音色？　などとも、憶断したりする。

これに対して、微妙で切ない人間模様をしっとりと描く深町幸男の『あ・うん』のタイトルバックは、「アルビノーニのアダージョ」だった。これも当時は、今日ほど知られていなかっただろう。その切々たる流麗な調べを、Hも実はこれで初めて把握した次第である。もう一つだけ、敢えて付け加えるなら、『あ・うん』の「良いところ」は、舞台が芝白金三光町であること。ここは当時（昭和初期）、職人の街で、鋳物工場が多かったらしい。現に、杉浦直樹演ずる、水田の親友は、鋳物工場経営者である。ちなみにHの祖父も、その頃ここに住んでいたらしいのだ。

景気の良い時の町工場主

実は祖父のことに、当面これほど踏み込む積りはなかった。終戦後の少年Hの生活環境として、石崎鋳物工場という従業員十人前後の町工場を描写しようとしたら、創業者の祖父の話になり、ここまで踏み込んでしまったわけである。工場は、かなり広かったようだ。小学校の教室二つ三つ分はあっただろう。その向こう側には幅二、三間の屋外空間があり、資材がところ狭しと積み上げられていた。中原街道の東側に一つ入った道（車道歩道の区別のない道）の西側に面し、工場の奥、斜め西側に二階建ての家屋があって、玄関前の門を出ると、中原街道へとつながる細い路地に出た。逆に言うと、中原街道から入る細い路地の突き当たりに玄関があり……ということになる。この路地は私道だったようだ。家屋は一階が六畳（もしかしたら八畳？）の座敷と六畳の茶の間、二階は八畳と四畳半だったが、一階はかなり広い台所があり、廊下がかなり大きな玄関へと通じていて、電話室などもあり、六畳二間の割には、随分と広い印象を与えた。座敷には当然ながら、立派な床の間も付いていて、狩野芳崖の悲母観音の掛け軸（もちろんレプリカ）がかかっていた記憶がある。

座敷は廊下を隔てて庭に面しており、玄関前の空間と庭は、たしか柴垣で隔てられており、檜皮葺き（と勝手に思っているのだが）の屋根の付いた扉でつながっていた。庭もなかなかのもので、池もあり（水は入っていなかったが）、植え込みの中に、石灯籠はあったような、なかったような、だがお稲荷さんが祀ってあった。お稲荷さんは、鋳物師＝鋳物職人の守り神ということだったが、あるいはおよそ職人一般の守護神なのかも知れない。いずれにせよ、一家六人が六畳一間、などが珍しくなかった終戦直後としては、なかなか立派な家だったと言えよう。子供の空間感覚が実際よりも広く空間を知覚することを、勘定に入れたとしても。

戦争末期、この辺も何度か空襲に見舞われたが、祖父の武勇伝では、祖父が屋根に上って日本刀を引き抜き、Ｂ29に向かって斬りつけたため、家は消失を免れた――「隣りの家は焼けたのに」――ということらしい。住宅部分は明らかに戦後の新築だったから、この焼け落ちた隣家を買い取って、家を新築したと思われる。景気が良かったことが窺える。祖父としては、永年の苦労が報われて、ようやく「人並みの家」が持てた、ということだったろう。「可愛い」孫息子も授かった。息子も早期に復員して来て、工場の運営を引き受けてくれた。一九五五年に亡くなるまでの戦後の十年間、つまり数え六十八までの十年間、言わば祖父は「功なり名遂げた」「わが世の春」を生きたのである。孫を「可愛がり」、その輝かしい成長を楽しみにしながら。孫も、「可愛い盛り」をすぎても、しばらくは「自慢の孫息子」であり続けた。そして孫息子が、独立した人格として自己主張を決定的に強める前に、祖父は亡くなった。軋轢の予兆はいくつかすでに発生してはいたが。ある意味では、いい時に死んだのである。

少年Hが、かなり裕福な家の惣領息子であったことは、間違いない。終戦直後の窮乏生活の記憶はほとんどない。まだ学齢前の幼児だったから、忘れたのではあろうが。一人息子で、妹が二人。父も妹が二人いるだけ（ただし、兄が幼い頃に亡くなったという）だったが、一人はすでに嫁していた。要するに、各世代、男は一人のみの、女性優勢の家ではあった。少年Hは、祖父から溺愛され、母からも溺愛され、二人の妹には、唯一の兄として君臨していた。当人が君臨していたというより、言わば君臨が制度化されていたのである。

「裕福」と言ったが、家そのものがどれほど裕福だったかは別として、少なくとも少年当人はひじょうに「裕福」だった、とは言えるだろう。例えば大ブルジョワは、いかに富裕であっても、子供にはきちんとした規律を植え付け、適正な小遣いしか与えない、のに対して、成り上がりの金持ちは、自分が好きなだけ浪費するのと同じように、子供にも好きなだけ浪費させる、というのが、紋切り型のイメージであるが、少年Hの「裕福さ」にも、そんなところがあった。景気の良い場合の町工場経営者というのは、どうだろう、社会的ステータスは高くはないが、日常的「可処分所得」は最も潤沢な人間たちなのではなかろうか。おそらく繁盛する商店主などとともに。昔なら「お大尽」と言われたのも、こういう階層で、例えば相撲のタニマチなどが輩出するのも、この階層ではなかろうか。少なくとも、「裕福」の上位の尺度を知らないがゆえに、「裕福」を、日常の皮膚感覚で一番感じることのできる人間たち……。今でこそ子供たちは、毎日のように小銭を握り締めて駄菓子屋で消費をするが（今日ではさしずめ「コンビニで」だろう）、昔は、いわんや戦後間もなくの頃は、毎日のように消費をするだけの小遣いをもらっている子供は、ほとんどいなかった。

人の出入りの多い家

中学生になってからだが、授業で「毎日お金を使っている人」と訊かれて、クラスでただ一人、Hだけが手を挙げたということがあった（バカ正直だったのかも知れない）。「いったい何に使うの」と教師に言われて、「切手を買ったりします」などと、不得要領な「釈明」をしたものだ。実際、毎日、金を使っていたらしい。例えば、表通り（中原街道）に小さな「焼きそば屋」ができて、桜えびが入った独特の味のその焼きそばが気に入って、毎日のように通っていた。夫婦二人の、カウンターに三人も座れば満員の小さな店だったが、亭主はかなり年配で、おかみさんは、派手な顔つきの、いわゆる美人だった。何でも、大店の主《あるじ》だか、婿養子の主《あるじ》だかが、店の女子従業員と恋仲になり、駆け落ちしたのが、あの夫婦なのだ、と父が語っていた。「道理で、あのおかみさんは色っぽいと思ったよ」などと。それもあってか、Hはますますこの店に肩入れするようになり、親爺さんに「小父さん、僕が毎日来るから、たくさん稼いでね」と、エールを送ったりしたものだ。

要するに、少年は「裕福」に暮らした。「何不自由なく」というやつだ。欲しいものは、たいてい買ってもらえた。終戦直後、日本少年の御多分に漏れず、Hも野球を始めたが、グローブをいくつも持っていて、ほとんど一チーム分揃ったほどだ、という漠然とした記憶もある。そのため、野球が下手っぴぃなのに、ポジションを決める際は、「どこがいい？」と真っ先に訊かれた。近所の洋服屋の息子、一つ年上のMちゃんは、なかなかのスポーツマンで、野球もできれば、相撲も強かったが、彼が編成したチームでHは、ピッチャーを任されたが、ただ棒球をキャッチャーのミット目がけて投げ入れるだけだった。「本当は、キャッチャーがいいんだけれどね」とMちゃんは言っていた。要するにデブだったからだが、「君のような体躯は、ピッチャーが安心して投げ入れられるんだ」というわけである。ただ、一度キャッチャーをやっていて、バッターのバットが頭に当たったことがあり、そのトラウマに縛られていたのである。臆病者だった。

家には、しょっちゅう人が来ていた。従業員もいたし、のちには住込みの少年もいるようになった。いわゆる「金の卵」だが、彼らが来るようになったのは、Hが中学に入ってから、もしくは高校に入ってから、つまり一九五〇年代の半ばからである。「最盛期」には、四、五人の「住込み」少年工がいた。いわゆる集団就職列車で上野駅に着いた者ではなく、縁故で採用した関東近県（山梨を含む）の少年たちだった、と思う。——ここまで書いて来て、一言どうしても言いたかったのは、例の『Always 三丁目の夕日』の主人公、堤真一が演ずる自転車屋の親爺についてである。集団就職で上野駅に着いた堀北真希を迎えにいくわけだが、その横柄なこと。どこかの片田舎から、親元を離れてたった一人、ようやく辿り着いたいたいけな少女に、「おい、ほら、こっちだ」などと抜かしやがった。しかも、堀北真希扮する住込みの少女が何かの手違いをしでかすと、烈火の如く猛り狂って、少女に暴力を加えようとするのを、妻と息子が必死になって押し止めて、何とか収まったという始末。まことに〇〇の風上にも置けない、傲慢で粗暴な人物が、高度成長期に集団就職の少年少女を雇い入れた自営業者や小企業主を表象しているなどと、若い現代人に思い込まれでもしたら、遺憾千万。漫画が原作だというが、そこまで遡って「責任追及」する余裕はない。堤真一の、繊細さを欠いた人物造形のせいにしてしまおう（本当の「ワル」は、監督だと睨んではいるが）。

従業員以外にも、仕事関係の人やご近所さんが、しょっちゅう来ていた。夕食時に、他人がいなかった日はない、というのが、思い出される印象である。件の品川製作所の社員なども来ていて、祖父の酒の相手をしていた。あるとき中の一人が、Hの図鑑の世界の国旗一覧の頁を見ながら、「残念ですね、日本の国旗はないんですから」と言った。日本は独立国ではない、というわけだが、果して国旗はちゃんとあった。おそらく共産党系の考え方をしていたのか、それとも祖父を民族主義者と見立てて、おもねろうとしたのか、判然としない。祖父と彼らが、「ご歓談」している茶の間の、こっちの隅では、隣りの神保さんの小母さんが祖母とぺちゃくちゃやっている、という具合で、その上、ラジオも付けてあって、Hは連続ラジオ放送、滝沢修▼の『銭形平次』の朗読やら、宝井馬琴の連続講談（たしか『太平洋戦争史』のような）を、雑音に耳もくれず、必死に聴き取っていた。

　宝井馬琴《たからいばきん》▼は、当代随一の講釈師で、のちに参議院議員に立候補する。特に新作の現代史ものは、独壇場だったのではないか。『太平洋戦争史』と名付けることのできるこの連続講談で、記憶に残っているのは、日本人というのは、「最後の一兵まで」つまり全滅に至るまで戦う民族なのかどうか、についてのアメリカ側の研究の話であった。三つの例がある、という。一つは、大坂の陣、もう一つは天草四郎の原城籠城戦、と、ここまでは明瞭な記憶だが、三つ目は、類推であるが、西郷隆盛の城山籠城戦であろう。

▼滝沢修（一九〇六～二〇〇〇年）戦後の新劇運動を牽引した三大劇団（俳優座、文学座）の一つ「民藝」の中心（宇野重吉とともに）。多数の作品の中から、敢えて代表作を挙げるなら、『セールスマンの死』と『夜明け前』の青山半蔵（これは映画でも同じ役を演じている）あたりか。

▼宝井馬琴（一九〇三～八五年）宝井馬琴は、現在まで六代を数えるが、これは五代目。五代目一龍斎貞丈、七代目一龍斎貞山とともに、昭和講談界三羽烏と言われる。積極的に新作に挑み、講談の現代化に貢献した。

祖父の薫陶

祖父は、かなり向学心が強く、手習いなども続けていたようで、故事や歴史にもかなり通じていたのではないか。ただ、如何せん独学なので、時に奇妙な勘違いや誤りをしていることがあった。例えば、「死せる孔明……▼」の故事成語を教えようとして、「……生ける玄達を走らす」と言った。こともあろうに、劉備玄徳と司馬仲達を混ぜ合わせてしまったわけである。「焼け野の雉《きぎす》、夜の鶴」なども、記憶に蘇るが、祖父から聞いた話で印象深かったのは、太閤秀吉がまだ足軽一兵卒だった頃の逸話で、雑兵仲間が、「俺は一国一城の主になりたい」、「いやいや俺は……」などと、己の野心を語り合っている中で、木下藤吉郎のみは、「足軽十人の組頭」（これは当てずっぽうである）になりたいと、えらく慎ましいことを言う。仲間に揶揄されると、「いやいや、もしそれになれたなら、今度は百人の組頭を狙うのだ」という具合に、その都度、実現可能な目標を設定するのだ、と説明したという。この話は、処世訓として、強烈に記憶に刻まれたようだ。他に、ある時、庭の掃除を命じられた藤吉郎は、塵一つなく完璧に掃除をすませたのちに、池に懸かるカエデの木を揺らして、はらはらと紅葉を散らせた、というのもあった。これこそ、美の極致、「綺麗にする」とは、こういうことなのだ、というのだが、これはむしろ、関白秀吉*に対して千利休あたりが行なったこと、というのが定説であろう。

▼**「死せる孔明……」**「死せる孔明、生ける仲達を走らす」というのが、正しい。孔明は、もちろん蜀の宰相、諸葛亮。字《あざな》は孔明。魏の討伐（北伐）を目指して、国境地帯の五丈原に出兵し、魏の名将、司馬懿《い》字は仲達と対戦したが、雄図虚しく西暦二三四年に陣中に没した。これで撤退を始めた蜀軍を、魏軍は追撃しようとしたが、孔明の計略を恐れて後退した。上の諺は、この事情を揶揄したもの。五丈原の戦いは、日本近代詩の祖として島崎藤村と並び称される土井晩翠の「星落《ほしおつ》秋風五丈原」のモチーフとなったが、この詩はメロディーが付き、戦前の若者に愛唱された。かく言う筆者も、アカペラで歌える。ちなみに、司馬懿はその後、魏の実権を握り、その子孫は魏帝より禅譲を受けて、国号「晋」を建てる（二六五年）。

＊　当初「関白ないし太閤秀吉」と書こうとしたのだが、秀吉が関白職を辞し、甥の秀次に譲ったのは一五九一年十二月二十八日。ところが、千利休が切腹を命じられたのは、同年三月（利休忌が三月二十七－八日）で、利休は秀吉が太閤となったときにはすでに他界している。

祖父の薫陶は、家の中に留まらなかった。祖父は当然、町内会などにも参画していた。その最大の行事は祭りであるが、そういう場面に常に孫息子を連れて行った。例えば、山車を引いて練り歩くと、沿道の家から差し入れがあったりする。ある時など、門を開けて出て来た奥さんが、大きなブリキ缶を、行列の介添えをしていた祖父に渡してくれた。中には大量のビスケットが入っていた。祖父は、何人かに手伝わせてそれを子どもたちに分配したが、「お前は我慢するんだ」と、Hにだけはくれなかった。礼を言いながらブリキ缶を返却したあとで、「こういう時はだなぁ」全部空にして返すんじゃなくて、少し残しておいて、「お陰様で、みんなが頂戴しました」と言うんだ、と説明した。提供が十二分であることを示そうとするわけである。

またある時など、祭りに提供するために、二人で路地裏の駄菓子屋に菓子を買いに行った。婆さんが一人でやっている店で、Hもよく行っていた店だった。かなりの量の菓子を注文した祖父は、「まけておくれよ」と言った。すると婆さんは、

「ハイ、ハイ」と言いながら、飴玉などを一つかみHに差し出して、「おまけですよ」と、言ったかどうか定かでないが、とたんに「そんなもん、受け取るんじゃない！」という祖父の怒声が聞こえた。「ハルミ、行くぞ。これだけのもんを買って、こんなのがおまけたぁ、聞いて呆れらぁ」と、言ったかどうか、これまた定かでないが、それからしばらくあとに、その駄菓子屋に行ったところ、婆さんは、「あんたのお祖父さんに説教されて」反省した、というようなことを言っていた。

この行為の判定は措いておこう。面白いのは、「ハルミ、行くぞ」である。例えば、張り込みの刑事が、若い相棒にこの科白を言う。「は、はい」と相棒は、あたふたと立ち上がる。こういう場面で相棒がいなかったら、どうなるか。刑事はひとり意を決して立ち上がる、ということになるが、少なくともドラマの場面なら、「行くぞ」の方が、明快に決意を表明していることになる。ある意味では、「行くぞ」は、即自的な意志の対自化である、ということになり、他者の前で言われるなら、確乎たる決意表明になる。

日本の刑事は、二人で行動するのが原則だが、この原則は、少なくとも江戸期に遡る。幕府高官が何らかの沙汰を伝えるときは、二人で行なうのが、たしか原則だったと思う。これに対して、アメリカの刑事は一人で行動する。コロンボも、『フレンチ・コネクション』のポパイ▼も、そうだった。フランスについては、あまり記

▼**『フレンチ・コネクション』のポパイ**　『フレンチ・コネクション』（一九七一年）は、アカデミー賞作品賞、監督賞、主演男優賞など五部門を受賞した名作。主人公は、ジーン・ハックマン演ずる、「ポパイ」と異名をとる、ニューヨーク市警薬物対策課の刑事。この映画、めちゃくちゃなカーチェイスが白眉。続編『フレンチ・コネクション2』（一九七五年）は、監督ジョン・フランケンハイマーで、優るとも劣らぬ傑作。ポパイは麻薬の巨魁を追って、フランス、マルセイユに飛ぶ。アメリカ・ファーストなポパイがマルセイユで引き起こすしっちゃかめっちゃかは、抱腹絶倒。ポパイに鷹揚に応対する、マルセイユ市警役のベルナール・フレッソンは、筆者の好きな俳優の一人。

憶がないが、たしか一人だったと思う。これはどういうことか。少なくとも、二人の方が制度的には良いことは、すぐに見て取れる。行動の恣意性や行き過ぎを緩和することができ、ひいては不正行為を防止する効果があるだろう。取調べでのハードとソフトの役割分担など、漫才という文化との関連で、まことに興味深い。

「こんな助兵ったらしいものを……」

もう一つ、「行くぞ」の場面がある。小学校の校庭で大演芸祭が催され、一家で出かけた。ちなみに言うと、当時は学校の校庭でよく映画が上映されたものである。映画だから、暗くならなければならない。だから、暗くなっても寒くない夏休みだったのだろう。校庭に学校側がイスを並べたとは思えないので、各自思い思いに茣蓙《ござ》などを持って行ったのだろうか。それともずっと立ちん坊だったのか。こうした夜間校庭映画会で『原爆の子』を観た記憶がある。冒頭、すさまじい閃光、そして次のショットは二人ばかりの裸体の女性の姿、熱線でやられて、衣服が崩れ落ちたのだ。そして髪が次々と抜け落ちていく。これが記憶のイメージだったが、幸いYou Tubeにフィルムそのものが見つかったので、冒頭部分を観てみたところ、八時十五分の直前の平穏な日常生活のあれこれの瞬間的なショットが次々と映し出され、カチカチと時を刻む時計の針が十五分の刻み目に達した時、閃光で画面は真白になる。その直後、胸をあらわにした若い女性たちの、一種幻想的な苦悶の舞踊となる。その直前に、校庭に整列した女学生たちの清楚な群像のショットがあり、爆発直後の彼女たちの姿を描いたのだろうが、剥き出しの乳房がいずれもほどよい大きさと形をしており、いささか「美しすぎる」のではなかろうか。新藤兼人としては、少女たちの肉体が熱線で焼けただれるさまを、リアルに描くに忍びなかったのではあろうが。一九五二年八月公開というから、少年Hは六年生で、思春期直前の少年だった。もっぱらその姿が記憶に残ったのも、無理はない。ただ、生《なま》の記憶の中の女性たちは、もっと大人で、「中年」ほどに見えていたが、このYou Tubeの彼女たちは、非常に若く、美しい。ただし、女学校生徒よりは明らかに年上だ。これは撮影の「技術的」制約のゆえであろう。

さて、昼間の大演芸会。演し物は、何やら日本舞踊で、まだ三年四年くらいの女子児童が踊っていた。と、観客席からいきなり一人の男が立ち上がり、舞台に向かって、何か大声で怒鳴りかけた。見ると、祖父だった（どういうわけか、そのときHは、やや遠くから祖父の姿を見ていたらしい）。「こんな助兵ったらしいものを見てられるか」というのが、祖父の抗議の趣だった。そのあと、「行くぞ」となって、孫は祖父に手を引かれて、そそくさと会場を後にすることになる。主催者側（つまり学校側）の何人かが、宥《なだ》めて、引き止めようとしたが。その中に「お爺さん、浪花節もやりますから」という科白があり、これがまた怒りに油を注いだ。「江戸っ子が、浪花節なんか聞いてられるか」というのが、まことにもっともなその理由だった。

たしかに小学校の校庭演芸会で、男女の色恋沙汰を艶やかに表現する（ものであったかどうか確証はないが）踊りを、しかも十歳前後の児童に踊らせるというのは、企画として適正だったか？　しかも、おそらくはＰＴＡなどの有力者が、己の子供を誇示しようとしたのに違いない。趣はまことにもっともながら、手段はちと荒っぽい、と言うべきか。果して家族（祖母と母）は、困り果てたであろう。「恥も外聞もありゃぁしない」。孤立する祖父にとって、唯一の味方は孫息子だった。従順について来る孫がいなかったら、彼はただ一人、孤独に家路を辿らねばならなかったろう。孫はまさに相棒であり、内面の対話相手であり、それ自体が、祖父の行為の正当化であった。

果して祖父は、がちがちの反文化主義者だったのだろうか。家の者（女ども）は、歌舞音曲を好み、娘（つまりＨの妹）たちには日本舞踊など習わせていた。Ｈも、妹の踊る「忍ぶ恋路*」を真似して踊ったりもしていた。あるいは祖父は、こうした家内の風潮を、密かに苦々しく思っていたのかも知れない。もう一つ思い出すのは、アメリカ人（西洋人）の夫婦がパーティなどで腕を組んで歩く風について、

「あれは颯爽としていていい」と評価していたことだ。それにひきかえ日本のカップルは、何とも「助兵ったらしく、いやらしい」という趣を説明するために、祖父はわざわざ「いやったらしい」カップルが、「あら、あなた、洟《はな》が出てるじゃないの」などと言って、鼻紙で拭いてやったりして、べたべたしているところを演じたりしたものだ。

＊　江戸端唄の一つらしい。これもYou Tubeで聴くことができたが、記憶の中のメロディーとあまり合致しなかったようだ。ただ、代表的な唄として挙っているものには、馴染みのものも結構あり、ついつい淫してしまった。例えば「梅にも春」「梅は咲いたか」「五万石」「東雲節」等々。なお、「東雲節」のYou Tube動画の画面下の解説には、「東雲の・ストライキ、サイトはつらいね・ってなこと・おっしゃいましたかね」とあるが、何ですか、これは！　正しくは「さりとはつらいね」です。

それにしても、気がついてみると、江戸以来の民衆歌謡の知識が、現代の日本の民衆からすっかり消え失せているようなのは、嘆かわしい。先日もオダギリ・ジョーが高橋是清を演じるテレビ・ドラマで、芸者を上げてのどんちゃん騒ぎの場面で、オダギリ・ジョーが都々逸を歌っていたが、節がまったくデタラメだった。多少の練習はしたのだろうが、要するに、監督以下、現場の人間で都々逸を

▼**『花神』**（一九七七年）原作は司馬遼太郎。主人公は、戊辰戦争の勝利の設計者、国民皆兵の日本国陸軍の事実上の創設者たる大村益次郎。演ずるは、中村梅之助。「花神」とは、木に

知っている者がいなかったということだろう。NHK大河ドラマ『花神《かしん》』▼で高杉晋作を演じた中村雅俊は、三味線を爪弾きながら、「三千世界の烏を殺し……」と、まずはきちんと都々逸（晋作自作の）を歌っていたのだが、と思って、確認したところ、これは一九七七年の作。そうかぁ、もう四十年にもなるのか。それじゃ、比較するのは無理な話かも知れない。

サルトルは周知の通り、「父《てて》なし子」で、幼少期、祖父に育てられたが、彼は少年期の自伝『言葉』で、次のように述べている。「父親が生きていたら、私に持続的執着心を植え付けたであろう。彼の気分を私の原則とし、彼の無知を私の知とし、彼の恨みを私の自尊心とし、彼の奇癖を私の掟として、彼は私のなかに住みついたであろう。この尊敬すべき居候《いそうろう》は、私に自分自身への敬意というものを与えてくれたであろう。そうした敬意を、私は自分の生きる権利の根拠としたであろう」（『言葉』旧版、白井浩司訳、人文書院、六〇頁。ただし訳文は多少変えてある）。ここに不在の仮定の下に示される父親の姿は、ほぼHにとっての祖父のそれに他ならない。つまり、祖父はほとんど父親だったのだ。ある意味で、当の父親はHと同じ資格で、祖父の「子孫」だった。父に対するある種の軽視、というか、対等意識は、こんなところに由来する。しかし、まさに祖父は祖父であったがゆえに、完全に父親を代行することはできなかった。なにしろ現に父親はいるのだから。ただしその

花を咲かせる花咲爺のこと、とは司馬遼太郎の説明。

▼エディプス　フロイトの開発したエディプス・コンプレックス論では、男児は、母親を手に入れる障碍となる父親との激しい葛藤関係に入るが、アンビヴァレントな葛藤の中で、父親の課す禁止事項（社会的な規範）を内面化するとされ、これによって、男児は社会的倫理を身につけて、倫理に則って生活できる個人として成長することができる。「不完全なエディプス」とは、こうしたコンプレックス（心的複合）を内面に抱くに至らない、というほどの意味。

▼花川戸の助六　ご存知、歌舞伎十八番の筆頭『助六所縁江戸《すけろくゆかりのえど》櫻《ざくら》』の主人公。花川戸は、今でも台東区に現存する隅田川河畔の町。浅草寺の東側に当たる。花川戸の助六と名乗る侠客は実は曽我五郎、という設定。

父親は、息子に対する専有権を己の父親に、つまり祖父に大幅に委ね、息子という厄介な代物を制御する義務からかなり解放されていた。その結果、結局Hははなはだ不完全な《エディプス》を持つことになったのだろう。* 社会秩序や社会的規範に対する遵法主義と、その遵法主義への根底的な蔑視との、奇妙な混交がそこから帰結する。その遵法主義は、己本来の自然のものであるがゆえに、それへの蔑視は、すなわち自分自身への蔑視に他ならない。少年サルトルを育てた祖父、シャルル・シュヴァイツァーは、大知識人で、美しい髭を蓄えた「自分をヴィクトル・ユゴーだと思い込む十九世紀の人間」（同書、一七頁）だったが、幸いHの祖父は、それほどまでに「圧倒的な偉い人」ではなかった。

* 「父親が早々に姿を消した報いとして、私ははなはだ不完全な《エディプス》を与えられた」（同書、一九頁）。「《エディプス》なんて古い」と言う人も、「日本人には妥当しない」と言う人もいるだろうが、ひとまずはこうしておきたい。

Hの友人たちを車座に坐らせて

彼は自分を何だと思いこんでいたのだろうか。祖母によると、昔「歌舞伎」というあだ名がついていた、という。してみると、花川戸の助六さんか？ しかし、それほど歌舞伎に通じていた様子はないし、直参の末裔という強い意識を持っていた

また、江戸の町奴の頭領、幡随院長兵衛も、花川戸で口入れ屋を営み、花川戸の幡随院長兵衛と呼ばれていた。助六の暗示的モデルということはないのだろうか。

から、「町人風情《ふぜい》」への自己同一化は潔しとしなかっただろう。まあ、面倒見のよい「親分肌」ではあったのだろうが、それほど剛胆な人物とは思えないのは、やはり祖母から聞いたエピソードのせいかも知れない。あるとき、祖父夫婦と大工の小林さんを含めた四、五人が、飯屋か居酒屋で賑やかに歓談していたところ、いきなり別の席の男が、匕首を抜いて、それをこちらの食卓の上に突き立てた。投げ付けたのが刺さった、のかも知れない。果して一同、凍りついた。と、小林さんがその匕首を引き抜いて立ち上がると、「オイ、兄さん、洒落た真似をするじゃねぇか」と、彼らの方に迫っていった、というのだ。「洒落た真似……」という科白は私の類推である。その顛末は詳らかにしないが、こちらが無事だったのは確かなようだ。「いつも威勢がいい振りをしてるけど、気が小さいからね」と、祖父のことを軽く非難する風だが、「お祖母ちゃん、そりゃ無理だよ」。一瞬凍りつくのは、当たり前ですよ。ちなみに、小林さんは、戦後の「わが家」を建てた棟梁であるが、祖母は彼についても、「少し酒が入って、気が大きくなっていたからね」などという、「醒めた」観察をしているのである。げにも「女房どもにかかっちゃ、英雄豪傑も形無しだ」。

面倒見が良くて（「頼まれたら、いやと言えない」）、癇癪持ちで、思い込みが激しく、時に人目も憚らない、こういうところはHに「そっくりなんですよ」。家には日本刀が一振りあって、祖父は時々それに油を引いていた。マッカーサーの「刀狩り」があったが、荏原警察の人と「信頼関係」があるから、「大丈夫なんだ」ということだった。マッカーサーが中原街道に来たら、「俺がこれでたたっ切ってやる」というのが、口癖（というほどではなく、一度耳にしたことがあるだけかも知れない）だったが、これも「いつもの大口叩き」という奴だったのだろう。

祖父が、遊びに来たHの友人たちを車座に座らせて、一人一人に日本刀を握らせた、という事例があるが、あれはおそらく中学二年のことだったろう。その時のメンバーの、少なくとも一人には覚えがあるからだ。それはつまり、死まで一年を切った最晩年のことだった。それ以前に、何度もそういうことがあったという記憶はない。要するに、国粋主義者でも、軍国主義者でもなかったはずだ。人種差別的言辞はなかった。家のすぐ近くに「朝鮮部落」があって、おそらく廃材を中心とした金属資材を扱っていたが、ここと多少の取引があった上、そこの娘が妹の同級生で、家に遊びに来たりしていた。[*1] また、戦前、「家《うち》」で働いていた台湾人の周さん（多分）という人とは、多少の音信があったようだ。ただ普通の愛国者として、アメリカにはおもねらないという姿勢を貫いていたのだろう。だから、戦争映画でも、「日本がアメリカに負ける映画は」観るのを禁じられていた。そのためジョン・ウェインの『硫黄島の砂』▼（一九四九年）は観ていない。『ヨーク軍曹』[*2]は、第

▼ジョン・ウェインの『硫黄島の砂』 もちろん、硫黄島の激戦を描いた映画で、ラストは、主人公ジョン・ウェインも戦死。そのすぐ近くで、今まさに星条旗が立てられようとしている（例の硫黄島の星条旗掲揚の場面）。日米戦争を描いたアメリカ映画としては、これが嚆矢。その次が、真珠湾《パールハーバー》攻撃をクライマックスに据えた『地上《ここ》より永遠《とわ》に』（一九五三年）だが、モンゴメリー・クリフト、バート・ランカスター、フランク・シナトラ、アーネスト・ボーグナイン、デボラ・カーなど、豪華キャストのこの名作、戦争映画と言うよりは、軍隊内部の人間ドラマである。要するに、日米戦を描いたアメリカ映画は、極めて少ない。

一次世界大戦が舞台だから、観ることができた。

＊1　彼女とは、ずっと後に秋葉原駅の総武線ホームで、ばったり出会ったことがある。彼女は、上が緑色のチマチョゴリを着ていた。聞くと、朝鮮学校の教員をしていて、生徒が悪さをしないように見回りに来ている、とのことだった。

＊2　ゲーリ・クーパー主演。一九四一年制作、日本公開は五〇年。実在の、第一次世界大戦の英雄の半生の映画化。七面鳥撃ちの名手が、塹壕戦でただ一人、敵の側面に回り、「ヒョロヒョロヒョロ」と奇声を発して、それに気をとられて首を伸ばす敵を七面鳥のように撃ち取って行き、ついには百人以上もの敵兵を降伏させる。その武勲で、フランス軍総司令官（フォッシュ元帥か？）から勲章を授かるが、その際、元帥から頬に接吻された時の、いかにも「キモチ悪」そうな何とも言えない表情が秀逸だった。

「爺婆っ子は三文安い」

少年Hは、学齢前は「桃太郎ちゃん」と呼ばれていたらしい。家に出入りしている若林の「小父さん」と通りで出会ったとき、「ああ、モモタロちゃん」と呼びかけられた映像は記憶している。この若林さんも、かなりの「博学」で、いろいろなことを教えてもらった。ものの「数え方」の一環として、「万朶の桜」という言葉を教わったのも、この人からだった。戦後の社会的大転覆の中で、意外な教養の持ち主が底辺にも結構いたのである。要するに少年Hは、祖父を始め、「大人」の言うことには熱心に耳を傾ける少年だった。また、「モモタロちゃん」という愛称が象徴するように、元気で明るい「理想的な」日本少年、「気は優しくて力持ち」として、愛され、尊重されていたようだ。それは何よりも祖父が中心になって、家族一同が力を合わせて織り上げて行った人物像だった。実際Hは、学校でも、基本的には人に愛され、評価されており、正しい考え方と行動をし、腕力もそれなりにあるという、相当な自己肯定感を持ち続けることができた。小学校低学年の頃、学校の廊下で上級生数人を追いかけている映像の記憶がある。上級生は、面白がって、笑いながら逃げていたのではあったが。しかし同時に、「強い」というイメージを、何とか糊塗している自分を自覚してもいた。例えば、二年生の頃だったか、何人かの「いじめっ子」が待ち伏せしているという情報が入った時、うまく遠回りして家に帰り着いた。それを「やっつけてやった」と、母や祖父に報告した、というようなこと。

要するに、Hは「お祖父ちゃん子」であり、おそらく「爺婆っ子は三文安い」の原則通りの人間だった。家とその影響圏では、ちやほやされた我が儘な「小皇帝」、一歩外に出ると愚鈍で無能な「内弁慶」、というのは、あくまでも典型的な極端なイメージ、つまりはモデルということになるが、このモデルにかなり当てはまったのではなかろうか。スポーツではまさに「愚鈍で無能」だったが、スポーツに限らず、日常の現実の中での細かな生活スキルに、妙な欠落を抱えていたらしい。例えば、都電やバスの料金の支払い方法を知らなかった。いつも母親が一緒にいて、そうした社会生活の手続きはすべてやってくれていたからである。ある時、学校で（もしかしたら、中学になってからかも知れない）集団で都電に乗って移動するということがあった。十数人の集団だったろうが、料金の支払いは各自で行なわなければならなかった。Hは料金を支払わずにそのまま降りた。さすがにやましさの自覚のようなものはあって、歩道に乗ったあたりで振り返り昇降口の方を見ると、車掌が自分の方を指さして何か言っている様子だったが、鈍く無視した。多分、引率の教師が支払ったのだろうか、この件はそのまま落着した。いまから考えるなら、これは引率者の指導の不徹底と言えるかも知れない。ただ、他の者はどうやらみな「正しく」支払ったようなのである。

家事の手伝いなどもやらされた記憶はない。そればかりか、工場で仕事の「手ほどき」を受けた記憶もそれほどない。もちろん、工場内の光景には鮮明な記憶はある。あちこちに砂の山があり、中央部に溶鉱炉（キューポラ？）があって、金属が真っ赤に溶けて、青い炎がめらめらと上がっている。おそらくほんの幼い頃に、砂をいじって「仕事ごっこ」をしたことはあったのだろうが、明瞭な記憶に乏しいということは、物心ついてから、少なくとも系統的に工場に入ることはなかったということだろう。祖父も父も、「跡取り」を然るべく養成する気が、それほどなかったのだろうか。

ことほど左様に現実生活のスキルに乏しかったとはいえ、学校生活の上では何やら多少の才覚・才能はあったらしい。しかし、すでに大分長くなっているので、それについては、次回、もしくはいずれかの機会の「お楽しみ」とするのが適切だろう。

Hは、「幸せな」幼少期を過ごした。いまの小学生は、複雑な歪みや捻れに早くから曝されているようだが、戦後期の小学生は、まずは素朴な子供としての生活を送ったと言えよう。家族の庇護と協力の中で築き上げて来た人格は、思春期に入ると危険に晒される。それはたいていは、高みからの失墜、楽園からの追放として経験される。これが、いわゆる「いじめ」問題などで複雑に錯綜する以前、ある意味では、子供が子供でいられた頃の「古典的」な児童の軌道であろう。少年Hも、おおむねそのような軌道に沿って、危機へと入っていくことになる。ではいずれまた……。

二　父親のこと

前号の「ある少年H」は、中身が中身だけに、私の親しい「読者層」に、やや並外れた反響を呼んだ。落掌の謝意を伝えてくださる郵便やメールの中には、日本の戦中から戦後期に重なるご自身の幼少期に触れた方もいたし、幼少期を越えて、ご自身の生涯全体を総括した方などもいた。ある友人などは、高等小学校の教員として多くの教え子を戦場に送り出した父親が、八月十五日の午後、血相を変えて荒々しく帰宅し、「子供たちをみな殺して自分も死ぬのだ」と大声で喚いていたさまを語ってくれた。あの日に日本の隅々でどんなことが起こったのか、映画を中心とする映像情報を通してそれなりに承知はしていたが、このような「反応」の事例に出会うのは初めてのことで、かなりの衝撃を受けた。

「子供たちをみな殺して……」という科白をいまの人間が聞くと、ほとんど理解を絶する狂信的言辞となりかねない。しかし、少なくとも戦中の、しかも戦争末期の風潮を知っている者、直には知らないまでも、親しく察することのできた者には、子供たちを「みんなわが子」として慈しみつつ、「聖戦」遂行のために忠良なる少国民を育成することを己の使命と信じていた熱烈な教師の、使命感や子供たちへの愛、それに送り出した教え子たちへの責任の自覚やらが絡み合った絶望が、痛ましく実感できるだろう。

タイトルは忘れてしまったが、疎開児童を引率していた若い小学校教員が「玉音放送」を聴いて衝撃を受け、「こんな敗戦は認めるわけにいかない」などと口走ったが、同僚の若い女性教員に説得される、という映画の場面がいまいきなり思い出された。その青年教員の顔と語調ははっきりと眼に浮かぶが、相手の女性教員の顔は分からない。それは高津住男▼の顔で、さっそくネットで高津住男を引いてみたが、どうもその作品らしいタイトルは出てこない。* 学童疎開の児童たちの物語で、彼らが疎開先の小学校に到着するとき、国民服姿でそれを出迎える並列の中央には、大森義夫の顔があり、おそらく校長役の彼は、「こんな年端もいかぬ子供たちが、親許から引き剥がされて、可哀想だなあ。しっかり面倒を見てやらなければならないなあ」などと、隣の男（たぶん教頭か）に向かって囁いていた。

＊　実はその後、あれこれトライアルしてみたところ、それが、全農映（全国農村映画協会）製作の映画で、家城巳代治監督の『みんなわが子』（一九六三年）、出演者は桑山正一、高津住男、中原ひとみ等であることが判明した。そう言われ

▼**高津住男**（一九三六～二〇一〇年）　劇団活動から、映画、テレビドラマに進出した中堅俳優だが、彼のトピックは、妻が真屋順子で、八〇年前後に、テレビの人気ドラマ、「ケンちゃん」シリーズで、ケンちゃんとチャコちゃんの父親役をやったこと、あたりか。

てみれば、同僚の若い女性教員の顔は、中原ひとみの顔として映像が明確になる。全農映は、『荷車の歌』（一九五九年）、『乳房を抱く娘たち』（一九六二年）を製作しており、『みんなわが子』は第三作に当たるようだ。『荷車の歌』は、望月優子主演の映画として知っていたが、『乳房を抱く娘たち』というのは、初めて聞く。

このように書くと、いかにも直ちに「大森義夫」を認知したようにみえてしまうが、実は、このごろよくある「固有名詞が出てこない」という奴で、眼に浮かんだあの顔の持ち主の名前を突き止めるには、まず、彼がテレビ・ドラマ『事件記者』で某新聞社の高齢記者を演じていたことを思い出して、『事件記者』を検索しなければならなかった。しかし「大森義夫」を検索しても、やはり問題の映画のタイトルは突き止められなかった。ちなみにこの検索作業の中で、もう一人、もっと「大物」の俳優を思い出したのだが、やはり名前が分からない。いろいろとトライアルの末、突き止めたその名は「芦田伸介」だった。『事件記者』のメンバーだと思っていたら、実は『七人の刑事』の主役だったのだ。つまり新聞記者と刑事を混同していたわけである。『事件記者』は、NHKで一九五八年から六六年、『七人の刑事』はTBSで一九六一年から六九年（七八、七九年の第三シリーズは除いて）まで続いた。まあ、H少年の大学・大学院時代（要するに「自己形成期」ないし「学業期間」）に対応している。

父の帰還、土産の金平糖

高津住男だが、彼が印象に残ったのは、今井正の『あれが港の灯《ひ》だ』（一九六一年）に出ていたからである。これは、江原真二郎が、在日朝鮮人であることを隠して生きている日本の漁師の役を演じており、最後にこの漁師は、李承晩ラインで韓国の沿岸警備艇に拿捕され、「はんチョッパリ」と罵倒されて、銃の台尻などで殴打される。殺害されたのか、連行されることになったのか、覚えていない。高津は、この江原の秘密を知っている、幼馴染の日本人漁師の役で、腕も立ち、キャバレーなどでも陽気に騒ぐ、偏見も屈託もない日本青年を好演していた印象があるが、大漁の後の漁師たちのキャバレーでのどんちゃん騒ぎの狼藉ぶりなどが、いかにも無理をして拵えたという感じだったのは、監督が今井正だからしょうがないか、と思わせた。民衆の自然な愛国心について彼が江原相手に振るう熱弁も、やはり苦心して拵えたものの感を免れない。他には、岸田今日子がやはり在日の娼婦として登場し、「あんた、半島の人ね」と、江原の正体を見破り、「こうして体を合わせると、分かるのよ」というようなことを言う。「そういうものなのか」と、何やら勉強をしたような気がしたものだ。ちなみにこのタイトル、いかにも意味不明だが、おそらくこれはリンドバーグの壮挙を描いたビリー・ワイルダーの『翼よ！あれがパリの灯《ひ》だ』（一九五七年）をもじって、営業部が付けたものだろう。

高津住男はさておき、「玉音放送」に対する「反応」の事例としては、今村昌平の『日本昆虫記』（一九六三年）の一場面も、なかなかのものである。主演はもちろん左幸子、勤労動員の女学生だったとは思えないが、ともかく工場で働く若い女性（要するに「女工」）であった彼女は、たしか「玉音放送」のあった正午に、体調不良で（だと思うが）保健室で（だったと思う）横になっている。と、そこに長門裕之扮する職制が入ってきて、「ン？　どうだ？」とかなんとか言いながら、脈でも見るように手首を握ったと見るや、そのまま手を彼女の胸の方に滑らせていく。例の「忍び難きを……忍び」が、その直前に聞こえていたか、あるいはその最中に聞こえていたか、これまた記憶が定かでないが、いずれにせよ、あの「運命的・決定的」瞬間に、配下の女工にまんまと手を出した男、というわけである。このころの長門裕之は、のちの『バージンブルース』▼（一九七四年）の、妙にすっとぼけた、わざとらしく飄々としたトーンを早くも出していた。

さてこれとは別に、いつものように手書きの長文の手紙をお寄せくださった別の友人は、「裕福」な少年Hの祖父との密接な関係の陰で「影の薄い」父親に、優し

▼**『バージンブルース』**（一九七四年）　秋吉久美子の新人三部作（『赤ちょうちん』、『妹』）の三作目。秋吉は、愛くるしい容姿と、身も蓋もない覚めた発言、あっさりとヌードになるこだわりのなさで、この年、一躍人気女優となる。時代は、七〇年安保後の「シラケ」と日活ロマン・ポルノの全盛期。監督の藤田敏八も、当代随一の人気監督の一人。またタイトルは、人気作家の野坂昭如の歌「バージン・ブルース」から取られたものだが、野坂もゲスト出演して、自作の「黒の舟唄」を歌っている。

い眼差しを向けてくださり、戦後の困難な時代に、工場の経営にあたった「大黒柱」たる父の働きのお陰で、祖父も「存分に孫と付き合うことができた」のだと、縷々ご指摘くださった。まことに痛み入るお心遣いである。この方、大学院の先輩で、ある同人雑誌に、絶妙の筆さばきで綴られた「身辺雑話」風の作品を掲載されており、数年前にそれらの作品をまとめた本（『盆地にて』校倉書房）を出されていた。私もその本を頂戴したものの、当時は多忙を極めていたため、拝読する余裕がなかったのだが、最近少しは余裕ができて拝読したところ大変感銘を受け、えらく遅まきの御礼状をお出ししたものである。

　たしかに父親についてはご指摘の通りだろう。ただ、如何せん、幼年期からのHの自己意識、ないし「自己物語」とも言うべきものの中では、たしかに父親の影は薄かった、というよりは、祖父の方がはるかに濃い影を落としていたのである。Hと父との関わりは、父の復員から始まる。これはすでに「仁古田再訪――わがA la Recherche du temps perdu《失われた時を求めて》」で書いたことだが、終戦の年、信州上田の在の浦里村仁古田（現在は上田市内）に母親とともに縁故疎開していたHの許に、復員したばかりの父親が迎えに来た際、たぶん五歳になったばかりのHが、両手をついて「お父さん、お帰りなさい」と挨拶したのが、最初の「意識的」対面であった。たしかその時、父親が金平糖を土産に携えてきたように記憶している。その記憶が正しければ、金平糖というものを味わったのは、その時が初めてということになる。この金平糖、おそらく軍隊の「土産」であった。終戦からひと月ふた月の日本では、普通の市場で金平糖などは買えなかっただろうし、買えたとしても、えらく高価だったのではないか。ただ軍隊には比較的豊富な「物資」が蓄えられていた。そうした物資を、将校たちが大量に横領して闇市で財をなした、という話も珍しくなかったが、部隊が解散した時に、兵たちにも多少の分配があったという事例も少なくなかったようである。

父は内地にいた⁉

父親は、満州にいた。当然、関東軍ということになるが、どんな軍隊生活をしていたのか、ほとんど語らなかった。いずれにせよ、大きな戦闘（野戦）には加わらなかったようだ。「討伐」があった、という科白がちらりと漏れたことはあった（つまり軍事行動は「野戦」か「討伐」のどちらかなのだ）が、おそらくH少年が、そのような質問をしたことがあったのだろう。それに対して「いやー、討伐という奴だけだったよ」と答えたのだったか、それとも他の軍隊経験者との昔話の中で、「そうなんですよ、討伐ばっかりでね」という相槌が打たれたのだったか。おそらく、いわゆる「匪賊」の討伐であろう。「匪賊」とか「馬賊」といわれるものの中に、いわゆる抗日パルチザンのようなものがどれほどいたのか、もちろんその時点時点で状況はひじょうに異なるだろうが、いずれにせよ、ソ連による満州占領以前には、満州での共産党軍の勢力はそれほど有力ではなかったと思われる。

父は戦車の通信兵だった。これは徴集兵の中では比較的「頭の良さそうな」者が配属される部署らしい。モールス信号を覚えなければならないからである。父は中学出で、中学出というのは、現在の高卒に当たり、当時としては「高学歴」として扱われた。進学率からすれば、当時の中学卒が、現在の普通の大卒に相当するのではなかろうか。ところが「大事件」が起きた。というのは、師団だか部隊だかでモールス信号試験（競技会）のようなものが行なわれ、父が所属したチーム（中隊だろうか）が、最下位になってしまった。まあ、最下位かどうか詳らかにしないが、極めて悪い成績で、そのチームの教官が、責任を取って自決してしまったのである。教官だから、下士官ではなく、大学を出たばかりの血気盛んな尉官だった、と想像する。「あたら有為の」青年将校を、お前たちのせいでむざむざと死なせた、というので、チーム全員が「えらく殴られたよ」と父は言っていた。要するに、Hの父親が息子に語った、軍隊内での唯一の「武勲」は、帝国陸軍の青年将校一名の自死ということになる。

戦争末期になると、関東軍からは次々と兵力が引き抜かれて南方へ送られる。激戦で知られるペリリュー島の守備隊も、関東軍所属の精鋭部隊だった。だから父もいつ南方に遣られるか分からなかったのである。……ところが、つい最近、妹が電話で語ったところによると、なんと終戦の時、父は「内地」にいたというのだ。しかも、あろうことか、浜名湖の奥、三ケ日《みっかび》*に。つまり本土決戦用に、日本に送り込まれたわけである。

道理で、「復員」が簡単に済んだはずだ。満州からの帰還にまつわる苦労の一つも、聞いたことがないはずである。満州のどこかから、少なくとも三千キロほどはある道程の代わりに、たかだか三百キロ程度の旅で、無事帰還したのだ。もしかしたら、そのまま信州の疎開先に、家族を迎えに来たのかも知れない。鉄道の便はともかく、距離的にはそれも十分可能だし、なんとなく父は軍服でやって来たような印象がある。もちろん、当時の復員兵にとって、それは便利な「正装」であったろうから、何の論拠にもならないが。それに、いったん東京に戻ったのなら、必ずしもわざわざ信州まで迎えに来なくても……と考えたりもしたが、やはり父親として、留守の間に家族を匿ってくれた先方にきちんと礼を言わなければ……というのが常識だったろう……と、ここまで書いてきて、なぜ父が、東京に帰るより前に直接信州に迎えに来る、という観念が浮かんだのか、自分でも不思議な気がした。何を措いても先ず家族に会いたいと思ったのだと、思いたかったのだろうか。

＊　みかんが名産のこの町（現在は静岡県浜松市北区の一部）は、三ヶ日原人で名高いが、この三ヶ日原人、実は「原人▼」ではなく、「縄文人」だということになったらしい。要するに、ホモ・サピエンスである。ところで、この町は、H少年の将来の妻が生まれ育った地であるという、何やら「不思議な縁《えん》」があり、H自身ものちに二度ほど訪れることになる。余談ながら、この地の墓地に立つ墓標には、「奥津城」というタームが見られた。神道式である。廃仏毀釈運動の痕跡と思《おぼ》しい。

戦争末期の日本軍

妹はさらに驚くべきことを語った。「毎日、裏の山で昼寝してたんですって。毎朝、点呼があるんだけれど、名前も呼ばれなかったって言うのよ」。「つまり見捨てられていたわけか」。「見放されていたんじゃない」（笑）。そんなことが可能なのか。点呼で名前を呼ばれなかったのか、「代返」が効いたのか。もちろん、内務班▼に寝台はあったのだろうし、三度の食事は取っていたのだろう。しかしそれ以外は、全くの単独行動。兵営の外に自由に出入りして、食べる時、寝る時だけ内務班に戻っていた、というのか？　いずれにせよ、詳しく尋ねるべき相手はとうに他界している。戦争末期の日本軍の軍規はそこまで緩んでいたのか。もしかしたら、敗

▼原人　現在の定説では、原人は、ジャワ原人、北京原人など、旧人は、要するにネアンデルタール人、新人は、われわれホモ・サピエンスのこと。一九五八年に、三ケ日の只木遺跡で発見された人骨は、原人のものと鑑定され、そこに想定される人類は「三ケ日原人」と呼ばれることとなったが、近年になって、「原人ではなく、縄文時代早期の縄文人」と、鑑定が修正されたため、今日では「三ケ日人」と名付けられている。縄文人は、われわれと同じ新人である。

▼内務班　戦闘態勢ではない平時における兵員の兵営内居住の最小単位。将校と上層下士官は、兵営外に自宅を持ち、兵営に通勤したのに対して、軍曹以下の下士官と兵は、兵営に居住したが、そこで、一つの部屋で

戦の予感と厭戦主義が蔓延して、集団としての統制が崩壊寸前になっていたのか。もちろんそれは、「内地」だから可能で、特に住民に損害をもたらすようなことがなければ、無秩序が大目に見られていたのだろうか。

もちろんこれは妹の証言にすぎない。妹相手に話を面白おかしくしているということもあろう。それにしてもなぜ父は、妹だけにその話をしたのだろうか。もちろん偶然ということもある。たまたま妹相手の時に、その話をする機会に恵まれたということもあるだろう。しかしまた、やはり女の子だから気楽に話せた、ということもあるのではないか。惣領息子にはさすがにそこまでは話せない、ということだったかも知れない。

「戦車の通信兵をやっていたんだよな」。「そうよ。頭が良さそうな顔をしていたから、そうなっちまったんだ、と言って笑ってたわ」。父親は、まあ、細面の「二枚目」という奴で、分かりやすく言うなら、嵐寛寿郎▼タイプの面貌をしていた。まあ「頭が良さそうに」見えたと言ったとしても、ひねりを効かせた冗談というわけではなかったことになる。「床屋で鏡に映っているいい男はだれかと思ったら」自分だった、などと言ったこともある。

それはそれとして、この日本軍の体たらくには、今流に言うなら、「笑ってしまう」が、それで思い出すのは、先輩の彦坂諦《たい》*氏の『ある無能兵士の軌跡』（柘植書

起居をともにする二十から三十人の集団が、軍曹を班長とする内務班を構成した。兵営を学校とすれば、学級に当たる。兵の日常生活の枠組みであり、最小の「社会」であって、戦前の日本の人間関係のあらゆる悪弊（制裁やリンチ、要するにパワハラ）が凝集していた。

▼嵐寛寿郎

房）に登場する赤松清和陸軍一等兵である。「……に登場する」どころか、この実在の人物は、この本（全九冊のシリーズ）の主題、すなわち主人公に他ならない。赤松は、一九四一（昭和一六）年十月に、満二十六歳の大学出たての身で招集され、二度目の招集ではガダルカナルへ送られるも、奇跡的に生還。陸軍病院での入院生活ののち招集解除となり、一年ほど大阪毎日の記者をやったが、一九四四（昭和一九）年七月、三度目の招集を受け、フィリピンに送られた。フィリピンでは、彼は一兵卒の立場でありながら、小隊長代理の信任を得て、事実上、小隊の指揮権を掌握し、大岡昇平の『野火』で描き出された、日本軍敗残兵が飢えで次々と倒れていくあの「パタイ（死）街道」を、月光を浴びながら、馬上で謡曲『羽衣』を朗々と吟じつつ往還し、最終的に、自分自身と自分の隊の者を、「おおむね十分に食い、比較的傷つかず死なず」という状態で目的地にたどり着かせたのである。彦坂氏は、大西巨人の『神聖喜劇』の主人公、東堂太郎の並はずれた「有能」性による抵抗に対して、この赤坂を、日本帝国陸軍への「無能」性による抵抗の可能なあり方を体現する者として措定する。そして、軍隊内のあらゆる規則法令に通暁するだけでなく、野砲訓練でも「比類なき卓越」を示して、軍に付け入る隙を与えまいとする東堂の「有能」が、ついには「有能であることの罠」に陥るのに対して、赤松は「兵としての有能さは徹底的に拒否し」つつ、「個として生きのびるために必要な別の有能さは自覚的に求め」かつ「存分に発揮して、生きのびた」と、評価するのである（『文学をとおして戦争と人間を考える』れんが書房新社、二〇一四年、二八〜三〇頁）。

＊　彦坂諦《たい》（一九三三年生まれ）は、早稲田の大学院ロシア文学専攻満期退学。木材検収員、通訳、非常勤講師など「終始臨時雇いの身分で」働きながら、旺盛な執筆・評論活動を行っている。その妻だった人、今は亡き白井愛は、「亜人間の文学」シリーズなど、多数の著書があるが、本名浦野衣子で、早稲田の大学院仏文専攻でサルトルを研究。鈴木道彦氏や海老坂武氏と協力して、フランツ・ファノン『地に呪われたる者』の訳や、『サルトルとその時代』の編纂などをしている。サルトル研究における筆者の先輩にあたり、大学院時代は親交があった。彦坂氏とも、早稲田の大学院生の自治運動の中で、かなり親密な交流があった。

赤松という補助線

赤松の語るところによると、フィリピン行きの船の中ですでに彼は「はばをきかせて」おり、通常の兵卒が船倉に詰め込まれているときに、「上のほうのいい部屋」に、中隊長や班長などと六人で居住しており、一等兵の身で上だけ軍曹の服を着て、毎日行なわれる「命令受領」に班を代表して赴いていた。もちろん最古参で実戦経験があるという点が、大きくものを言ったのだろうが、彼が語る、中隊長も含めたその仲間の無規律振りは、信じがたいほどの体たらくで、驚きを通り越して、ほとほと呆れるほかない（『ひとはどのようにして生きのびるのか（上）』柘植書房、一九九五年、三七〜四四頁）。軍隊内で、より具体的には内務班内で、古参兵が威信を持つさまは、野間宏の『真空地帯』にも描かれており、主人公の木谷は、陸軍刑務所帰りの四年兵で、班内最古参のため、一等兵（上等兵から降等）ながら、班の全員を整列させてビンタを食らわすことができた。

赤松の証言は、内地時代に、外地行きが決まっている兵隊の中には、演習にも出ず、博打にうつつを抜かす者、わざと軍紀に触れることをして、外地行きを免れようとする者、大阪の赤線の女のところにしけ込んで帰ってこない者などがいたことにも及んでいる。そうなると、妹の話もかなり裏付けられたことになるだろう。もちろん「毎日、裏山で昼寝していた」という言葉の下に無数の具体的な行動が考えられるのではあるが。

それに、どうやら優秀とは程遠い通信兵だった父の隊内行動様式は、赤松というモデルを補助線として引くと、何やら有意的なものとなって来るではないか。彦坂氏の言う「兵としての有能さ」の拒否を、大学出で、英語も話せ、新聞記者までやれるインテリの赤松は自覚的・方法的に遂行したのだろうが、父はそれを、無自覚的で非系統的なやり方で貫いた、と考えることができる。それを性分から来る「ぐうたら」と言ってもいい。いずれにせよ、調子に乗って「有能でやる気満々の兵士」になろうとしなかったらしいことは、あの時代にあって大いに評価できるのではなかろうか。少なくとも、息子として安堵できる気がする。というのも、この息子の方は、もしかしたらその手の「お調子者」になりかねないところがあるからである。

さてその父親の戦後である。記憶に蘇る場面は、家族で連れ立って武蔵小山あたりに出かける情景である。武蔵小山商店街の入り口までは、中原街道を歩いて十分そこそこだったろう。バスもあったが、おそらく歩いて行ったと思う。当時は、どんな私鉄の駅前のどんな商店街にも映画館があったが、武蔵小山には、結構ランクの高い映画館があったらしい。ただ、荏原中延や旗の台の映画館は、地理的にも映像的にも明瞭な記憶があるのに、武蔵小山の映画館については、漠然としたロケーション感があるだけである。おそらく、武蔵小山へはもっぱら小さい時に父親に連れられて家族で行ったためだろう。結構颯爽と歩く父の跡を一生懸命に付いて行く映像が蘇るような気がする。妹がいた記憶はあまりないが、母はいつも一緒だった。というよりは、父と二人だけで行ったという覚えがないので、そう推理されるわけである。二歳年下の妹は小さすぎたので家に残されたのだろうが、いることもあったかも知れない。七歳年下の妹は生まれたばかりで、いずれにせよ、妹たちを家に残して、夫婦と息子で外出することができたのである。一緒に映画を観たあと、商店街で一番「高級そうな」中華料理店で食事をした。ある時、父親がウェイトレスにチップを渡した。どうもその娘が可愛らしかったかららしいが、この程度の店には不釣り合いな行為だったろう。「いやねえ」と母親が眉をひそめた記憶があるような気がする。

アメリカ映画、特に西部劇

この家族連れ立っての映画見物が、いつ頃まで続いたのか。逆に言うと、いつから自分で映画を観に行くようになったのか。このころ観た映画で明瞭に覚えているのは、ランドルフ・スコットとロバート・ライアンの『拳銃街道』や、エロール・フリン▼とアレクシス・スミスの『サン・アントニオ』、それにジョン・ホール▼主演の『アラビアン・ナイト』あたりだろうか。日本での公開年を調べてみると、前者が一九四九年、後二者は一九五〇年となる。一九四九年は、小学校三年で、明らかに家族で行ったと思われるが、ただ一度だけ、一つか二つ年上の環《たまき》ちゃんという女の子をリーダー格に、子供たち五、六人で池上線に乗って五反田まで行ったことが

▼エロール・フリン

▼ジョン・ホール

ある。荏原中延から三駅で五反田に行けたが、前代未聞の大冒険だった。一円玉が生きていたかどうか、覚えはないが、五円玉を握りしめていた記憶はある。いくらなんでも、学齢前ということはないだろう。

『拳銃街道』は、おそらくHの映画鑑賞キャリアの嚆矢を飾る記念すべき映画で、アメリカ西部という世界に大いに惹かれるきっかけとなった。家の庭で、女の子も交えて数人に、この映画の役を割り振って、ドラマの再現などをして遊んだものである。何しろモノを見たのはH一人だったから、やりたい放題だった。「それからお前がそこに倒れるんだ」などと言って、「演出」したわけである。プールー（サルトルの幼少期の愛称）と同じで、まさに「映画をやっていた*」のだ。この主演二人の名は、その時は認識しなかった。だいぶ後になって、「あの顔ならひょっとして」ロバート・ライアンじゃないか、と思った次第である。

＊　幼いサルトルは、母と映画を観に行き、家で母がピアノを弾いている間、曲に合わせて架空の「一人活劇」を演じたりした。母が楽譜から目を放さずに、「プールー、なにしているの？」と尋ねると、「映画をや、っ、て、い、る、ん、だ、よ」と答えたものである（『言葉』旧版、九八頁、ただし訳文は変えてある）。念のため、この部分の原語は、je fais du cinéma. これは、「映画を作る」であり、「映画に出演する」であり、「芝居がかった態度を見せる」や「気取る」であって、実に幅

広く、奥が深い。

『サン・アントニオ』はカラー映画で、アレクシス・スミスがキャバレー（と言ったら良いのか、いわゆるSaloon ただし、西部劇でお馴染みのSaloon としては、かなり広くて豪華だった）の花形。赤い派手なドレスで、広く胸を開けたデコルテで登場していた。それに特に感動した覚えはないが、その手の派手なデコルテの女性に出会ったのは、それが初めてだったろう。家でみながプログラムを見ている時に、彼女の写真を指差して「母ちゃんみたい」と言って、家族一同に大いに喜ばれた記憶がある。この映画のクライマックスは、件のSaloon を舞台にした大人数での撃ち合いだった。テーブルを倒してそれを盾に、拳銃の銃弾が飛び交ったが、エロール・フリンが盾にした円テーブルに銃弾が一発命中して、見事に円い穴が開いた。つまり、とても盾にはならない代物なのだ。この場面の前に、幌馬車隊に応援を要請する使いが出され、隊長が全隊に停止を命じる場面があった。となると、幌馬車隊から選抜された助っ人集団がSaloon へと駆けつけたのだろうか。ただこの場面は、もしかすると『拳銃街道』の一場面かも知れない。こちらは白黒映画だが、この場面はどうもカラーではなかったような気がするのである。

自分で映画に行くようになったのは、四年の時、五反田セントラルが柿落としをした時からである。これは、新宿や渋谷よりは一ランク下の二流駅前繁華街たる五反田としては格上の一流洋画封切館で、目黒川の畔に建っていた。ここの柿落としに、Hは一つ年下の「寿司屋のやっちゃん」と二人で出かけて行った。さすがに一流館の柿落としだけあって、ジャズバンドの生演奏が前座を務めた。その時、女性歌手が歌った曲のメロディーは今でも歌えるが、タイトルは覚えていない。もしかして「バッファロー・ビル」かな、といった程度だ。これを確認するために、ピアノで採譜して、みなさんのご教示を……とも思ったが、今回は見送りとしておこう。上映作は『サマー・ホリデイ』。ミッキー・ルーニーと、確かエリザベス・テイラーだと思っていたが、調べてみると、グロリア・ディヘヴンという名も知らぬ女優だった。ミッキー・ルーニーとエリザベス・テイラーの共演作は、三年ほど前の『緑園の天使』▼があり、これと混同していたのだろう。こちらも観ているのは確かだが、観たことにまつわる記憶があまりない。

やっちゃんと五反田セントラル通い

自宅の門を出て路地を十数メートル、ちょうど家二軒分進むと中原街道に出たが、やっちゃんの家は、門を出たすぐ右側だった。寿司屋だが、どうも寿司らしい店構えに覚えがない。父親の姿は見かけた記憶があり、いかにもいなせな寿司職人

▼『緑園の天使』

いった感じだった。母親の顔は漠然と覚えているが、その小綺麗な水商売の女将さんと家でもいったところ。おそらく、通い職人だったのだろう。ただほんの時たま、その家でも客が大勢来ているらしく、二階からさんざめきが漏れ、母親が客の相手をしているらしい声が聞こえることがあった。臨時に座敷を提供するようなことがあったのだろうか。やっちゃんは一人息子で、同じ小学校にいたような気配がないので、私立に通っていたのだろう。ともかく、彼と二人で五反田セントラルに通っていたはずだが、彼との具体的な思い出がどうも浮かんでこない。近所の「悪童」たちと相撲をしたり、チャンバラをしたりする時に、一緒にいた様子がないのだ。だとすると、どうして映画には彼と一緒に毎週のように行っていたのか、考えてみると腑に落ちないのである。五反田セントラルに行くと、次週の予告編をやる。それを観ると、また行きたくなる、という具合に、ほとんど毎週行っていた。たいていは西部劇だったから、面白かったが、時々はとても歯が立たない大人の映画があった。例えば『三人の妻への手紙』*。これはさすがに最後まで観通すことはできなかった。ことほど左様に、ほとんど毎週行っていたはずなのに、やっちゃんの影が薄いのはどうしてなのか。案ずるに、Hと一緒というのが、大人抜きで映画に行くのを許す条件だったのではないか。Hの側も同じで、かくして両家の利害が一致した、というのではなかろうか。

＊『三人の妻への手紙』（一九四九年）は、マンキーウィッツ監督の作品、とネットで調べて書いているうちに、どうも違う、と思い始めた。記憶では、それはオムニバス映画で、ピア・アンジェリが出ていたようなのだ。とすると、『三つの恋の物語』（一九五三年）だということになるが、そうなるとHはすでに中学生になっていた。

それにしても、当時、小学校中学年の児童が自分たちだけで映画に行くというのは、それほど普通のことではなかったはずだ。今でもそのあたりはそんなに違わないのではないか。映画館が子供二枚の入場券をすんなり売ってくれたのも、驚きでなくはない。何らかの「規制」（「どうしたの？」「大丈夫？」といった口頭での注意とか、「事情聴取」とか）を受けた覚えは一切ない。忘れていることもあり得るが、他のことにはかなりの記憶があるのだから、いくつかあった事例のうちの一つくらいは覚えていても良さそうなものではないか。家としても、驚くべき自由放任ということになろうが、社会としても、かなり自由放任的だったのだろう。それが終戦直後*の風潮というものかも知れない、という結論で、ひとまずは満足しておこう。

＊　終戦直後というのは、いつ頃までを言うのだろうか。漠然と一九五〇年くらいまでかな、と思っていたが、ウィキペディアには、「終戦直後の日本を舞台とした映画作品」というページがあり、これで見ると、いわゆる神武景気の始ま

り（一九五四年十二月）の直前までが「終戦直後」となるらしい。神武景気は日本の高度成長の発端で、これにより一九五五年のGNPは戦前の水準（一九三四年から三六年の平均）を超え、翌一九五六年次の経済白書は、「もはや戦後ではない」と宣言する。これと連動するように、一九五六年十月に日ソ共同宣言が調印され、これを承けて十二月には、国連加盟が実現する。なるほど「結構でしょう」。しかし、それはあくまで「戦後」が終わったということで、「終戦直後」というのは、戦後のうちの最初期ということでなければならないとするなら、やはりせいぜい一九五〇年くらいまでではないか、という「こだわり」が残らないでもない。

そこで文句なしに「終戦直後」を定義するために、「アプレ▼」という言葉が流行した時期、というのを考えてみた。その着想のヒントとなったのは、黒澤明の名作『野良犬』（一九四九年）で、三船敏郎扮する若い刑事が、実弾の入った拳銃をすられ、先輩刑事の志村喬とともにその行方を追ううちに、その拳銃による殺人事件が発生してしまうわけだが、この捜索の間、志村は三船を自宅に招いて、ビールなどで慰労する。その際の二人の会話の中で、まだ姿も見ない犯人の人物像を想像しながら、「ああいうのを、何て言うんだっけ」という問いが出され、「アプレ」という流行語にたどり着く。そして、「ありゃ、アプレゲールじゃ

▼**アプレ**　言うまでもなく、戦後を意味するフランス語の単語「アプレゲール」après-guerreから来ているが、なぜフランス語が採用されたかと言うと、もともとは、戦前の日本文学と訣別して、戦後文学を打ち立てることを標榜した『近代文学』（一九四六年一月創刊）の同人や執筆者あたりが、盛んにこの語を用いたから、と記憶している。要するに、かなりペダンチックで洒落た言葉として、受け入れられたのだろう。ちなみに、第一次・第二次戦後派と言われる作家たちの半ば近くが、仏文科出身であるかフランス語が堪能だった。

なくて、アキレケールだな」などと、今流に言うところの「親父ギャグ」で、オチがつくのである。ちなみに、犯人を演じた木村功は、黒沢の目に止まって抜擢されたものだが、まさに絶妙の演技、というより、絶妙の素材、今流の言い方をするなら、圧倒的な存在感だった。それに比べると、『真空地帯』▼での彼は、ややミスキャストだったのではなかろうか。

要するに「アプレ」が流行った一九五〇年くらいまで、と言いたかったわけだが、やはりウィキペディアで「アプレゲール」を引くと、主要な、ほとんど唯一の現象として取り上げられているのが、「アプレゲール犯罪」であった。つまり「アプレゲール」とは、そのころ流行った犯罪のタイプの呼称として歴史に残っているのである。そこに具体例として、光クラブ事件（一九四九年十一月二十四日）からカービン銃ギャング事件（一九五四年六月十四日）まで、都合七件の事件が列挙されている。そのうち覚えがあったのは、この二つと、金閣寺放火事件（一九五〇年七月二日）の都合三つだったが、光クラブと金閣寺の二件は、三島由紀夫の小説の主題となっており（前者は『青の時代』、後者はいうまでもなく『金閣寺』）、それを通して承知していた（金閣寺消失そのものは、直接知っていたと思う）が、生《なま》で明確な記憶があるのは、カービン銃ギャング事件だけである。

これは中学二年の時のことだから、それも当然だろうが、特に逮捕された犯人

▼**『真空地帯』**（一九五二年）まさに内務班の日常を描いた長編小説で、出版と同じ年の内に、監督山本薩夫で映画化された。主役の木内役は、木村功。「真空地帯」というタイトルは、篇中、著者の分身と思しきインテリ兵、曽田が心の中で、兵営のことを「真空地帯だ。ひとはそのなかで、ある一定の自然と社会をうばいとられて、ついには兵隊になる」と心の中でつぶやく独白から来ている。

が美人の恋人と汽車で移送される映像は記憶にある。その恋人、当時の人気女優「角梨枝子に似ているな」と、父などが言っていた。おそらく国民世論の見解だったのだろう。列車のボックス席に向かい合って座り、身を乗り出して頬を摺り寄せるようにして、暗い車窓を二人で覗き込んでいるのを、横上方から撮ったその映像、ニュース映画で見たのか、あるいはその年なら、すでにテレビで見たのかも知れない。実は筆者は、この事件が、逮捕された瞬間に犯人が「オー、ミステイク」と叫んだあの事件だと思い込んでいた。ところが「オー、ミステイク」で検索してみると、実はこれは「日大ギャング事件」（一九五〇年九月二十二日）で、十九歳の犯人が一つ年下の恋人に、「オー、ミステイク」と叫んだのだということである。もちろんこれも、「アプレゲール犯罪」の一つに数えられている。

要するに一九五四年までは、「アプレ」という語が「生きていた」ということになりそうだが、とはいえやはり、「アプレ」が流行っていたのは、一九五〇年くらいまで、というこだわりは捨てがたい。

一方、「戦後」の方は、経済白書の宣言にもかかわらず、その後も「終わることなく」続いている。今年（二〇一六年）まで七十一年続いていることになる。となると、終戦直後とは、「戦後」が本格的に始動するまでの準備期間だった、ということになるだろう。戦後という時代がそんなに長いのは奇妙だ、という言説があるようだが、別に構わないではないか。日本史において、平安時代は四百年続いた。だいたい時代区分というものは、あくまでも便宜的なもので、近代以前については、政権の所在地（首都）に準拠している（それ以前は、土器とか古墳といった代表的文化現象に準拠）。近代以降は、君主国たる日本では、君主の在位期間（「一世一元」で「年号」と合致している）で区分がなされる。子供の頃、日本史の年表が、江戸時代の後は、明治時代、大正時代……となっているのが、どうにも理不尽に思えたものである。「東京時代」とすべきではないか、と思っていた。しかしこれは君主国には通有のことで、連合王国は、ヴィクトリア朝、ジョージ朝と、やはり君主の治世で区分しているようである。つまり、日本史年表は、異なる時代区分法を折衷的に混交しているわけだが、そこが便宜的の便宜的たる所以のものなのである。

一方で、国家体制ないし政治体制（政体＝régime）で区分することもあろう。二十世紀半ばまでのフランスは、その点まことに便利で、大革命以降、短ければ二、三年、長くとも二十年弱で政体が変わり、唯一、第三共和制のみが七十年ほど続いた。この場合は、間に第一次世界大戦があったため、「両大戦間」という時代が成立した。現在の第五共和制は、一九五八年に発足であるから、間もなく六十年目を迎えるが、特段の「時代区分」問題が起こっているようには見えない。いずれにせよ、西洋諸国には、西暦があり、時代区分としては世紀がある。日本の場合、君主の治世に他ならない「昭和」の間に、決定的な政体の転換が起こり、そこで「旧政体」時代の「昭和」を明瞭に区別するために、「戦前・戦後」という区分の必要性が高まったのであろう。政体で区分するのなら、維新以後の日本は、「維新臨時（太政官）政府」時代、「大日本帝国」時代、「戦後臨時政府」時代、「日本国」時代、とならねばならないところだが、そうなると、「昭和天皇」は三つの時代にまたがっていることになる。

　戦後が長く続く、という問題だが、例の「戦後五十年、六十年、七十年談話」の「戦後」という語は必ずしも「現在が戦後という時代に属する」ということを意味するわけではなく、例えば「フランス革命」二百周年と同じように、「戦争終結」七十周年である、という意味だとすることも、不可能ではない。もちろん、わざわざ談話を出す必要があるということは、七十年前の「戦争終結」が、きわめて、もしくは多少、今日的な意味を持っているということを含意していることは、間違いないのであるが。

　戦後が長く続くということそれ自体は、大変結構なことで、例えば江戸時代というのは、「元和偃武《げんなえんぶ》」▼後の泰平の世だったのであり、これも二百年間続いた「戦後」であったと言える。ここでやや良識派振って、われわれが望む、ないし

▼元和偃武　慶長二〇年（一六一五年）五月の大坂夏の陣によって、長らく（応仁の乱以来？　むしろ鎌倉末期以来、と言うべきか？）続いた日本の内戦状態が完全に終息し、偃武修文（武を偃《ふ》せて文を修む）になったことを意味する。この「修文」、元号「平成」選定の際の候補の一つだったことは、記憶に新しい。幕府は、この年七月、年号を元和と改めた（改元）。元和偃武というキャッチフレーズは、この時併せて発信されたものだろう。天海あたりの着想か。ちなみに、講談などで、大坂夏の陣を「元和元年……」などと称するのは、以上に鑑みて誤りである。

目指すのは、全世界的な永久的「戦後」である、というかっこいい言明まで行くと、白々しいクリシェ（紋切り型）となってしまうだろう。

ここまで書いてきたら、日本国憲法の問題について触れなくてはならない気配にもなるが、そこまで踏み込むのはやめておこう。ただ、この件についても、用語の無規定や混同が横行しており、それが議論をことさら不明瞭にしている上に、議論に加わる者の間で、戦略的ないし世間的思惑から故意の言い落としが多すぎる、ような気がするとだけは言っておこうか。

映画好きという遺産

こうして小学四年からは、もっぱら自分で映画に出かけたわけだが、家族連れ立って出かけることがなくなったわけではない。佐分利信*の監督作品で、二・二六事件を主題とする『叛乱』（一九五四年）は、どうも家族で観たらしい。というのも、映画中、山下奉文《ともゆき》▼が登場し、決起した青年将校を扇動しながら、体良く裏切る「悪人」に描かれていたのについて、「山下奉文って」偉い人だと思っていたら、悪い人なのね、というようなことを母が言い、作品によって描き方が違うことはあり得る、というようなことを父が答えていたのを覚えているからだ。一九五四年なら、Hは中学二年になっていたが、そんな年まで「家族で映画」は続いていたのか、と

▼**山下奉文**（一八八五〜一九四六年）　おそらく日本陸軍で最も有名な将軍の一人（石原莞爾などとともに）だろう。太平洋戦争の初動期、マレー作戦の指揮に当たり、シンガポールを陥落させ、「マレーの虎」の異名を取った。英軍司令官パーシバルに、「イエスかノーか」と降伏を迫った場面は、日本の戦争画のモチーフともなり（「山

感慨を覚えないでもない。もちろん、しょっちゅうのことではなかっただろうが。

＊実は『叛乱』は佐分利信の監督第一作だと思い込んでいたが、今回ネットで調べてみると、すでに一九五〇年の『女性対男性』以来九作目であるという。一九五九年の最後の作品までの十年間の、ちょうど真ん中の作品ということになる。なお、『叛乱』の前の作のタイトルは『広場の孤独』（一九五三年）。まさか堀田善衛の芥川賞受賞作の映画化か？　とさらに調べてみたら、果たしてそうだった。へェー、佐分利信が主演と監督だなんて、「知りませんでした」。それはそれとして、小津作品に登場する佐分利信は、何やら目つきが悪くは「ありませんか？」なんか妙に座った、軽い邪悪さのようなものを湛えた、とさえ言えそうな目をしているのが、前々から気になっていたのだが……。

要するに、三十代の父親は、よく家族を映画を観に連れ出していたのである。映画以外の外出・行楽はどうかと言うと、前号で語った上野公園以外、記憶はない。事実がなかったかどうかは分からない。ただ、あまりその手の行楽が好きな男ではなかったようだ。スポーツにも関心はなく、例えば何らかの野球チームのファンで、息子を連れて応援に出かけ、自分の好みに息子を巻き込む、というようなことはなかった。「昨日ジャイアンツが負けたから、今日は機嫌が悪いぞ」などと言われるような、大人の男の「ご愛敬」もなかった。Hは、野球を観に行ったのは一度

下、パーシバル両司令官会見図」宮本三郎）、現地の蝋人形館などでも再現されている。しかし、二・二六事件においては、皇道派青年将校の理解者と目され、決起将校に降伏を説得したのも彼であったが、天皇の不興を買い、陸軍内では不遇であったという。敗戦時、マニラにおける軍事裁判で死刑の判決を下され、絞首刑となる。

だけ、遠出して多摩川まで釣りに行ったのも一度だけしか記憶にない。どちらも、父親に連れられて行ったものではない。家には大勢の人が出入りしており、工場で働く職人もいたから、そのうちのだれかに連れて行ってもらったのだろう。野球はおそらく後楽園で、当代随一の強打者、赤バットの川上▼が三振ばかりしていた。そこで「川上なんて、三振王だぞ」などと、帰ってから友達に得意げに触れ回ったものだ。釣りは、彼自身の成果は、やかんを一つ釣り上げただけだった。もっとも、近くを立会川が流れていて、まだコンクリート護岸がなされていない田園的な川縁《かわべり》で、ザリガニ取りくらいはやっていたが……。

　つまり父は、かなり映画が好きで、映画という自分の好みを息子にも植え付けた、ということにはなるだろう。もしかしたら、Hのスポーツ、特に観るスポーツへの相対的無関心も、父親の「影響」と言えるかもしれない。ここでまたサルトルを持ち出す必然性はないかも知れないが、プールー（少年サルトル）にとって、映画とは、母と二人で享受する楽しみだった。当時、「女、子供の娯楽」であった映画に行くことは、祖父シュヴァイツァーの眉をひそめさせた（『言葉』旧版、八二頁を参照）。もちろん、二十世紀半ばの映画全盛期たるHの幼少期における映画の地位は、全く異なる。もちろん高尚な人士からは、依然として二流の娯楽とみなされていたかも知れないが……。ただ祖父が映画を観たという話は聞いた覚えがない。

▼赤バットの川上　のちにジャイアンツの監督として九連覇を成し遂げた川上哲治は、現役時代、赤塗りのバットで打った。対するに東急フライヤーズの大下弘は、青バット、阪神タイガースの藤村富美男は、「物干し竿」と呼ばれる長いバットで人気を博した。

祖父にとっては、映画は下らぬ娯楽だったのだろう。

サルトルの映画好き

サルトルは、同時代の知識人の中では際立った映画好きで、ル・アーヴルのリセの教師として就任したその年（一九三一年）の終業式（賞の授与式）でのスピーチで、映画という新しい芸術の派手な弁護論を展開して、顰蹙を買ったほどである。*

Hも同世代の少年の中では、ずば抜けた映画好きだった。何せ観ている映画の数と質がずば抜けていたからだ。サルトルは母親から映画に導入されたが、Hを映画に導入してくれたのは父親であった。もし父親というものが、人にある程度の「宿命」を刻み込むものであるとすれば、映画は父によってHに刻み込まれたささやかな宿命なのかも知れない。

＊　リセとはフランスの国立高等学校であるが、ご存知のように、リセには「賞の授与式」というものがあり、学年ごと、科目ごとの成績優秀者に賞を授与するのだが、それが日本での卒業式プラス終業式に該当する。卒業式がないのは、リセの教育の目的は、バカロレア（大学入学資格）を取得するための試験に合格して、この資格を取得することであるが、この試験は全国一律の試験であって、個々のリセの管轄を離れているからである。

サルトルが就任したリセ〈フランソワ一世〉では、学年末の「賞の授与式」で、新任教員に記念スピーチをさせるのが慣例だった（おそらく多くのリセで、それが慣例だったのだろう）。アグレガシヨン（教授資格）を取得したばかりの二十六歳の新任教師のスピーチの結語のあたりは、こうである。「諸君のご両親は、安心なさってよろしい。映画は悪しき学校ではありません。それは一つの芸術……現代の文明を反映する芸術です。いったい誰が諸君に、諸君が生きている世界の美しさを教え、スピードや機械の詩情について、工業というものの非人間的にして華麗な宿命について教えてくれるのでしょうか？　諸君の芸術であるんだ。映画以外に、いったい誰が？」ここまで言って、サルトルは一息つき、こう結んだ。「頻繁に映画に行きなさい。もっとも映画は悪い季節向きの娯楽です。ですからその前に、良いヴァカンスをお取りなさい」。（『サルトル伝』〈上〉藤原書店、二〇一五年、一七六頁）

ただHは、映画への好みにおいて、たちまた父親を凌駕した。それを可能にしてくれたのは、父が採用した自由放任策であったということになろう。これはずっと後まで変わらなかった。二歳下の妹は、成長すると、かなり夜遊びなどするようになり、時々厳しく叱られていたようだが、息子の方はそんなことはなかった。男だから、多少遅く帰っても問題にはならなかったし、いずれにせよ、それほど夜遊びをしたわけではない。こうした自由放任策、言わば家庭レベルでのリベラリズムは、当時どの程度、普通の事態だったのだろうか。ところがこれは調べるのが存外むずかしい。友人の家の父親との関係など、なかなか目に触れないものである。

小津安二郎、とくに「麦秋」

ここで参考になるのが、小津安二郎である。彼の作品には、結構やんちゃな子供が登場する。ただ、小津の困った点は、どれも同じようなシチュエーションで、俳優が同じでその役柄がよく似ており、どれがどの作品なのか混同してしまう、といつものように呟きながら、ウィキペディアで作品一覧を眺めてみたら、それほどでもないことが判明した。要するによく混同していたのは、『晩春』と『麦秋』で、二作とも原節子の結婚話だが、前者では彼女は、鎌倉に住む大学教授に扮する笠智衆の娘、後者では医者の笠智衆の妹の役で、未来の姑による「結婚申し込み*」を受諾する。もう一つ、小津の作品の場面（複数）で、どの作品中のものなのか、言わば杳《よう》として行方が知れなかったものを、この際いろいろ検索してみたら、突き止めることができた。それは、佐野周二が原節子の上司で、淡島千景が、佐野周二が贔屓にしている料亭の娘で、しかも原の女学校時代の級友という設定、淡島は佐野の会社に月末の「お勘定」取りにやって来る一方、原とは、小津が楽しそうに描く女学校の級友関係の、あの「女の子同士のいちゃつき」という奴を長々と繰り広げてくれるという場面（複数）だが、果たしてこれが『麦秋』の中の場面であった。前から印象的だったのは、爽やかな快男児で通っていた佐野周二が、「ガハガハガハ」と喉の詰まったような下品な笑い声で大笑するところで、例えば、淡島に「料亭の娘なんだから」色の道なども心得ているのだろう、というような冗談を言って、「失礼ね、課長さん」と、すっかり怒らせてしまう場面にも、この「ガハガハガハ」が出てきた。日常の現実の中から、面白そうなものを拾ってきて、作品の中に挿入する小津の手法の、あまりわざとらしさを感じさせない成功例ではなかろうか。

＊　原節子の兄は医師（笠智衆）で都内の病院に勤務するが、その同僚が二本柳寛で、妻と死別して、幼い娘がおり、杉村春子扮する母親と二人で、どういうわけか原節子・笠智衆の家の近所に住んでおり、原節子はちょくちょく顔を出して、杉村春子とお喋りなどする仲である。原節子には、かなり年上の男との縁談が進んでおり、一方、二本柳寛は秋田へ転勤が決まり、いよいよ明日出発という晩、原節子が餞別などを持って訪れる。息子はまだ帰っていないが、いつものように話が交わされるうちに、杉村春子が、「本当はね」と言い出す。「怒っちゃだめよ。こんなこと言ったからって、怒らないでね」と、しつこく念を押しながら、「本当は、あなたのような人がうちに来てくれればいいなと、いつも思って

いたんですよ、ごめんなさいね、怒らないでね」。と、原節子、目が座り、「オバさま、本当なの」「ええ、もちろん、ほんとよ、怒らないでね」などという遣り取りが、次第に原節子の「受諾」へと、まるで深みにはまるように、原節子の座った目の中に吸い込まれるようにして、落ち入って行く。「あたしでよければ……」「ほんと、ほんとよ、ほんとに来てくれるのね」。「ええ」という遣り取りが終わり、原節子扮する紀子、辞去。家を出て数歩のところで、帰って来た二本柳と出会うが、いつものような言葉を一言二言交わしただけで別れる。と、そこへ家から出てきた母親がやってきて、「何してるのよ、あんた、紀子さんが来てくださるってのよ」。「来てくださるって、どこに?」「家《うち》にだよ」で、この珍妙な場面は終わる。まさに絶妙の遣り取り、原節子の演技としても、『晩春』の父親への「愛（正確には「ずっと一緒にいたいという意欲」）の告白」の場面と双璧をなす、凄みのある名演技と思う。

他家へ嫁ぐ女性にとって、最大の問題は姑であり、姑に気に入られることが、最大の幸せの条件であることは、およそ外婚制というものに普遍的な事態であるが、だとすると、未来の姑に気に入られ、望まれて結婚するというのは、最も理想的なことであろう。世界の人類の歴史の中には、「未来の姑による結婚申し込み」という制度が、制度とまでは行かなくとも少なくとも慣習が、おそらくは無数に見つかるのではなかろうか。

「叱らない」父親

さて子供だが、小津の子供たちは二人兄弟で、兄は弟に無理難題を押し付ける。『麦秋』では、笠智衆と三宅邦子が夫婦で、その上に菅井一郎と東山千栄子の父親夫婦がおり、原節子はその娘で、笠智衆の妹となるが、そこに菅井の兄にあたる高《こう》堂国典《どうくにのり》▼が地元の飛鳥あたりから上京してきて、泊まっている。その「賓客」の前に行って、「バカ」と言えと、兄は弟に命じ、弟はそれを実行するが、幸い少々耳が遠いため、大事に至らない。あるいは、聞こえない振りをしたのかも知れないが。

この兄は、鉄道模型を買ってくれと、しつこく父親にせがんでいて、ある日父親が長い立方体の紙包みを持って帰ってくると、それをおねだりの品と勘違いして、「嬉しいな、しめしめ」などと言いながら、それを開けてみると、出てきたのは、何と食パンだった。それにしても随分長いパンで、四十センチはあったろう。落胆した兄息子は、悪態をついて、父親に打たれ、弟を連れて家出してしまうのだが、それにしても、感触から、分かりそうなものではないか、鉄道模型でないことくらい。小津さん、このギャグは少々無理がありますね。

一九五一年（あるいはその前年）に小学校高学年生と思しきこの子は、ちょうど

▼**高堂国典**（一八八七〜一九六〇年）映画の最初期からの映画俳優の一人。黒澤明のものにもよく出ており、代表作は『七人の侍』の「ジッツァマ」。浪人を雇うというアイデアに、「やるべし」と答えるあの役である。

Hと同じ年頃だが、ご覧の通りの腕白で、父に叱られて打たれる。ここでも出てきた「お父さん（さま）に叱ってもらいますよ」の科白は、『東京物語』（一九五三年）にも出てきたと思う（未確認）。それが一九五九年の『お早よう』となると、当代随一の人気子役、設楽幸嗣演ずる兄は中学生、となると弟は小学四年くらいか。弟がなかなかいい感じで、笠智衆扮する父親が怒った顔で近づいて来るのへ、「あれは嘘だよ、怒ってないよ」などと牽制する。ここでも父親は「叱る役」として姿を現している（ただ、かなり子供に見透かされているが）。一九五九年にHは、大学生になっていたが。

それやこれや勘案してみると、Hの父は、当時としてはまことに稀有なる「叱らない」父親だったということになる。リベラルな家庭での父親とは、妻が家庭内権威として祭り上げ、直接の窓口としての母親のレベルで解決できない（手に負えない）ケースについて、権威ある判定を下す最終審級として、日頃から子供に認めさせているのでない限り、自分で権威を押し付けることができないものだが、Hの母親は、そのように夫を「立てる」ということをあまりしなかった。なにしろ、家には祖父という「家父長」が君臨していた。それに、祖母もいたし、工場の従業員（中には親戚もいた）や出入りの者たちもいて、言わば多くの人間が、さまざまな度合いでHの教育（formation）に参画していた。だから父は、父親というものの機能のかなりの部分を奪われていた、とも言えるし、それらから免れて、自由だったとも言える。そう考えると、Hの父の父親としての真骨頂が現れるとすれば、それは祖父が亡くなった後になってからということになろう。

家庭教育リベラリズム

父親は何者だったのだろうか。これを戦後日本の父親とは……、と言い換えた時、真っ先に念頭に浮かぶのは、大島渚の『青春残酷物語』（一九六〇年）に登場する、浜村純演ずる、久我美子・桑野みゆき姉妹の父親である。無断外泊の末、久しぶりに帰ってきた妹娘をたしなめないことを姉娘から詰《なじ》られた父親は言う。「なんて言えばいいんだ。昔は終戦直後で、生活は苦しかったが、世の中には方向性があった。民主主義の日本に生まれ変わるんだと言って、説教することもできた。自由には責任が伴うとか何とか……。今はこの子に何をすべきだと言えばいいんだ。ないじゃないか。私は何をするなとは言いたくないんだ」。もちろんこの父親は、ある程度のインテリらしく、少なくとも大学出のサラリーマンらしい（もしかしたら、教師か?）。しかも「民主主義の日本の建設」という理想を、少なくとも標榜するという経験も持ち、それに挫折ないし幻滅しているらしい。しかしこの父親の、インテリらしい民主主義の理想とその挫折という経験を取っ払って見るなら、所属していた社会の崩壊とあらゆる価値の失墜という、より広範な階層の父親たちの境涯が浮かび上がってくるだろう。それを、これほど簡にして要を得た言葉で、荒々しく表現した例はそう多くはあるまい。

「微笑む（もしくは「優しい」）ニヒリズム」という言葉が、どこかにあったような気がする。「ニヒリズム」の代わりに「アモラリスム」と言ってもいいかも知れない。理想とか道徳という、知識階層の観念論に無縁な庶民は、天性のニヒリストなのではないか。ただ生活に直接関わる人倫（エトス）は、基本的に遵守するのであるが。いずれにせよ、道徳的説教をするほどの道徳も、その根拠も持ち合わせないことを、承知していたという点で、Hの父親は、「明晰」だったのではなかろうか。

親のなすべきこととは、子供の邪魔をしないこと、子供が何らかの才能なり志望なりを表出した時は、それを抑圧することなく支援すること、というのが、今日定説化している「家庭教育学」の原則のようだ。その点では、Hは一切邪魔されなかったし、全面的に支援されてもいる。例えば、石屋の子として生まれた広田弘毅▼（一八七八年生まれ）は、「石屋の子には学問は要らない」と父親から言われた（この手の伝説は、往々にして、当人の苦学力行の価値を高めるために、誇張されているものだが）。文学青年が、父親の反対で泣く泣く医学部や法学部に入る、というのは、

▼**広田弘毅**（一八七八〜一九四八年）極東軍事裁判で、文官で唯一Ａ級戦犯として死刑判決を受け、絞首刑に処された人物。外交官出身で、外務大臣を歴任、二・二六事件後の一九三六（昭和一一）年、内閣総理大臣となり、それを襲った第一次近衛内閣でも外相を務めた。日独伊三国同盟に繋がる日独防共協定は、首相在任中に締結され、日中戦争の勃発は、近衛内閣の外相時代。死刑判決は、大方から意外で不当と受け止められ、城山三郎の『落日燃ゆ』は、悲劇の政治家として彼を描き出している。

世の通例だった。それが今では、ジャニーズに入りたいという息子は、家族を挙げての全面的支援を期待することができる。近代日本百五十年の間に、家庭教育リベラリズムというか、才能のメリトクラシー▼は、ここまで進んだわけであるが、その日本近代のちょうど折り返し点にあって、Hの家の家庭教育リベラリズムは、当時としてはかなり先進的だったのではなかろうか。

そこにもやはり、前回触れた、H少年の「裕福さ」と同じ条件が作動している。社会階層が上の家庭では、「才能」なるものへの要求水準が高いが、傑出した「才能」の萌芽が認められれば、確実に支援される。多くの音楽家のケースがこれであろう。経済的に苦しい家庭（当時の）では、子供は未来の働き手として期待され、「才能」などは問題にされない。少年Hは、幸い容易に「才能」が認められ、驚嘆されるレベルの、程良い家庭に恵まれたのである。

もう一つ想起されるのは、「ドラ息子」ないし「若旦那」の伝統である。昔の大店の若旦那は「箸より重いものは持ったことがない」のである。大事に育てられてわがまま勝手な男になり、家業を顧みずに芸事に溺れる、というパターンだ。その行く末は、親に勘当されるか、ハリー王子▼張りの大回心をして、真面目一筋の息子よりは却って「明君」となるか、である。それほどの大店とは言えないHの家でも、いずれは惣領息子に跡を継いでもらいたいが、「まあ、若いうちは、好きなこ

▼メリトクラシー（meritocracy）　イギリスの社会学者マイケル・ヤングがその著書 *Rise of the Meritocracy* で提唱した概念。要するに merit を持つ者による支配であるが、merit を「功績」と捉えるか、「真価、実力」と捉えるかで、「業績主義」もしくは「能力・実力主義」と訳される。現象的には、学校称号が示す資格を重視する「学歴主義」ともなる。

▼ハリー王子　シェイクスピアの傑作『ヘンリー四世』の主人公、ヘンリー王子（のちのヘンリー五世）の愛称。この王子、フォルスタッフを始めとするいかがわしい輩と交わり、乱行に明け暮れるが、父王ヘンリー四世の崩御で即位するや、ヘンリー五世として、フランスを征服するイングランド史上有数の

「方針」というのが共通の思いだったろう。ただその大まかな「方針」の具体的実現については、Hが成長するにつれて、祖父、父、母の間でいろいろ微妙な差が錯綜し、しかも変転することにもなるのだろう。

名君となる（『ヘンリー五世』）。Harry は、Henry という名の愛称形だが、フォルスタッフは、彼を Hal と呼んでいる。ドストエフスキーの『悪霊』の第一部第二章のタイトルは「ハリー王子」。これは、主人公スタヴローギンの一種の渾名で、乱行・奇行を繰り返す少年時代の彼を理解しようとした家庭教師のステパン氏が、シェイクスピアの「ハリー王子」を引き合いに出したところから来る。ちなみに、太っちょで、大酒飲みで強欲、女好きで臆病だがずる賢いフォルスタッフは、エリザベス一世を始め、多くの人士に愛され、ヴェルディは彼を主人公にオペラ『ファルスタッフ』を作った。

三　「性に目覚める頃」

高校の頃、国語の授業で何度か、小説の名作の読書会をやった。一度は、魯迅の『狂人日記』で、これは担当教師が公開研修会というかモデル授業のようなものに仕立てたため、他校の教員が何人も参観に来て、同僚の日本史担当の教員なども列席した、何やら公開討論会のようなものになった。Hは、時代背景のレポートを担当し、当時出たばかりの山川出版社の世界各国史シリーズの『中国史』を読んで、辛亥革命前後のレポートを行なったが、おそらくは、悲しいかな事実の羅列だけに終わった。「要するに、革命は失敗したわけです」という、日本史の教師の総括の言葉だけは、よく覚えている。

このほかにも数回（もしかしたら一回だけ）行なわれたが、どういうわけか、必ず複数のクラスの合同だったようだ。女子の姿に覚えがないところからすると、男子だけの合同授業だったのか。もしかすると、女子には「性教育」の合同授業が行なわれていたのかもしれない。そう言えば、その授業に紛れ込んだ、だか、忍び込んだ男子が二、三人いて、講堂で出産の場面が映し出されるのを観た、という話だが、もちろん彼らはすぐ発見されてつまみ出されたのは、言うまでもない。

そんな「読書会」(「名作鑑賞」とでも言うのだろうか)で、室生犀星の『性に目覚める頃』が取り上げられたことがある。タイトルからして高校生たちの関心を引いたのは当然で、おそらく教師が希望を徴したところ、これが支持を集めたのであろう。ところがこれが難しかった。特に教訓もメッセージ性もあるわけでなく、明治末年の文化の香り豊かな地方都市の思春期の少年の日常を、静かに、そして時に間歇的に執拗な粘っこさを込めて叙述するこの小説は、彼らにはあまりに「レベルが高」かった。Hも自分がどんな発言をしたか、全く覚えていない。何も言わなかったのかも知れない。唯一、別のクラスのI君が臆面もなく「もっと分かりやすく、石坂洋次郎のように書いてくれれば良かったと思います」と言った、時代錯誤的かつ「お門違い」的な注文だけは、覚えている。「こいつバカだなあ」と、腹の中で嘲笑したものだが、I君の発言、一同の率直な「世論」を代表していたのは、間違いない。存外、文学的・歴史的教養の欠如を臆面もなく晒した彼の無邪気さは、現代の教育学からすれば、もっと正当に扱われて、適切な議論の展開のきっかけとして有効に活用されて然るべきだったのではなかろうか。いずれにせよそれは、「性に目覚める頃」というタイトルへの期待を、代弁していた。

「健全なる男女交際」

それにしてもこの自伝的小説、主人公の年はすでに十七。数えだから、満なら十六歳で、ちょうど、当時のHたちと同じ年回りだったが、「性に目覚める頃」としては、やや奥手なのではなかろうか。「健全なる男女交際*」が推奨されていたHたちの時代でも、高校に上がる頃には、だいたい「性に目覚める頃」は過ぎていたのではないか。もっとも、犀星の小説にも、表《おもて》という名の「不良少年」が副主人公として登場し、とっくに「性に目覚め」終わっているところを見せているから、躾に厳しい家に育った当時の真面目な少年たる主人公「私」としては、今で言う高二の年が、「性に目覚める頃」で良いのかも知れない。

＊　当時「不純な男女交際」という言葉があったから、それに依拠するなら、「純正な男女交際」と言うべきところだが、どうもこの語は用いられていなかったようだ。いずれせよ、戦前は「男女七歳にして席を同じうせず」が基本原則だったから、「男女交際」、つまり対等の身分の男女の接触・交際・交渉、分かりやすく言うなら、娼婦を含めた、「客商売」の女性以外の、「堅気」の女性が男性と接触を持つことは禁止ないし抑圧されていたが、戦後はGHQ支配の下で、風俗慣習の「民主化」が推進され、その最先端が「健全な男女交際」だったと言える。イメージとしては、アメリカのハイスクール生たちのような、自由な男女間

の交流が目指されたのだろうが、しかし「放縦」に流れることなく、性的交渉にまでは踏み入らない、という枠があり、性的関係に入ってしまうと「不純な男女交際」になってしまうのである。この「性的関係」というのが、どこから始まるのか、つまり手を握るのはいいのか、キスまでは許されるのか、といったことは、どうもあまり議題化されなかったような気がする。「健全なる男女交際」の主唱者たち（教師や、ＰＴＡのオピニオン・リーダー）の規範からすれば、手も握れなかった、のではなかろうか。キスなどはもっての他で、それは直ちに「性的行為」の一部をなしていたのだろう。ただ、「男女交際」それ自体は、「健全」である限り大いに推奨されており、例えば、頑迷な両親や親戚、地域社会の大人どもの偏見や抑圧から、保護されていた。これも、男女同権や家庭内民主化（「家父長制的権力」の解体）などとともに、民主的な日本を作り出す基礎工事の一つとみなされていたのである。

このような「健全なる男女交際」の概念の、まさに具現化（受肉）とも言うべき映像がある。映画『青い山脈』（一九四九年）の、健全に交際する高校生たる池部良と杉葉子が、海辺の岩の上で水着で並んで仰向けに横たわっている（昼寝？　日光浴？）場面である。当時二十一歳の杉葉子は、これがデビュー作だが、その水着姿はなんとも鮮烈だった。水着は、もちろんセパレーツ（古いね、俺も）ではなく、胸から股間まで一続きのワンピース（?）で、モノクロ画面だから判然としないが、おそらく白。それが一瞬、すっくと立ち上がった正面像は、「日本人離れ」した十全に発達した肢体を、惜しげもなく晒していた。水着それ自体も、おそらくまだ日本人がそれほど目にしたことのない、世界標準（つまりはアメリカ標準）の最新モデルだったのではないか。股ぐりが結構深く、股間の部分が見事な逆三角形を描いていた（記憶の中の映像は、こうなる）。二人がこうして並んで寝ていると、崖の上を通り掛かった庶民青年たちが、卑猥な言葉で囃し立てる。これに怒って、杉葉子はすっくと立ち上がるのである。私たちは不良じゃない、ちゃんと「健全な男女交際」をやっているのに、あなたたちはそれを卑俗で淫らなイメージに貶めようとしている、なんと下卑た連中なのだ、というわけだ。まさに啓蒙の尖兵の面目躍如。

だけど無理だよ。こんな美しい水着姿の女子高校生と並んで日光浴をしながら、「健全」な関係を保ち続けるというのは、いかにも「空理空論」的かつ「偽善的」ではないか。この行為（水着で並んで横たわる）は、男子が提案し、女子が受け入れたことによって初めて可能になったのだろうが、その際の二人の思惑には、どんな身悶えと小狡い計算が錯綜したのだろうか。しかし「健全な男女交際」概念は、恋する二人に、水着で並んで横たわることまでは推奨しながら、手を握ることは禁じる。恋する二人は、そのタンタロスの苦しみを、ずっと生き続けなければならない。めでたく結婚によって、公認され祝福された交接に到達するまでの長い年月を。

モデルであったアメリカのハイスクール生たちはどうだったか、それを教えてくれるのは、例えばエリア・カザンの『草原の輝き』（一九六一年）だろう。大恐慌直前のハイスクール生たちの生態を描いたこの映画では、彼らは自分の車の中で抱擁し愛撫し合う。ただし「ちゃんとした」性交は駄目だ。もちろん、簡単にやらせるアバズレはいる。しかし「ちゃんとした」身持ちのいい娘は、「最後の一線」は越えさせない。ウォーレン・ビーティー▼扮する主人公は、ナタリー・ウッド▼扮するガールフレンドに、最終目的を拒まれ続けたため、同じクラスのアバズレをデイトに誘い、性的目的を達成するが、そのせいでガールフレンドは自殺を図り、精神病院入りをする。これでみると、ピューリタンのアメリカも、やはり若者の男女交際において性的純潔を堅持しようとしていたが、純潔の「一線」が、日本では最も手前（手も握らない）にあったのに対して、まさに一番奥にあったということになろう。一九二〇年代のアメリカを描いた六一年のこの映画が、このモラルに批判的であるのは当然としても、それは五〇年代にはまだ、このモラルは十分有効で、「一線」を越えさせない「身持ちのいい」娘は大勢い

▼**ウォーレン・ビーティー**（一九三七年〜）『草原の輝き』で華々しくデビュー、『俺たちに明日はない』（一九六七年）では製作を兼ねる。一九八一年には、『世界を揺るがした十日間』の著者ジョン・リードの生涯を描く『レッズ』を、製作・脚本・監督・主演で作り上げた。

▼**ナタリー・ウッド**（一九三八〜八一年）名子役から、ジェームス・ディーンの『理由なき反抗』（一九五五年）でブレイク、『草原の輝き』と同年の『ウエスト・サイド物語』で人気女優の座を確保したが、そのあたりが絶頂のようである。一九八一年、四十三歳で水死、事故死とされたが、殺害説もある。

たことを示唆していると思われるのである。

『ヰタ・セクスアリス』

しかし、「性に目覚める」というのが、性を意識し、異性に性的関心を抱き、性的快楽の魅力を感知する（その快楽を享受する能力はまだないとしても）ことを意味するとしたら、やはり十七（満で十六）というのは、遅すぎる。遅くとも、十歳前後には、「性の目覚め」は始まるのではなかろうか。ちなみに、鴎外の『ヰタ・セクスアリス』では、主人公の少年（金井湛《しづか》という未来の哲学者と想定されている）の性的関心の始まりは、十歳の時、近所の同じ年頃の少女に縁側から庭に飛び降りるよう示唆して、女なるものの股間の形状を観察しようとした体験であった。言うまでもなく、当時の日本女性は、股間を覆う下着類を知らなかったため、着物の裾を捲り上げると、あわれ股間がそのまま剥き出しになった。* 金井少年の、性的人生は、すでに六歳の時に始まっていたが、それはもっぱら、身近な大人たちが笑い絵・春本の類を見ている現場に遭遇するといった、言ってみるなら「社会・文化的」な「外因的」体験だった。それで実証精神を刺激された少年は、生身の女の子の肉体で現実的実証を行おうとして一計を案じ、「着物が邪魔になっていけん」などと言って、まず自分が尻をまくって飛んで見せてから、女の子にも同様にするよう促すわけである。当然、剥き出しになった彼女の股間には、「なんにも無かった」。そして「僕は大いに失望した」のである。

＊ これで直ちに思い出されるのは、日本橋白木屋の大火災である。一九三二（昭和七）年十二月十六日に起こったこの火災は、死者十四人（うち女性八人）、重軽傷五百人以上を出したが、いずれも転落死した女性たちが、股間を隠す下着を着用していなかったため、羞恥心から飛び降りるのをためらったり、ロープで降りる際に、裾が気になって手を離したりして死亡した、「羞恥心ゆえの死」として海外にも報道された。この事件以来、日本女性にズロースが普及したと言われる。少年Hも、祖母が同年配の友人たちと話をしている際に、「今の人は、ズロースを穿くからさぁ」などと言うのを耳にしたことがある。その時の文脈は、「だから行儀が悪くなったのだ」というような、批判的なものであったように記憶している。それにしても、この分厚いメリヤスの下着、その質感としょんべんの気配とズロォースという zurruu とした音とが相まって、何やら複雑怪奇な煽情性を発散していた。

この「鮮烈」な出来事のあと、この少年がたどる「性的生活」は、それほど華々しいものではない。当初、「華々しく」目を引くのは、言うところの「男色」である。十一の歳から東京に連れ出された少年は、やがて寄宿舎に入るが、そこで男色の風に遭遇する。寄宿舎では、「少年」というのは、「男色の受身」という意味で用いられており、金井少年は、手籠めにされる危険に晒され、やがて護身のために短刀を忍ばせなくてはならなくなる。その他には、十四の頃に覚えた悪習（masturba-tion）だが、近頃はこれを、何と言うのだろうか？　かつては「手淫」と呼ばれていたが、この呼称は「蔑視的」かつ「禁令的」との考え方から、「自慰」という呼称に切り替えられた、というところまでが、せいぜい筆者の承知しているところである。どうも近年はこれをオナニーという古典的ないし医学的用語で呼ぶらしいのは、村上春樹の小説から教えられたことである）とか、友人の継母から誘惑された体験とか、もちろん吉原見物（ただし上がらない）とか、いろいろなことがあるが、結局、大学も卒業して、二十になって（秀才だから、飛び級を重ね、十九で卒業）、洋行の決定を待っている頃に、人に連れられて上がった吉原で、ついに童貞を捨てることになる。これは当時としては、ずいぶん奥手なのではなかろうか。

ただこの「性的生活」には、まさに「性に目覚める頃」における性というものの、あの訳のわからない鬱陶しい「存在感」は、ほとんど漂わない。ただ十七の時から二年間、週に一度往復する道すがら見かける古道具屋の看板娘に対して抱いた淡い思いは、いかにも「性に目覚める頃」らしい「初恋」と言えそうではあるが……。

『仮面の告白』と環《たまき》ちゃんのスカート

ちなみに三島の『仮面の告白』では、主人公の「性の目覚め」は、五歳の時に始まる。家の者に手を引かれて坂を上っている時、坂の上から下ってくる汚穢屋《おわいや》の若者の姿に奇妙な衝撃を受ける。その若者は、地下足袋をはき、紺の股引をはいていた。もう一つの、おそらく五歳の時のことと考えられる記憶では、絵本の中の馬上のジャンヌ・ダルクの姿に異様な偏愛を抱いた主人公は、白銀の鎧に身を固めたその美しい騎士が、女であることを教えられると、激しく打ちひしがれる。まあ、三島の場合は、彼の特異な性癖（今風の言い方なら「性的アイデンティティ」ということになろうし、特に「特異な」と形容することさえ、憚られるかも知れない）を暗示する叙述であるから、五歳という「早熟」さは、そのまま参考にすることはできない。それに第一、この小説は自伝ではない。つまり「自伝協定*」を結んではおらず、すべては虚構《フィクション》と受け止めなければならない。

＊「自伝協定」とは、フィリップ・ルジュンヌ（Philippe Lejeune）の概念（le pacte autobiographique）。基本的には、作者（当然ながら、固有名詞で示される）と語り手と主要人物とが同一のものとして示される時、この pacte が結ばれているとされる。なお、この本は水声社から和訳が出ているが、それでは「自伝契約」と訳されている。まあ、悪魔に魂を売り渡す代わりに若さや長寿を手に入れ

ようとする、例の悪魔との契約は、contrat ではなく、pacte avec le diable なので、この訳でもいいのだろう……などと余裕をかましていたら、例のパクス（ラフに要約するなら、同性愛者同士にも、異性間の婚姻と同じ社会的身分保障を伴う結合様式を認めるための制度）が、Pacte civil de solidarité であることに思い至った。これは「民事連帯契約」「連帯市民協約」「市民連帯協定」といく通りにも訳されているようで、それはまさに pacte という語をどう訳すかに関わっている。一方、二国間の「条約」としての意味では、pacte と traité がどう違うのか、という問題があるが、これについては割愛。

少年Hの「性への目覚め」はどうかと言えば、漠然たる記憶の断片の無秩序な集積の中に、時系列を持ち込むことが極めて難しい。いつも一緒に遊ぶ近所の子供の中には、女の子も何人かいて、環《たまき》ちゃんという一つ年上の女の子がリーダー格だったこともある。工場の裏に資材置き場のような建物があり、そこで何人かが車座に座って遊んでいた時、スカートの下の股間からパンツ（まさにズロースか？）がかなりよく見えたのを、覚えている。おそらくお弾きなどをしていて、彼女は獲得したお弾きを、自分の股の間に集めていたのだろう。ただその記憶は、特に性的なニュアンスを帯びていたわけではない。しかし、妙に生々しい臭い、汗と脂としょんべんと体臭が混ざったような臭いが、そのあたりから発散していたような気もする。気がしただけかどうか、もはや検証の方途はないけれど。

女性性器への適正な関心

近所の友達には、表通りたる中原街道に面して店を構えているガラス屋の息子のヤスオミちゃん（?）や、その並びのリヤカー屋（リヤカ屋、リヤカ屋と、伸ばさずに発音していた）の娘などがいた。この娘は二歳ほど年下で、おそらく目鼻立ちのはっきりした、今で言う「濃い顔」の美少女だった。どういうつながりで、この子が遊び仲間に加わっていたのか、詳らかにしない。二つ年下と、戦後生まれの七つ年下の、妹が二人いたから、そのつながりかもしれないし、単にヤスオミちゃんに付いてきただけかもしれない。この子は、特段「性の目覚め」の関連者であったわけではないが、女性性器の形状について、教えてくれたのは彼女だ。

その頃は、まだ家には風呂がなく、銭湯に通っていた。子供だから、親が連れて行くので、それが父親の時は、男湯だったが、母親の時は女湯になった。だから、母親を始め、女性の肉体は見慣れていた。幾つくらいまで女湯に入っていたか、まあ常識的には、陰毛が生え始めるまでだろう。何となく、小学生一杯は、女湯に入っていたように覚えている。それと自分の第二次性徴の発現との関係については、自覚も記憶もない。女湯に入らなくなったのは、もしかすると、その頃から家に風呂ができたからかもしれない。実は、家の風呂にも母親と入っていた覚えがある。頭など洗ってもらっていたらしい。

さて、リヤカー屋の……ちゃんだが、ある時、風呂屋で彼女に会った。彼女は、木桶に腰掛けて体を洗っていたが、ちょうどこちらに真正面を向けていたため、普通に開いた両脚の間に、まだ陰毛の気配もない、瑞々しい股間が堂々と見えていた。それは、「出」という文字の、二本の横棒に柔らかく丸みを帯びさせたような形状をしていた。上の部分が、まあ、本来の「聖逆三角形」を、下の部分はそれを支える尻の肉付きを、成していたことになる。初めて、正面からちゃんと見ることができた女性性器に、さすがに彼は感銘を受けた、と思われる。ただ、それが性的興奮を引き起こした気配はない。「へえー、こうなってんだ」というわけだ。これがいつのことだったか、女性性器への適正な関心が芽生えていたのだから、小学校高学年の頃ではあるだろう。鴎外の金井少年が、「なんにも」見えなかったところに、Hはちゃんと立派なものを見出したわけだが、意識的探求者の金井少年は、数えで十、偶然の幸運による発見者たるHはその時、満で十一か十二だから、この差は、一年二年の年齢差かもしれない。

小学校でも、もちろん女の子はいた。教室で壁に掲示された何かを立って読んでいる時、女の子が後ろから肩に腕を回して、おんぶをするように抱きついてきたことがある。そのまましばらく二人で掲示物を読み続けるのだったが、立ったまま「おんぶ」するのだから、彼女はよほど背が高くなければならなかった。それが一度だけだったか、何度かあったのか、それから女の子が男の子にそうするのは、結構よくあることだったのかどうか、判然としない。実はこの子が誰だったかにも、あまり記憶がないのだ。多分あの子だった、くらいの感じはあるのだが……。いつのことだったか、三年の時か四年の時か、それより前のことか、それも分からない。その後、彼女とクラスが分かれて、ずっと経ったある日、道ですれ違ったことがある。彼女はいやに意味深げな微笑、「あっ、……君だ」と呟くような共犯者的な微笑を浮かべたまま、普通の歩速で近づいてきて、そのまま通り去った。それだけの話だ。と言うよりか、その時すれ違ったその子が、たしかに以前おんぶして来たあの子だった、という認識を、その時たしか持ったはずだ、という程度の記憶を持っているにすぎないのである。

おまけを抜いたあとのグリコ

小学も四年になると、誰それは誰それが好き、というようなことが話題になる(今の子供は、もっと早くから、それをやっているのだろう)が、ある時、「お前はだれが好きなんだ」と聞かれて、「N……」と答えた。あるいは、「お前はN……が好きなんだろう」と言われて、敢えて否定しなかったのかもしれない。すると果たして、たちまちクラスを挙げての大騒動になった。男子生徒は、囃し立てながらHの背後に群がって、Hを前へと押して行く。女子生徒たちも、わいわい大騒ぎをしながら、N……を先頭にして押し寄せて来る。HとN……を先頭に立てた二つの集団が、「愛を告白」した男とその相手とを対面させるために、遭遇しようとしていたわけである。果たして二人は、目出度く正面からぶつかることになったのだろうか——その結末には、覚えがない。

実は彼女は、二歳下の妹の「仲良し」で、家に遊びに来たことがあった。Hも同級生なので、いきおい一緒に遊ぶことになり、鬼ごっこのようなことをした覚えがある。なにやら「おずおず」と慎重に挙措を選びながら、それでも楽しげに遊んだような記憶が蘇る*。ただ、遊びに来たのが、「告白」の前なのか後なのかは、分からない。まあ、すでに家で遊んだことがあるので、思わず「告白」が漏れてしまった、と考えるのが、因果論的ないし物語的には説得的だろう。

＊　実はこの話、ずっと後年になって、最近当の彼女から聞いた話なのだ。彼女、久し振りに会ったのは、すでに二、三十年前の同期会においてであったが、その時彼女は、膨らんでぱんぱんに張った胸をした、いわゆるトランジスター・

グラマー（これも死語かもしれないが）になっていて、英語を流暢に喋っていた。最近、何人かで再会する機会があり、思い出話に花を咲かせていた際、「そう言えば、あなたの家に行ったことがあるわよね」と、向こうから切り出した。それで、フワーと記憶が蘇ったのである。妹の縁だったことも、その時彼女が思い出させてくれたことである。英語が堪能、という話を向けると、別に英語国に滞在したわけではなく、「商売」の関係で、普通の用が足せるくらいだ、ということだった。

もう一人、この頃（三、四年頃）、同級生で、非常に親しくしていた女の子がいた。「非常に親しくしていた」というのは、その子が病気になった時、家にお見舞いに行った、ということである。家が比較的近かったせいもあって、お見舞いに行ったのだろう。家は町家ではなく、仕舞屋《しもたや》で、それなりに社会的ステータスの高い家だったのだろう。お母さんが、上品な方で、非常に丁重に迎えてくださった。もちろんこちらも、いっぱしの人間らしい言葉遣いをしていた*。この子はかなり長く患っていたのだろうか、何度も見舞いに行っていた。もしかしたら、毎日通っていたのかもしれない。だとすると、期間はそれほど長くはなかったのだろう。行くたびに、見舞いの品、というか、手土産を持参したが、最初はともかく、間もなくそれは、グリコになった。と言うのも、当時グリコにはおまけが付いていて（これは今日も変わらないらしい）、そのおまけが欲しくて、できる限りグリコを買っていたのだが、彼女への手土産は、ちょうど良い口実になった、というかむしろ、格好の資材利用法となったのである。つまり欲しいのはおまけの方で、中身がそれほど欲しいわけではなかったので、用のないグリコの粒を見舞品として利用したのである。毎日毎日、とまでは行かずとも、しょっちゅうグリコを持参するのは、さすがに気が引けたが、背に腹は変えられなかった。どんなものがおまけになっていたのか、これは今となっては「調査課題」である。ただ問題は、見舞いの品として箱ごと差し出すと、おまけを入手することができなくなることで、おそらく病床の彼女の前でおまけの入った小さな箱を本体の箱から切り離すという作業を行なったのだろう。どうも仕舞には、箱から出したグリコの粒をバラのまま見舞い品として差し出したりもしたものだ。少なくとも一度、寝《やす》んでいるからと言われて玄関先で失礼した時、言い訳じみたことを言いながら、バラのグリコを母上に預けた場面だけは、明瞭な映像が残っている。

＊

例えば、玄関に入って、「こんにちは、……さんと同級のH……ですけれど、お見舞いに来ました」と言うと、きちんと床に両手をついて、「それはそれは、どうもありがとうございます」と迎えてくださる。小学校中学年の子供に対して、おそらく今ではこんな応対はしないだろう。もっとも、Hの母親も、おそらくもっと砕けた、「あら、そうですか、いつもお世話になって済みませんね」といった言い方で応援したことだろう。やはり役人か勤め人の家庭の主婦なのだ。このあとにも、友人の母親からこのような応援を受けた覚えはあるが、そのときはこちらも中学生になっていた。それにしても、れっきとした大人とこのように「対等な」礼儀正しい遣り取りをするのは、何やら誇らしい気分だった。

こういうわけで、「非常に親しくしていた」と言っても、彼女との直接の接触の思い出はあまりない。ただ、五、六年生の時も同級で、中学も、同じ学校に進学した。同級にはならなかったが……。また、中学の頃、一種の少人数進学塾で、五、六人で同じ時間帯に机を並べて勉強する仲となる。特段の性的ないし情愛的関心の対象となることはなかったが、どう言ったらいいか、何となく「俺の女」的な気分があった。つまり、若者が美しい姫君に恋をして、彼女を手に入れるためにあらゆる艱難辛苦に立ち向かう時、その傍らで密かに彼への慎ましい恋心を抱き続けている娘、という奴である。まあ、『トゥーランドット▼』における、カラフ王子に恋するリュー、というわけだ。

生涯最初の強烈な性的刺激体験

これらは女の子との関係には違いないが、特段、性的興奮ないし情動に関わるも

▼**トゥーランドット**　プッチーニのオペラ（一九二六年初演）。美しいトゥーランドット姫は、求婚する者に三つの謎を掛け、謎が解けない者を斬首するが、それは、異国の男に騙されて、絶望して死んだロウ・リン姫の復讐をすべての男性に向かって果たすためである。ダッタンの王子カラフは、姫の美しさに打たれて、求婚を宣言し、三つの謎すべてを言い当てる。姫はそれでも結婚を拒もうとするが、カラフは、夜明けまでに

のではない。明瞭に性的刺激を与えたもの、その意味で正真正銘「性の目覚め」に関わるものは、やはり洋画だった。スクリーンでは、美しい白人女性がキスをしていた。ラストがキスで終わるハッピーエンドは、かなり流行っていたのではなかろうか。一つ印象的なラストのキスシーンというのは、たしかコーネル・ワイルドがロビン・フッドを演じる映画のそれだったという記憶があったが、いまネットで調べてみたら、どうもそれらしいのものは見当たらなかった。それはそれとして、そういうハッピーなキスシーンにも、これまた特段、性的刺激を受けた記憶はない。

しかし、明瞭な性的刺激を受けた映画の場面がある。それはジョン・ホール主演の『アラビアン・ナイト』（一九四二年）の中の、ヒロイン（どうもシェヘラザード▼らしい）が奴隷に売られる奴隷市場の場面だった。どうやら半円形の階段教室状のところで、買い手は階段に思い思いに座り、舞台の上に、次々に売り物が引き出され、競りが行なわれる。売り物というのは女奴隷だが、中には剛毅な娘もいて、買い手たちの爆笑を誘いながら、自分で裾をチラチラさせて、値を吊り上げようとする。そして、いよいよヒロイン*の番となる。おそらく悪人どもに襲われて奴隷として売られようとしている高貴な姫であろうヒロインの胸から上のアップとなり、被っていたヴェールが剥ぎ取られると、美しい肩と胸元が剥き出しになる。その瞬間の、羞恥と屈辱にはっと慄く彼女の悲痛な絶望の表情。画面は剥き出しの両肩まで

自分の名が知られたら、自分は潔く死ぬ、と言い放つ。姫は住民に、彼の名を探り出すために「誰も寝てはならない」と布告。

　カラフの父の召使リューは、カラフを愛していたが、捕縛され、彼の名を教えるよう拷問されるが、口を割らず、衛兵の剣で自刃して果てる。死を賭した愛の献身を目の当たりにしたトゥーランドット姫に、カラフは自分の名を教える。姫は、「彼の名が分かった」と人々を呼び集め、皇帝の前で「それは『愛』です」と告げ、群衆の歓喜と祝福の中、幕となる。

　アリア「誰も寝てはならない(Nessun dorma)」は、荒川静香がトリノ・オリンピックで金メダルを取った時の使用曲で、一躍日本の大衆にも知られるようになった。

▼シェヘラザード　もちろん、『千夜一夜物語』の語り手。

しか見せず、その下は画面の外だ。まさか全裸ということはない。それはそれまでの競りのやり方を見れば分かる。しかし……美しい剥き出しの肩は、その下の見えていない部分への激しい想像を掻き立てた。

この映画の日本上映は、一九五〇年。Hは十歳、小学四年生だった。観た月によっては、九歳だったかもしれず、三年生だったかもしれない……というので、ネットで調べてみると、日本公開は三月三十一日とある。微妙なところだが、誕生日（十月四日）前だから、九歳だったのは間違いない。寿司屋のやっちゃんと五反田セントラルに通い出すのは、四年生の時だが、その年のうちそんなに早くではなかろうから、この映画は五反田セントラルで観たものではないということになる。だとすると、やはり父に連れられて行ったのだろうか。

この映画、どうやら王子に扮するジョン・ホールが、盗賊団に襲われる乱闘の場面には、覚えがあり、また、砂丘の稜線上に騎馬の勇姿（おそらくジョン・ホール）が突然現れ、コバルトブルー鮮やかな空をバックに、ナポレオンの騎馬像さながらの後脚立ち《クルベット》で、馬のいななきも聞えて来るか、という映像にも、明瞭な記憶があるが、他には何の覚えもない。

＊ 演じた女優は、マリア・モンテス（一九一二〜五一年）。この女優のことは、全く知らなかったし、おそらく日本では知る人は少ないだろう。その証拠に

は、日本語での検索では、ほとんど何の情報も出てこないが、フランス語と英語のウィキペディアには、きちんと紹介がなされており、画像もふんだんにある。それによると、ドミニカ共和国生まれ。この映画で、ハリウッド・スターの地位を獲得したが、その頃アメリカに亡命していたフランス人俳優ジャン＝ピエール・オーモンと結婚し、戦後はフランスに渡り、パリ近郊のシュレーヌに居住。しかし、一九五一年に、自宅の浴槽の中で心臓発作を起こして溺死、モンパルナス墓地に埋葬された。

マリア・モンテスはともかく、ジャン＝ピエール・オーモンは、『北ホテル』（一九三八年）の二枚目俳優として、もちろん知っていたが、彼の大戦中の事績は、今回初めて知った。オーモンは、四〇年にアメリカに亡命したが、四三年六月に、自由フランス軍（イギリスに亡命したド・ゴール将軍の下、ドイツへの降伏を認めず、徹底抗戦を続けるために結集した者が創設した「自由フランス」政府に所属する軍隊）に志願した。モンテスと結婚した直後のことで、自由フランス軍の兵士として、フランス解放戦に参加、最後は中尉として、司令部副官を務めた。二度の負傷があり、戦功十字章、レジオンドヌールを授与されている。

ゲーリー・クーパーの『征服されざる人々』

いずれせよ、それが生涯最初の強烈な性的刺激の体験であることは、間違いない。「記憶している限り」と書こうと思ったが、記憶がないのなら、それほど強烈な刺激ではなかったことになるわけだから、そんな限定は不要だろう。しかも、映画から受けた刺激だから、かなり精確な「時代測定」ができる。封切直後に観たのではないとしても、おおむね二、三ヶ月以内ということになるだろう。実体験での記憶が、せいぜい一、二年程度の精度しか持たないのと、まことに対照的である。それにしても、マリア・モンテスは、当代随一のセクシー女優として、主にエキゾチックな美女の役で一世を風靡したようだ。言わば性的オリエンタリズムの権化のようなこの女優が、最初の「性的体験」の「相手」であったとすると、九歳の少年H、なかなか「隅に置けない」ではないか。

この秘めたる「性的体験」からずっと後になって、もう一つ映画から受けた強烈な性的刺激の思い出は、ゲーリー・クーパー主演の『征服されざる人々』(一九四八年)によるものである——と思い込んでいたのだが、ネットで調べると、この映画の日本公開は一九五一年三月二十日とある。封切後間もなく観たとすると、これは『アラビアン・ナイト』からちょうど一年後のことにすぎない。ところが『アラビアン・ナイト』の記憶は非常に断片的であったのに対して、こちらの方の記憶は、はるかに鮮明で豊かだ。多数の場面やシークエンスについて、かなり連続的・系統的な記憶が残っている。わずか一年で、この年頃の少年の認識能力は長足の進歩を遂げる、ということなのだろうか。ただ、これはその後も観た覚えがある——少なくとも一度、かなり近年にテレビのBSで観た。だから、この記憶は素朴性を失っているわけである。しかしそれにしても、第一次記憶がかなり豊かだったことは確かで、もしかしたらそれは、この映画を観た後、近所の子供仲間にこの話をしたからかもしれない。家から中原街道に出る路地の途中、ガラス屋のヤスオミちゃんの家の裏口のあたりで、三、四人を相手にその話をしていた映像は、何となく漂っている。

物語の舞台はピッツバーグ*、このことは明確に把握していた。というよりむしろ、アメリカ合衆国にピッツバーグという都市があることを、この映画で知ったという明瞭な自覚があった。おそらくまだそれほど多くの都市を知らなかった頃に、ピッツバーグは、確固として記憶に刻まれたのである。時代は十八世紀、要するに独立戦争以前だが、このことも漠然と理解していたような気がする。服装がすでに見慣れた西部劇で見るものとは違っていたからだ。カウボーイも騎兵隊も登場せず、男は兵士も市民も三角帽▼を被っていた。

＊　正確には、ピッツバーグの起源となったピット砦 Fort Pitt で、言うまでも

▼**三角帽**　十八世紀に流行った帽子。両脇と後ろの縁を折り返してあるため、上から見ると三角になる。例えば、カリブ海の海賊などが被っているあれ。

なく、この名はウィリアム・ピット（大ピット）にちなんでいる。なぜ大ピットかと言うと、小ピットだと年代的に遅すぎるからだ。ちなみに大ピットは、七年戦争（一七五六〜六三年）の立役者で、インドとアメリカにおけるフランスの植民地を奪取し、連合王国を圧倒的な植民地帝国の主にのし上げた最大の功労者である。ちなみに、この映画の時代設定は、一七六三年。まさに七年戦争（フレンチ・インディアン戦争）の末年で、悪役として、インディアン女を妻として、インディアンと通じている男（ガース）が登場し、この男の手引きで砦がインディアンに包囲され、窮地に陥るが、これも七年戦争を背景とすると考えると、納得がいく。

これに登場するインディアン（現在は「先住民」などと呼ぶようだが、歴史的呼称として、これを用いる）は、まさに残虐非道、誘拐した美しい白人女を火でなぶり殺しにしようとする。ちなみに、フレンチ・インディアン戦争を舞台とする映画には、スペンサー・トレイシー▼の『北西への道』▼（一九四〇年）があるが、ここでもインディアンは、極悪非道な野蛮人として登場する。しかもどうやら、背後に日本人が暗示されている気配があるのだ。スペンサー・トレイシー扮する隊長に率いられたコマンド部隊は、負傷で歩行が困難になった隊員を独り沼沢地に置き去りにせざるを得ないような、「犠牲的精神」を隊員に要求する苦闘

▼スペンサー・トレイシー（一九〇〇〜六七年）　一九三〇年から映画に出演、三七年、三八年と、二年連続でアカデミー主演男優賞受賞の快挙を成し遂げている戦前の名優と言うべきところだが、戦後も、エリザベス・テイラーの『花嫁の父』（一九五〇年）や、ヘミングウェイ原作の『老人と海』（一九五八年）で存在感を示した。名コンビだったキャサリン・ヘプバーンと夫婦を演じた『招かれざる客』（一九六七年）は、シドニー・ポワチエが主役で、人種差別問題を扱った意欲作だが、これが遺作となった。

の末に、どうやら「北西への道」を切り開く。確かに海に出たところで「日本のミカドの何やら」を奪い取ってやる、というような科白が、隊長の口から出たと記憶している。「何やら」というのは、大切な宝物のことで、もしかしたら「名馬」かもしれない。「海」というのが、太平洋なのか、五大湖にすぎないのか、歴史的には、まさかいきなり太平洋とは思えないし、気候風土的にも五大湖のことだと思うが、太平洋への暗示圧力が膨大だったような気分に覚えがある。いずれにせよ、あの当時だれも知らなかったはずの「日本」の「ミカド」という語を口にさせるのは、意図的なアナクロニズムであろう。

　何しろ、七年戦争中、インディアンはフランス人とともにまさに「敵性国民」だった。その極悪非道の野蛮性が、日本人のそれを大量に喚起していたのは当然だが、気になるのは制作・公開年が一九四〇年であること。つまりパールハーバーの一年以上前に、すでに日本のイメージがかようなものとなっており、しかもそうしたイメージの醸成に、映画が大いに貢献したということが、うかがえるのである。『征服されざる人々』は、一九四八年公開だから、その辺は多少違うかもしれない。極悪非道の野蛮人だが、主人公の口車にうまく乗せられる愛嬌もある。少なくとも、生身の人間として、主人公と問答をするし、白人の妻となった女も登場するのだから。

▼『北西への道』

ポーレット・ゴダード

さていよいよ『征服されざる人々』[*1]の性的衝撃であるが、これはもちろん、主演女優ポーレット・ゴダード[*2]から受けたものである。ゴダードはもちろん、チャップリンの妻として有名で、『モダン・タイムズ』や『独裁者』のおきゃんなヒロイン役で知られるが、どうも彼女は作中で、女奴隷として新大陸に売られてきた女らしい。性的衝撃の場面で彼女は、インディアン部落（キャンプ?）の中央広場（?）で、白無垢のウェディング・ドレスのまま、両腕を横に伸ばした格好で、両の手首を二本の柱に繋がれている。側には焚き火が赤々と燃えており、何か残酷な仕打ちが彼女の身に加えられようとしていることが分かる。現に一人のインディアンが、おそらく赤く熱した棒を手にして、彼女に近づいてゆく。彼女の顔にはすでに煤のような汚れが付いているが、そんな絶望的な状況でも、彼女は恐怖に押しつぶされたり哀願することもなく、憎しみでキラキラ輝く気丈で戦闘的な目で相手を睨みつけながら、空しく両手をピンと張って身をよじることしかできない。白いドレスは、すでに大いに乱れている（「着衣に乱れがありました」のあの状態）。灼熱の棒が彼女の体のどこかに触れ、ぎゃーという叫びが上がった、かと思ったその瞬間（本当にここまで行ったかどうか、記憶が鮮明ではない）、部落の一角でボンという音とともに爆発が起こり、白煙がもうもうと立ち込める、と見る間もなく、煙の中から、三角帽姿のゲーリー・クーパーが現れ、驚き恐れるインディアン女たちを尻目に、広場中央の酋長の前に進み出ると、「……（インディアン部族の名）も落ちたものだ。か弱い女を捕まえて、こんな仕打ちをしようとしているとは」というようなことを言う。要するに、酋長とは旧知の仲らしく、問答の末、酋長は彼女の解放を認めるに至る。するとその時、何人もの女たちが彼女の周りに押し寄せて、ドレスをビリビリ引き裂くのである。

＊1　『征服されざる人々』というタイトルは、フォークナーの小説『征服されざる人々』とよく混同されるが、こちらの方は、原語が *The Unvanquished*（一九三八年）で、映画の方は *Unconquered* で、明瞭に異なる。映画の原作者は、ニール・H・スワンソンというマイナーな作家で、唯一この映画の原作者として知られるにすぎないようだ。フォークナーの作品の方は、七篇の短篇からなる連作小説で、その主人公はベイヤード・サートリス。この人物は、最初期の『サートリス』（一九二九年）の主人公ベイヤードの祖父に当たるが、『サートリス』は、いわゆる「ヨクナパトーファ・サーガ」の第一作に当たり、フォークナー独自の小説世界の展開のいわば発端と言える。ちなみにサルトルは、『嘔吐』の出版を控えた一九三八年の初めから、『NRF』に立て続けに文学評論を掲載し始めるが、その第一作が「ウィリアム・フォークナーの『サートリス』」（二月号）。

サルトルは、フォークナーについてもう一篇（「『響きと怒り』について――フォークナーの時間性」）とドス・パソスについて一篇（「ジョン・ドス・パソスと『一九一九年』について」）書いており、フランスにおけるアメリカ文学の精力的な紹介者の一人であり、全世界的にもフォークナーを評価した先駆者の一人である。まあ、哲学としては、ドイツ哲学の、小説技法としては、アメリカ小説の、代表的な（少なくとも最も目立った）紹介者であった、わけだ。

＊2　ポーレット・ゴダード（一九一〇～九〇年）のGoddardという姓[＊＊1]は、どう見てもフランス系（映画監督のジャン＝リュック・ゴダールGodardとスペル違いの同じ姓）で、彼女の容貌もいかにもフランス女性だ、などと勝手に思い込んでいたのだが、ウィキペディアによると、父親はユダヤ人、母親はイギリス人で、本名はPauline Marion Levyだという。つまりLevyなのだ。Wikipediaのフランス語版では、Marion Pauline Goddard Levyとなっているが、これはおそらく後年の彼女の自称で、「旧姓」を組み込んだものだろう。ユダヤ人だと考えると、彼女の美貌はまた一段と後光に包まれる気がしないでもない。つまり、長らくヨーロッパの男たちの欲情を刺激してきた「ユダヤ女」の煽情的魅惑の力が、にわかに「活性化」されるからである。例のスピルバーグの『シンドラーのリスト』の中にも、冷酷無比の収容所所長の性奴隷とされるユダヤ女が出てくるが、

それは二重に、この「ユダヤ女」の神話的魅力を「活性化」している。つまり、冷酷なナチスの所長が彼女に執着するという設定そのものが、まさにこれの「活性化」に他ならない、と同時に、この「物語」が公衆に向けて伝達される際に、公衆の中に再「活性化」が起こるのである。

サルトルの『ユダヤ人問題の考察』には、こうある。――

……「ユダヤの美女」という言葉には、非常に特殊な性的意味が含まれている。それは「ルーマニアの美女」とか、「ギリシャの美女」とか「アメリカの美女」とかいう言葉に含まれたものとは、全く異なるのである。この言葉の中には、強姦と殺戮の臭いが感じられる。ユダヤの美女、それは、ロシア皇帝麾下のコサック兵が、焔につつまれた村の通りを、髪に手をかけ引きずって行く女なのである。……『アイヴァンホー』のレベッカ[**2]から、……『ジル』[**3]のユダヤ女性まで、ユダヤ女は、最も真面目な小説においても、全くきまり切った役割を持たされている。しばしば、強姦され、手酷く殴られ、ときには死によって辱めから逃れることもあるが、それもすんでのところで、といった具合なのだ。……(『ユダヤ人』安堂信也訳、岩波新書、五五頁。訳は多少修正を加えた)

サルトルはのちに、自身の作品に散見する「反ユダヤ主義」について批判されることになるが、この件《くだり》の「偏見に満ちた」ユダヤ女像は、非難される謂れはなかろう。それは、ヨーロッパ人の偏見そのものを記述しているのだから。ただサルトルの、きわめて喚起力ある記述が、ユダヤ女性についていささか偏見に満ちたイメージを筆者に植え付けたのは、確かである。ゴダードを、単にフランス系と思い込んでいた時より、ユダヤ系と知った後の方が、彼女への「思い」がより欲情的になったのは、否定できない。

**1　ちなみにGoddart, Godartという姓は、そもそもノルマン系で、God + hardという意味だそうで、イギリスにもフランスにも見られ、フランスでは西部とノール（北）県に多く、それに連なるベルギー、オランダにも見られ、サヴォワにもあるようだ。ポーリーヌもポーレットも、フランス系のファースト・ネームだが、イギリス人やアメリカ人に時々見られる。例えば、例のケネディ大統領夫人のジャックリーヌというファースト・ネームもフランス系……と書こうとして調べてみたら、彼女はまさにフランス系のVernou Bouvierの娘だった。

**2　一九五二年の映画化（邦題は『黒騎士▼』）で、アイヴァンホー役はロバート・テイラー、レベッカを演じたのは、エリザベス・テイラーだった。黒髪の彼女はまさにこれぞ「ユダヤの美女」という感じだったが、そもそも彼女の容貌には、アングロサクソン的な色合いはきわめて少なく、ひじょうにオリエンタルな感じがする。母親のファーストネームがサラで、シオニズム運動の支援者だったり、彼女

▼『黒騎士』　ウォルター・スコットの『アイヴァンホー』（一八二〇年）の映画化。どうも日本人が観られる映画化は、これが唯一のようだ。それにしても、どうしてちゃんと『アイヴァンホー』と付けなかったのだろう。

自身も、ユダヤ教に改宗しているところからすると、少なくとも母親系統からはユダヤ人だったのだろうと、推測できるのである。これもまた偏見的「ユダヤ女妄想」かもしれないが。

＊＊3　ドリュ・ラ・ロシェル（一八九三〜一九四五年）の代表作の自伝的小説（一九三九年）。ドリュ・ラ・ロシェルは、フランスの大戦間時代を代表する小説家。第一次世界大戦に従軍したのち、アラゴンやブルトンと親交を結び、シュールレアリスム運動に加わるが、間もなく離反、次第にファシズムに接近し、フランスの敗北によって北フランスがドイツの占領下に置かれると、代表的文芸誌『NRF』の編集長を引き受ける。そして、連合軍の侵攻によるフランス解放の中で自殺を試み、しばらく後の二度目の試みで自死に至る。『ジル』は、こうした彼の大戦後の遍歴をかなり忠実に再現しているが、その初めの方にミリアムという女性が登場する。ミリアムとは、もちろん、マリアに相当するユダヤ名。従って、彼女はユダヤ女で、大金持ちの娘。漁色家のジルの心を捉え、二人は結婚に至るが、やはりジルの心の空虚を満たし続けることはできず、ほどなく離婚される。

実はサルトルは、ドリュとの間で奇妙な因縁がある。サルトルが捕虜収容所から釈放されたのは、ドリュの尽力のお陰だという噂が流れたのである。火元は、ドイツの占領当局の文芸出版物検査官だったゲルハルト・ヘラーで、彼は、一九八一年

この映画で衝撃を受けたのは、「名誉にかけて降伏した」という言葉。ある騎士が、謎の黒騎士と戦って敗れ、降伏を迫られるが、肯んじない。すると黒騎士（実は、国王リチャード）は彼の耳元で何かを告げる。それを聞いた彼は、はっと起き直り、恭しく降伏する。そのあと、彼の味方が到着して、黒騎士に挑み、彼にも加勢を促すが、彼は「名誉にかけて降伏したのだ」として、参戦を拒む。「降伏は不名誉」という日本軍の観念と正反対のこの観念、衝撃的にして新鮮だった。

もう一つ、この映画のラストは、「ノルマン人、サクソン人、ユダヤ人」が幸せに共存するイングランドの到来を言祝ぐ言葉で終わっていた。ノルマン人とサクソン人は兎も角、ユダヤ人を対等に扱おうというスローガンは時代錯誤的だが、反人種差別的姿勢ということで、よしとするか。

に、在職中の回想録（邦訳題名『占領下のパリ文化人』白水社、一九八三年、訳は筆者の畏友、故大久保敏彦氏）を刊行した頃に答えたインタビューで、そのような発言をしたらしい。これをきっかけに、サルトルの「対独協力」疑惑が持ち上がることになったが、その後、この疑惑は否定されている。これについて詳しくは、拙訳『敗走と捕虜のサルトル』（藤原書店、二〇一八年、一五五〜一五七頁）を参照されたい。

なお、サルトルには、「ドリュ・ラ・ロシェル、すなわち自己への嫌悪」と題する評論がある。占領下の一九四三年に、地下出版雑誌『レ・レットル・フランセーズ』（フランス文芸）に掲載されたもので、本邦未訳。これは一般原則かも知れないが、サルトルが評論・評伝で取り上げる文筆家は、何らかの形でサルトル自身の分身、すなわち、成りたかったが、成れなかった人、もしくは成りそうだったが、危うく成らずに済んだ人、である。このドリュ論、ことさらその感が強い。

ドレスを引き裂かれる瞬間

とはいえ彼女は縛めを解かれ、ゲーリー・クーパーに連れられて部落を脱出する。ところが、ほんのしばらく後に、インディアンたちは激昂して、二人を追跡して走り出す。多分、クーパーは彼女を「買った」のだが、その対価として酋長の手に渡されたものがとんだ食わせ物で、そのカラクリがばれたのである。ほんの数分でたちまちばれるような「食わせ物」が何だったのか、それは覚えていない。また、彼女のドレスを引き裂いた「主犯」は、彼女に「惚れている」悪徳商人ガースのインディアン妻で、どうやら嫉妬のあまり、彼女の拉致・殺害を画策したのであるらしい。ドレスを引き裂くのも、目論見が失敗したことへの腹いせだったのだろう。ドレスを引き裂いたと言っても、まあ、裸にされたわけではなく、下着類も身に付けていることだし、肌の露出が当初より「劇的に」進んだというわけではなかった。

逃げる二人の男女は、滔々たる大河の岸に出る。そこに寝かせてあった小舟に乗り込んで、漕ぎ出す。追ってきたインディアンたちも、数艘の舟に乗り込んで、後を追う。流れは次第に速くなる、と思ったら、滝が近づいているのだ。クーパーは構わずそのまま漕ぎ進み、ついに二人の舟は滝壺へ……と、次の瞬間、滝の縁に張り出した木の枝に、二人はぶら下がっていた。おそらく彼女の体をしっかりとくくりつけて、クーパーは枝に飛びついたのだ。追っ手のインディアンたちは、滝が迫る直前に、賢明にも追跡を諦めたのだろう。彼らが「アーーッ」と叫びながら、滝壺へ落ちていく映像は、なかったようだ。まあ、無益な殺生は好まない、というところか。二人はこうして無事に、おそらく滝の近くの小屋へとたどりつき、そこで数日、幸せな同居生活を送った（多分、性的関係はないようだった）ような気がする。

この「性的刺激」は相当なものだったろうが、その「体験」それ自体よりも特筆すべきは、Hがその場面のことを「物語った」ことである。ヤスオミちゃんたち数人の年下の少年に、かなり詳しくこの場面を描写した記憶は鮮明に残っている。もちろんクライマックスは、ドレスを引き裂かれる瞬間である。それもかなり誇張して、あたかも彼女はスカートまでもかなり引き裂かれ、ついには誰かの手が「パンツ」にまで伸びるかのように、語ったのである。それも、下方から伸びた手がちょうど股の部分を掴み……という風に。もちろん、Hを含めて少年たちに、「パンツ」のその部分の下に隠れたものの、「真の」意味、特殊な「穴*」としての機能の意味はよく分かっていない。しかし、それは漠然とながら、果てしない魅惑の力を発散していた。そこに「下から」手で触れそうになる、というこの着想そのものが、激しい刺激を呼び起こした。「聴衆」の反応はどうだったか、目を輝かせて、この目眩く興奮を「共有」していたかどうか、覚えはない。年下の少年たちには、まだ無縁の感動で、ピンと来なかったかもしれない。しかしHは、語っているうちに念頭に浮かんだこの想念の強烈な刺激に慄いていた。自分が「ありもしない嘘」をでっち上げているという罪責感が、さらに興奮を強めていたようだ。映画を観たときの「生《なま》の」性的興奮よりも、こちらの錯綜した興奮の方が、少年にとっては激しかったのだろう。何しろ彼は、囚われの半裸の美女に、「手ずから」さらなる「凌辱」を加えたのだから。

＊　女性性器が「穴」であるという意識は、男でも女でも、生殖行為というものに明確な認識を持つのでなければ、抱くに至らないだろう。サルトルは、『存在と無』の中で、「穴」というものの存在論的ないし実存的分析を行い、女性の「穴」に対する男性（幼児）の関心が、性以前的なものであり、人間存在（réalité humaine = Dasein）の存在構造に由来するものであることを、熱心に証明しようとしている（第四部第二章Ⅲ「存在を顕示するものとしての性質について」）が、経験的には、性的自覚以前の男子はそれが「穴」であることを、あまり意識しないと思われる。少なくともHはそうだった。例えば「マ××針刺せ」などという科白（ヨイトマケの掛声？）を耳にしたことはあり、何やら禁忌の臭いがすることは感じていたとしても、例えば、女には「穴」が二つあることを、明確に承知はしていなかったのではないか。

「赤ちゃんはどこから生まれるの」という質問は、それをぶつけると、大人が困惑して大慌てする「魔法の」質問であることは、分かっていて、例えば学校で、教師が「なんでも質問しなさい」などと自信たっぷりに言い切った時などに、相手を困らせるために、この質問をぶつけたりするのだったが、ある日、母にこれをぶつけたことがあった。母は果たして困惑し、見るも面白い動揺ぶりを見せたので、嵩にかかってしつこく食い下がったところ、傍らにいた祖父が「オシッコの出るところから」出てくるのだ、と簡潔に教えてくれた。それで彼は、すっかり納得してしまった。ということは、まさか尿道のような細い管から出て来る、というところまで「解剖学的に」納得したわけではなく、出口が「あそこ」だという漠然たる予想が「的中」したことに満足したのだろう。

　女子が己の「穴」について、どのように自覚するのか、それを示す文は、寡聞にして、唯一、倉橋由美子のエッセイしか知らない。『パルタイ』▼で華々しくデビューした彼女は、デビュー直後に『文学界』あたりに寄稿したエッセイ[*1]で、例の「オント」（恥）だとか「オンティコ・オントロジック」（存在的・存在論的）[*2]といった「術語」を散りばめたペダンチックな文の中で、幼い少女の頃に、手鏡を用いて、自分の身体がまさに「穴」であることを知った、と述べている。ちなみにボーヴォワールは『第二の性』の中で、幼い少女が己の性を自覚するのは、男の子のようにペニスを持たないという発見によってだと規定しており、要するに「何もない」説——女子の股間には、あるべきものがない——に立っている。もちろんこれは、フロイトの「去勢コンプレックス」▼説の援用であろうが、この説はあくまでも男性の側からの推測に基づいて成立したものなのではなかろう

▼**『パルタイ』**「パルタイ」とは、「党」を意味するドイツ語Parteiつまり「共産党」のこと。この小説は、「ある日あなたは、もう決心はついたかとたずねた」で始まる二人称小説。つまり主人公は「あなた」と「わたし」ということになる。二人称小説という難しい技法のものとしては、成功作と言えよう。

か。女子の直接体験的発見としては、やはり「穴」であること、になるのではなかろうか。

というのも、Hは現にある幼女がこの発見をしている現場に際会したことがあるのだ。多分、十歳くらいの時だろうから、七歳下の二番目の妹は三歳くらいだったろう。二階から降りて来ると、だれもいない座敷に彼女がいて、ナニに熱心にコインを押し込もうとしていた。「××子、何してるんだ、だめだよ」と、笑い出しながらたしなめたものだ。おそらく幼い女子はだれしも、このような体験をするのではなかろうか。つまり、己の肉体の奇妙さを発見するのだ。だとすると、倉橋由美子は、それを直裁に語った数少ない勇気ある女性の一人ということになる。おそらくサルトルの「穴」分析に触発されてのことであろうが、それにしても……。ちなみに、ある知人の孫娘は、やはり三歳の頃、一緒に湯船に浸かっている最中に、湯船の縁を足場にして大股開きをし、こちらの顔にやたらとナニを押し付けようとしたと言う。まあ、幼女の祖父に対する近親相関的な性的挑発などというものではなかろうから、おそらく一種のスカトロジックな挑発、汚物とまでは言えずとも、何やら奇妙なタブー的な物による侮辱ないし揶揄の試み(例えば、「俺のケツを見ろ」「尻喰え」の類い)だったのだろう。もう一つだけ、「性器絡み」の話をするなら、下の娘はやはり三歳の頃、一緒に風呂に入ったと

▼**「去勢コンプレックス」** その最も分かりやすいプロットは、女児は、自分が男児の持つペニスを持たないのは、去勢されたからだと考え、自分の性器を去勢による傷とみなす、というう、カール・アブラハムの説であろう。これに対してボーヴォワールは、女児は本来的には、性器がないという不在を欠陥とは感じない、女児の身体は、それ自体では完全なものである、と指摘し、「去勢コンプレックス」の発生が、教育的・社会的なものであることを、強調しようとした気配もある。男児にとってペニスは、肉体の外に突き出し、取り扱い自由の器官であるため、そこに自己を疎外し、自分で確認できる分身《アルテル・エゴ》を持つことができるのに対して、女児が分身《アルテル・エゴ》として持つのは、人形である、という分析は、非常に分かりやすい(『決定版 第二の性II』新潮社、中島公子・加藤康子監訳、一四~二五頁)。

ころ、父親が湯船の中にでかい「ウンチ」を出していると思ったらしい。湯を張り始めた湯船に仰向けになって、体がようやく湯に覆われようとしているところを見ると、なんと父親の股間のあたりに、毛むくじゃらの黒く醜怪な物体がぷかぷか浮かんでいたわけである。「あーあ、いけないいんだー」と言って、それ以降しばらく彼女は、「パパは汚い」からと、一緒に風呂に入るのを忌避したものだ。

＊＊1　実はこのエッセイ、見当たらない。倉橋由美子に詳しい後輩の助言を仰いで、彼女のエッセイ集をいくつか見てみたが、見当たらない。こうなると、当時の雑誌を調べてみなければならないが、そこまでする気はない。倉橋由美子についての論考を書こうというのではなく、個人的な体験の記憶を述べているのである。早い話が、仮にそのようなエッセイがそもそも存在しなかったとしても、現にそういう文を読み、しかもその文を倉橋由美子のものと受け止めていたという記憶は、一つの厳然たる事実として残っている。少なくとも、「真相が解明される」までは、事実としてのその記憶は真正のものとして遇されるべきであろう。言わば「推定真正」である。

＊＊2　「存在的・存在論的」Ontico-ontologique（ドイツ語では Ontico-ontologisch）は、ハイデガーの用語で、サルトルも『存在と無』の冒頭の部分で、引用的に（しかも例によって、やや短絡的に）用いているに過ぎない。「存在的」とは、

「存在者」に関わる、ということで、「存在論的」とは、「存在」そのものに関わる、ということになり、現存在（まあ「人間存在」と言っておこう）という存在者は、その存在（「実存」）において、「存在的」と「存在論的」の二つの領域につねに同時に関わらざるを得ない、というほどの意味を、「存在的・存在論的」という熟語は持つわけだが、ただ、その音の「響き」も含めて、何やら初学者を果てしない夢想に誘うものではあった。

オント honte（恥、羞恥）の方は、全く普通の名詞だが、サルトルはその存在論の中でこれを、人間存在（この語についても、厳密には説明と留保が必要なのだが）の三つの存在様態の一つたる「対他存在」を開示するものという、重要な哲学的概念ないし主題に昇格させた。このあたり、詳しい説明が必要であろうが、まあ、割愛しよう。ただ、ルース・ベネディクトの『菊と刀』で、西洋は「罪の文化」、日本は「恥の文化」と教え込まれていた、当時の若い読者としては、フランス哲学の最先端と思われたサルトルの存在論の中で、「恥」が重要な概念として提示されるのは、新鮮な驚きではあった。倉橋由美子はこの語を『パルタイ』の中で、《オント》と、耳慣れないフランス語のまま（しかも《 》でくくって）無造作かつ尊大に登場させたが、これが mystification（瞞着）効果を発揮したことは、疑いない。

アメリカ文化の怒濤のような流入

少年Hの「性への目覚め」は、ご覧の通り、主に映画を通して進行した。それもとりわけ洋画のヒロインたちを通して。幼い少年の身でありながら、美しいと思い、性的な疼きを感じたのは、スクリーンに登場するあの女優たちであった。美しい女というのは、まさに彼女たちに他ならず、現実の生活の中で出会う女たちは、極端かつ単純に言うなら、「原型への近似度はさまざまだが、いずれにせよ原型の完成度には達することのない、はっきりしない粗描*」に過ぎなかった。要するに少年Hは、「プラトン主義者」だったのだ。

＊『言葉』旧版、三五頁を参照。訳文は修正されている。幼いサルトル少年(プールーと呼ばれていた)は、文字を覚えるや、祖父シュヴァイツァーの書斎に入り浸って、読書に耽る。特に『ラルース大百科事典』には、世界の森羅万象が盛り込まれていて、そこに姿を現わす鳥や花や獣は、どれも「本物」であり、戸外の公園で出会う「猿は猿らしくなく、……人間たちは人間らしくなかった」と、サルトルは述べ、このような幼い日の自分のことを、「プラトン主義者」と定義している。

しかし大なり小なり、日本中が、日本中の男たちが、そうだったのではなかろうか。戦後とは、何よりもまず、アメリカ文化の怒濤のような流入だった。戦時中に途絶えていたアメリカ映画が、次々と公開された。『北西への道』はアメリカでの公開が一九四〇年、『アラビアンナイト』も一九四二年、つまり戦前・戦中だが、日本公開はそれぞれ一九五一年と一九五〇年。代表的なのは、『風と共に去りぬ』だろう。なんと一九三九年に公開され、大ヒットとなったが、日本公開は一九五二年となる。つまり十年分のストックが、次々に制作される新作とともに、一挙に押し寄せたわけである。

　映画ばかりではない。音楽では、日本占領軍（進駐軍）のキャンプに出入りするジャズバンドが、雨後の筍のように全国に生まれ、当初はアメリカ兵のために演奏していたが、やがてキャバレーやラジオなどで、日本人にも聴かれるようになる。江利チエミやペギー葉山も、そうした米軍キャンプでの巡業で育った人材だ。もちろん、日本には戦前から、アメリカ文化受容の豊かな伝統があり、戦後の大洪水が喜んで迎えられたのは、そのせいでもある。紙の文化でも、雑誌『リーダーズ・ダイジェスト』▼など、アメリカの雑誌が広範に読まれ、漫画『ブロンディ』（まあ、『サザエさん』のようなものだ、と言っておこうか）が、『朝日新聞』に連載されて、アメリカの中流家庭の日常生活の様子がふんだんに伝えられた。Hも、叔母が『リーダーズ・ダイジェスト』を取っていたから、時々のぞいていたものだが、その他にも、アメリカの地方都市のある独身婦人（？）を主人公にした、絵入りの

▼**『リーダーズ・ダイジェスト』**　アメリカの月刊総合ファミリー雑誌。創刊は一九二二年。二〇〇九年まで、合衆国最大の発行部数を誇った。日本版は一九四六年に創刊され、当初はほとんどがアメリカ版の翻訳だった。一九八六年に休刊。

物語シリーズなども、読んだことがある。大きな冷蔵庫から食材を見つけ出して、ブロンディの夫のダグウッドが何層にも重ねたサンドウィッチを作るところや、独身婦人物では、服装の流行十年周期説だとか、ドーナツ製造器の暴走などを思い出す。やや時代が下るが、テレビが始まると、アメリカの人気ホーム・ドラマ『パパは何でも知っている』が、日本の「お茶の間*」でも人気を博した──と書こうとしたが、調べてみると、これの日本での放映は一九五八年から一九六四年とあるので、時代がやや異なると言わざるを得ない。

＊　お茶の間というものが、なくなって久しいという気もする（とはいえ、全国的にはまだまだ「健在」なのだろうか）が、テレビの視聴者公衆を意味するこの「お茶の間」という言い方は、まだ通用しているのだろうか。すくなくとも別の用語（「DK」というような）に取って代わられたようには見えないが。

こうしたアメリカ文化の洪水の中で、アメリカ文化に対する憧れが普遍化したのは当然だが、それは同時にアメリカ人（白人）への劣等意識を育みもした。日本人は、アメリカ人になりたいと思い、アメリカ人でないことを悔やんだのである。モデル（模範）というのは、そうしたものであろう。とはいえ、これはこのような単純な要約で済ますことのできない問題だから、ひとまずこのくらいにしておこう。H自身は、もちろん現実の中で、「美しい」女の子にも遭遇したり、これこれの女の子が、よく考えてみるとなかなか「綺麗である」ことに気がついたり、というようなことがなかったわけではないし、中学に入ると、「グレース・ケリー▼のような女の子」に出会ったりもする。

この稿、「性に目覚める頃」を主題とする積りであったが、ご覧のように、かなりの紙数を費やしながら、本格的な「性の目覚め」にはまだ到達していない。それについては稿を改める必要がありそうだ。「美しい」女の子との出会いについても、そのあたりで触れられれば、幸甚。

▼グレース・ケリー（一九二九～八二年）一九五〇年代、セクシーで愛嬌のあるマリリン・モンローと対蹠的な、気品ある美貌でハリウッドに君臨した女優だが、人気絶頂にあって、モナコ公国の君主、レーニエ三世と結婚、女優を引退した。一男二女に恵まれた幸せな生活の中、自動車事故で死亡。

彼女の映画歴、最初の主役級出演『真昼の決闘』（一九五二年）から最後の『上流社会』（一九五六年）まで、十本でわずか五年というのには、驚く。『喝采』（一九五四年）ではアカデミー主演女優賞を受賞。特にアルフレッド・ヒッチコックに愛され、『裏窓』、『泥棒成金』など三作も撮っている。彼女が去った後、ヒッチコックは、ティッピ・ヘドレンを発掘したが、セクハラ絡みで決裂した。

四　才能ある(?)少年

Hは、小学校一年の時、かなり手に負えない子供だったらしい。教室で静かにじっとして先生の話を聴くということができず、何度も注意されたようだ。一度など、「静かにできないのなら、出て行きなさい」と「追放」を命じられたことがある。それに対して、「じゃあね、バイバイ」と手を振って、教室を跳び出して、そのまま家に帰った、という出来事は、家では「笑っちゃう」「傑作」な話として伝説化した。例えば母は、墨田区押上の方（家《うち》では「向島」*と呼んでいた）に住んでいる母親や姉や妹のところに遊びに行った時など、この武勇伝を喧伝し、それで一同大笑いとなったらしい。つまり、「困ったことを仕出かした」とは、全く受け取られなかったらしいのである。

＊　向島というのは、戦前の向島区のことで、現在の町名としての向島とはちょっと違う。戦前と言ったが、正確には、一九四七（昭和二二）年の地方自治法施行による二十三特別区の編成以前、ということになる。ちなみに現在の二十三区

が一つの都市として編成されたのは一九三二（昭和七）年で、それまでは十五区で東京市が構成されていたのを、新たに周辺地域を二十区に編成して併合し、全三十五区とした。それが一九四三（昭和一八）年の都制施行によって、東京市が消滅し、都庁直属の「区部」となるわけだが、その三十五区が、一九四七（昭和二二）年に二十三区に再編されるのである。その結果、東京という都市は、郊外都市や、山岳まで含む広大な田園地帯をカヴァーする、奇妙な行政体となったわけだが、その際、向島区は本所区と合併して、墨田区となる。ところが実は現在の向島という町は、以前は本所区に入っていた、という奇妙なことがある。本所区と向島区の境界線は、現在の向島町と東向島町との間に走っていたのである。切りがないので、これくらいにするが、関心をお持ちの向きは、お調べいただきたい。

これはまことに妥当な対応だったと思われるが、ただどのように「始末」したのだろうか。それが何時間目のことか分からないが、例えば母親が直ちに子供を学校に連れて行き、担任に謝って子供を教室に戻す、といったことを行なったのか、それともその日はそのまま家で遊ばせておいたのか。だとしても、せめて翌日は母親が付き添って行き、担任に謝罪して、子供を受け入れてもらったのか。その辺の記憶は一切ない。記憶といえば、その瞬間の映像の記憶は、どうやらない。何となくその時の担任の高橋先生の顔と思しき、まさにスナップショット的映像の覚えはある。下から見上げた視界に真正面を向けてこちらを見ている顔だ。怒っているかどうかは定かでないが、優しく微笑んでいるようではない。しかし、それがその瞬間のものである確証はない。その顔を思い出すや否や、たちまちその時の教室のありさまや、校庭や、家までの帰り道の景観が、日本の水中花▼のように見る見る姿を現した、というわけにはいかないのである。要するに、むしろ家内の伝説として語り継がれた武勇伝の漠然とした覚えがあるだけなのだ。

学校的規律の情景

なにしろ「出て行け」という命令に従って出て行ったのだから、反抗でも抗命でも違反でもない。「文句を言われる」筋合いはないのである。これで子供を叱るといった、不当なことを一切しなかったらしい家族の対応は、妥当であると言わざるを得ないが、ただ当時の風潮の中で、どのように評価されるべきものだったろうか。「真面目」な家庭だったら、やはり子供を叱り、可及的速やかに子供を教室に戻すよう、手を尽くしたのではなかろうか。戦前ないし戦中なら、おそらくそうだったろう。いかに終戦直後とはいえ、やはりそれが標準的な対処だったのではないか。ただ、戦前・戦中なら子供はかなり厳しく叱責されただろうが、戦後はむしろ

▼日本の水中花　プルーストの『失われた時を求めて』の第一篇「スワン家のほうへ」第一部「コンブレー」第一章の末尾、あの有名なプチット・マドレーヌの場面、主人公の少年は、習慣に反して、マドレーヌのひと切れを浸した紅茶を一口飲み、異様な感覚を覚えて、結局それが、昔よくそうして飲んでいた紅茶の味であることを思い出す。それをきっかけに、あの頃住んでいた古い家が、そして家とともに町が、広場や通りや教会が、一杯の紅茶から出てくるように、蘇って来る。これを作者は、日本の水中花に喩えている（『失われた時を求めて1』高遠弘美訳、光文社古典新訳文庫、一一六〜一二二頁）。

宥めすかされて、先生に「御免なさい」を言うよう説得される、という違いはあったかもしれない。いずれにせよ、これを「武勇伝」に仕立て上げたというのは、やはりかなり破格なことであったと、考えられよう。現在なら、あるいはヤンキー・カップルが子供を持って両親となった場合などに、学校的規律全般への無関心ないし軽視から、このような対処が発生し、場合によっては、モンスター・ペアレント的行動を招来したかもしれないが、学校的規律の尊重が国民的コンセンサスであった当時としては、やはり……、ということだろう。

要するにHは、学校的規律に馴染まず、それを身につけるのに大分手間取ったらしい。一年の通信簿には、「教室で時々奇声を発する」と書いてあったという。戦前・戦中なら、一年生と言えども、このような子は体罰によって矯正されたのではなかろうか。幸か不幸か、終戦直後の新制初年度の小学校では、そのような手段を取らなかったようだ。取っていたら、強い記憶が残っただろう。そしてもしかしたら、学校や社会に対する不信や嫌悪が芽生え、反抗的な人格を育んだかも知れない。

学校というものをめぐって、いま直ちに浮かんでくる映像には、映画『わが谷は緑なりき』*▼の一場面がある。ウェールズの炭鉱夫一家の末息子が、一家で初めて学校に入学する。しかし若い教師は、まさに教鞭を振りかざして、彼を虐待する。そ

▼**『わが谷は緑なりき』**（一九四一年）ジョン・フォード監督作品。『駅馬車』（一九三九年）、『怒りの葡萄』（一九四〇年）などとともに、戦前最後期の傑作。舞台はウェールズの炭鉱町。父と四人の兄が炭鉱夫のモーガン一家の日常を、末息子の視点から描いた、心温まる民衆的作品。

れに激昂した一家とご近所さんたちは、彼にボクシングを教え、かつ何人かが付き添って学校に乗り込み、教鞭を振る教師とそれにつるんだ悪童どもとを、完膚なきまでに叩きのめす、という場面だが、十九世紀末のウェールズの学校風景、特に児童をヒステリックに教鞭で鞭打つ若い男性教師という人物像が、衝撃的だった。教師への尊敬と、教師からする学童への愛という、日本の学校のイメージからすると考えられない状況だったが、他の映画（フランス映画が多いが）でちらちらと目にした学校情景も踏まえると、なるほど西欧では学校というのは、従順ならざる生徒たちと強権的な教師との、かなり剥き出しの暴力的対決の世界なのだな、と妙に納得したものだった。

＊ 言うまでもなく、ジョン・フォード監督、モーリン・オハラ主演。モーリン・オハラ（一九二〇〜二〇一五年）は、赤毛のアイルランド女で、ジョン・ウェインの『リオ・グランデの砦』（一九五〇年）や『静かなる男』（一九五二年）で、ジョン・ウェインの妻を演じたのが代表作。まさにアイルランド女性とはこういうものかと納得させる名演だった。美人というより、鉄火肌で、戦後ハリウッド映画の代表的女優だと思っていたが、いま調べてみると、日本公開作は意外に少ない。

もう一つは、例の『父　パードレ・パドローネ』で、サルデーニャ島▼の小学校の

▼**サルデーニャ島**　コルシカ（コルス）島の南に位置する島で、地中海ではシチリアに次ぐ二番目に大きな島（ちなみに、それに次ぐのがキプロス、クレタ、コルシカ）。地理的にも歴史的にも、イタリア半島と一体のシチリアと違って、ティレニア海で隔てられた遠隔の地であることは免れず、反本土的気風も当然強い。イタリアは、発達した北部に対して、南が後進的で貧しいことは、周知の事実だが、サルデーニャはそれに輪をかけた後進地であるから、学校制度の整備も極めて遅れており、少なくともそのようなイメージがあるのは、致し方ない。一方、十九世紀にリソルジメント（イタリア統一運動）の中心となったピエモンテのサヴォイア朝は、サルデーニァを領有して、「サルデーニャ王国」を名乗っていた。つまり、リソルジメントは、サルデーニャ王国の事績ということになる。ア

教室に、父親が乗り込んで来て、幼い息子を連れ出してしまう。家の仕事の手伝いとして羊の番をさせるためだ。黒衣の女性教師は、長い黒髪のほんの小娘で、少年を抱きしめて、「可哀想に、こんな年で、学校にも来られず、仕事に行かなければならないなんて」と嘆くが、父親の要求を撥ね付けることはできない。

イタリアの小学校、そしてイタリアの「終戦」

これはのちに言語学者になる、ガヴィーノ・レッダの自伝を映画化したものだが、いま調べてみたら、レッダは一九三八年生まれとある。Hより二つ上だ。小学校入学は、日本の学制に当てはめてみるなら、一九四五年、つまりまさに終戦の年に当たる。イタリアの場合、「終戦」は複雑*で、一概に言えないが、一九四五年四月二十五日が「イタリア解放の日」とされているし、いずれにせよサルデーニャ島の「解放」は一九四三年九月に果たされているから、終戦直後ということになる。こんな時に、小学校でこんなことがあり得たのだろうか。フランスだったら、一九世紀の半ばくらいの情景だろうし、日本でも、二十世紀に入る頃には、小学校の就学率は九〇%を上回っている。「邑《いう》に不学の戸《こ》なく、家に不学の人なからしめん」というのは、日本に限らず、近代統一国家の基本方針だったはずだから、リソルジメント後のイタリア王国も例外ではなく、遅くとも第一次世界大戦後、な

ントニオ・グラムシとエンリコ・ベルリンゲルという、イタリア共産党の大立者を輩出しているのも、なかなか意味深長である。

▼**オメロ・アントヌッティ**（一九三五年〜）二十世紀末葉のイタリア随一の名優。舞台俳優として声望を得たのち、タヴィアーニ兄弟の『父 パードレ・パドローネ』（一九七七年）で映画デビュー。タヴィアーニ兄弟の『カオス・シチリア物語』（一九八四年）などの他、ギリシャ人のテオ・アンゲロプロス監督の『アレクサンダー大王』（一九八〇年）、スペイン人のビクトル・エリセ監督の『エル・

いしファシズム政権成立期くらいまでには、就学率一〇〇％が達成されていても不思議はない。とはいえ、サルデーニャという極端に遅れた地域では、父親が息子を就学させないのを、法的強制力で阻止する手段がなかったのだろうか——などと訝しがりながら、wikipediaでガヴィーノ・レッダの略歴をよくよく見てみると、「小学校の教育を受けたのち、父親の羊番を手伝うことになる」とある。ナァーンダ、小学校は出ているのか、道理でおかしいと思った、とひとまずは胸をなでおろしたが、待てよ、ではあの場面は一体何なのだ。何しろ、映画はこの小学校の教室からの息子の取り戻しの場面で始まり、しかも最後は、レッダ本人（に扮する俳優）が登場して、教室に入ろうとする、オメロ・アントヌッティ▼扮する父親に、「あのとき父はこれを持っていました」と、棒のようなものを渡すのだから。あれは、映画のための誇張だったのか？ あの場面が、妙に牧歌的ないし夢幻的であったのは、あるいはそのための企みだったのかもしれない。黒衣の長い黒髪の小娘の女性教師が少年を抱くところは、まるでピエタ▼の聖母だった。だから、当然あって然るべきだった、校長等学校側の対抗措置や説得の努力などが、一切姿を見せず、ピエタだけで、観客はすっかり納得してしまったのだろうか。

＊ 沖縄を除いては、国土が地上軍同士の戦場とならなかった日本と異なり、イタリアの「終戦」は、複雑な過程をたどって緩慢に進行した。連合軍のシチリア

スール』（一九八二年）に出演するなど、「汎地中海的」に活躍した。

▼ピエタ（pietà） 磔刑で殺されたのち、十字架から降ろされたイエスの体をわが膝に抱く聖母マリアの姿を描く図像を言うが、代表的で最も有名なのは、ヴァチカンのサン・ピエトロ大聖堂にある、ミケランジェロ作のもの。死せるイエスを抱く聖母は、まるで年若い小娘のようだ。

上陸（一九四三年七月十日）から、イタリア国内のドイツ軍の降伏（一九四五年四月二十八日）まで、二年間近く、細長い国土の中で徐々に戦線が北上していったのである。これは例えば、一九四四年六月六日のノルマンディ上陸作戦から、同年十一月のルクレルク将軍のストラスブール到達まで、六ヶ月弱で国土の「解放」が完遂されたフランスの場合と比べると、いかにも長い。しかもこの間に、国家が分裂して、一種の「内戦」状態となっているのである。すなわち、連合軍のシチリア上陸以前から、ムッソリーニ排除の企みが画策され、ついに七月二十四日、ムッソリーニ逮捕。バドリオ元帥を首班とする政府が成立して、連合国との休戦協定に至る。これに対抗して、ヒトラーは迅速にイタリアに兵力を展開。幽閉されていたムッソリーニを救出して、彼をトップに据えた傀儡国家「イタリア社会共和国」を樹立させた（九月十五日）。これにより、南は、北上する連合軍の庇護のもと成立した、国王とバドリオ政権の南部王国、北は、ドイツ軍の支配下にある傀儡国家、という南北対立の形勢となり、同時に、北部ではレジスタンス運動が急速に勢力を伸張した。この形勢がおよそ一年半続いたが、最終的には、一九四五年四月二十五日、レジスタンス勢力の一斉蜂起によって、北部は「自力解放」を行なったのである。この日は、イタリアの「解放記念日」として、国民の祝日となっている。いずれにせよ、イタリアは、自らの力でナチス支配から国土を解放したという体裁をとることができた。

この長い「解放」の過程は、ロベルト・ロッセリーニの『戦火のかなた』（一九四六年）でたどられる。これは、戦線の北上にあわせて、シチリア、ナポリ、ローマ、フィレンツェ、ロマーニャ、ポー川デルタの六つのエピソードを並べているが、実は、明瞭な記憶があるのは、ローマとロマーニャとポー川デルタだけだ。ローマは、最初にローマに入城した時に、住民の歓呼に迎えられたアメリカ軍戦車兵が、自宅に招き入れて水を飲ませてくれた娘に恋してしまうが、しばらく経ってローマを再訪した時、彼女は娼婦になっていた、という話。ボローニャは、ある修道院に、アメリカの従軍聖職者が、一夜の宿を借りにやって来るという話。一人がプロテスタントの牧師、もう一人がユダヤ教の聖職者（ラビ、ということになるのだろう）であることから、ちょっとしたドタバタが生じるわけである。

最後のポー川デルタは、直裁にレジスタンスの話で、最初に「パルチザン」という立札を立てられた死骸が上流から流れて来る。そして、最後はドイツ軍に捕らえられたパルチザン数名が、小舟の上から錘を付けて川に落とされる場面で終わる。イタリア・パルチザンについては、名高いパルチザンの歌（O Bella Ciao, Bella Ciao, Bella Ciao, Ciao, Ciao）が頭に浮かぶ、どころか、口許に浮かんで来るが、もう一つ印象深かったのが、映画『ブーベの恋人』である。カルロ・カッソーラの小説（一九六〇年）の映画化で、日本公開は一九六四年。クラウディア・カルディナーレが主演、当時人気絶頂のジョージ・チャキリス（『ウェスト・サイド物語』）がブーベ役だったが、このブーベ、かつてのパルチザンで、バスの中で、かつて仲間を殺害した元ファシストたちが大量に社会復帰しており、そうとする。要するに、元ファシストたちが大量に社会復帰しており、そうした社会の中で元パルチザンが犯罪者となってしまうような現状を、示唆しているわけである。もう一つ、ロッセリーニの出世作『無防備都市』も忘れてはならないだろうが、これは比較的知られているので、割愛しておこう。

終戦直後の通信簿

さきほど、一年の通信簿に「教室で時々奇声を発する」と書いてあったらしい、と書いたが、念のため当時の通信簿を調べたところ、そのような文言は見当たらなかった。どうやらこれも、家族が面白可笑しく喧伝した「家庭内伝説」だったのだろうか。実は、手元にある「資料」としては、一年の学年末通信簿と、もう一つ「おけいこのおしらせ」と題する、文面からして二学期の通信簿と考えられるものしかない。その二つとも、粗悪なわら半紙に謄写版で印刷したまことに粗末なものだが、果たして一学期の分があったのに紛失したものか、もともとなかったのか、は分からない。もし一学期の分があったのなら、そこに件の文言が書かれていたことが考えられる。

学年末のものは、B5判の紙を横にして縦書きしたもので、二つ折りしたその裏の片面（B6判）に「通信箋」と生徒の名が毛筆で手書きされ、もう片面には「修業証」の文言がやはり手書きされ、学校名のスタンプと朱の校印が捺してある。つまり、「通信箋」と書いたB6判の表紙をめくると、見開きの通信箋があり、四ページ目は修業証となっているわけである。学年ごとに修業証を出すのか、と感心して、いわゆる通信簿風の体裁の整った三年以降の通信簿をよくよく見てみると、やはり四ページ目の下段の左半分に、「修業証」があった。なるほどそうだったのか……。この年になって初めて、学年ごとに修業証を出すということを知った。お陰で一つ勉強した次第。

要するに、一年、二年のものは、わら半紙一枚で、フォーマットが定まっておらず、ようやく三年のもの（昭和二四年度だが、発行は二五年の三月となる）から、フォーマットも安定し、用紙もやや厚いものとなっている。まさに、終戦直後の流動期がこんなところにも如実に窺えるわけである。これは例えば、修業式の集合写真を見ても一目瞭然で、一年生の時の写真に写る児童たちの身なりは、非常に貧しく、みなぼろをまとっていたが、二年生を経て三年になると、ようやくそれなりの小綺麗な服を着ている。

「おけいこのおしらせ」と題する一年の二学期分の通信簿と思われるものは、学年末分より二倍のB4のわら半紙を横にして縦書きで、片面だけ謄写印刷したもの（つまり裏は白紙）だが、こんなところにも、フォーマットの試行錯誤が窺われるような気がする。横にした上段は通信簿であるが、下段は担任教師の、言わば「総括文」が占めている。それを読むと、当時の一年生というのが、実に大変だったことがよく分かる。曰く「直ぐくみあってけんかする太郎さんや次郎さん、学校中ひびきわたりそうな声で泣く花子さん、おべんきょうはいやだとまりつきしたり運動場へ遊びに行ってしまう三郎さん、春子さん、机に腰かけたり室を走りまわるいたずらっ子の四郎さん、皆今ではすっかり学校生活になれて、元気な声で本も読みます。字も上手に書きます。自由にえも書きますし、しっかりとお話も致します。かけっこもころばずに早く走ります。なかよしこよしのみんないいこです」。

なるほど、当時の一年生というのは、そうなのか。現在なら、幼稚園でそれなりに集団生活に慣れて入学して来るところだが、当時は幼稚園経験者は、それほど多くなかったのではないか。戦前の幼稚園体制はどうだったたか、詳らかにしないが、いずれにせよ終戦直後だから、入学への準備があまりなされていないまま入って来る者も多かっただろう。こんなワイルドな子供たちを相手に悪戦苦闘した女性教師の奮闘ぶりと、彼らを一年で（二学期間で?）まともな「小学生」に仕上げた自負とが、ここからひしひしと伝わって来る。同時に、戦後の新制教育に参画する者としての、意気込みのようなものも、この粗末な手作りの書類から匂って来るのである。高橋先生、お世話になりました、と言いたい気持ちになる。Hは、ここに描かれた子供のうちのどの子なのだろうか。Hは、実は家の向かいがキリスト教系の幼稚園で、そこに入っていたが、それでもかなり手に負えない子だったようだ。しかし「手に負えない」のは、Hだけではなかったのだ。

「奇声を発する」という文言は行方不明だが、それを彷彿とさせる指摘がどこかにないか、個人別講評の欄を探してみると、「学習中、いたづらをして気が散ります。……注意されたことはよく守りますが、又よく忘れます」とか、「……はいと返事をしたことですのに、次の日にはすっかり忘れてしまうことが多いのです。気が散ったり他のことに気をとられるからだと思います」とある。かなり気が散って落ち着かない子だったのだろう。音楽の欄には「元気よく大声で歌いますが、うっかりすると顔を真っ赤にしてどなることがたびたびあります」とある。やはり「奇声を発する」のは事実だったのだ、と思わせるではないか。体育の欄には「活発ですが、動作にぎこちない点があります。けんかはなかなかつよいです」とあった。

一年ではこんなことまで書いてくれるのか、と感心してしまう。それにしても、「動作にぎこちない点」というのは、何だろう。

小学校時代の通信簿など、じっくり読むことなどなかったが、Hがどのような子供だったかを「探究」しようとするなら、第一級の資料であることは間違いない。それにしても、何と具体的に的確に書いてあることか。おそらく日々各児童につい て、細かな観察メモを書いていたのだろう。日本の小学校の教育は、こうした勤勉かつ有能にして優しい教員たちの愛情溢れるきめ細かな実践に、おそらくはずっと以前から、つまり小学校制度の創設以来、支えられて来たのだろう。ここで『二十四の瞳』などを持ち出すと、話が長くなるから、割愛する。

読み書きの習得

実はHは、読み書きの習得がやや遅かったらしい。一年の通信簿には、「読む力がおとってをります。書く力も今少しのところです」、二年の通信簿には、「少し仕事（書くこと）がおそい様です」とか「出来上がるまでの時間が長すぎます」と書かれている。これだけ見れば、大したことはなかったように見えるが、漠然とした記憶では、もう少し深刻だったような気がする。おそらく母か叔母（父の妹）に「補習」をしてもらったのだろう。それで読む方はまあ何とかなったが、書く方は、二年になってもやはり少し劣っていた、ということなのだろう。念のため、一年生とは六歳から七歳、二年生とは七歳から八歳であり、Hの誕生日は十月だから、Hは七歳の時、読む力が劣っており、八歳になっても、書くのが遅かった、ということになる。

……そう言えば、サルトルのフローベール論（『家の馬鹿息子』）は、七歳でも読み書きができなかった、という、衝撃的なフローベール像で始まる。姪のカロリーヌ・コマンヴィルによれば、「一緒に文字を習った妹のカロリーヌはすぐ覚えたが、ギュスターヴの方はうまくいかず、大粒の涙をこぼして泣き出した*」という。また六歳の時、ピエールという年寄りの下男に、「台所にわしがいるかどうか、見ておいで」と言われて、「馬鹿正直」に（naïvement）も言われた通りに台所に見に行った、らしい*。しかしギュスターヴ少年は、九歳の時には驚嘆すべき手紙を書いているし、「コルネイユ頌」と題するエッセイも書いている。ここからサルトルは、ギュスターヴは「七歳で読むすべを知らなかったがゆえに、九歳で書くことを決心した*」という仮説を引き出し、「馬鹿（白痴）が天才に成ってゆく」というこのスキャンダル*を、理解しようと企てるのである。

＊『家の馬鹿息子』1、人文書院、一九八二年、九頁。以下いずれも同書、一三、三八、五〇頁。ちなみに、少年サルトル自身はどうだったかというと、まさ

に後の大作家・大知識人に相応しい、かなり早期の幸せな文字との邂逅を果たしている。祖父シュヴァイツァーの家（パリのカルチエ・ラタン）は、本に囲まれ、本で溢れた環境で、そんな中、文字との邂逅は、少年が本というものの機能を悟るだけで、ほとんど自動的に実現した。六歳の頃、プールー（少年サルトル）は、自分も本を持ちたいと思い、祖父から充てがわれるが、それを「所有」している実感が得られず、不機嫌になった。すると母が「何を読んでもらいたいの、妖精のお話？」と尋ねる。妖精のお話は、いつもバスルームで母がしてくれたお話だった。驚いてプールーは「妖精のお語がこの中にあるの？」と言う。そこで母は本を開いて読み出すのだが、いつもお話をしてくれる母と全く違う、彫像のように目を伏せたままの母の抑揚なく、よどみなく、単調で確固とした話し方への違和感から、「話しているのはこの本なのだ」と、彼は気付く。こうして本の機能を理解した少年は、本を開いて読む真似をする。つまり、ページをめくりながら、知っている物語を大声で語るのである。これを見た家人がアルファベットを教えると、彼はたちまち身につけ、自分で自分に個人授業を施すほどだった。すなわちエクトル・マロの『家なき子』▼を広げ、すっかり空で覚えているこの本を、「半分は暗唱し、半分は文字を解読しながら」読み進み、「最後のページがめくられた時、私は読み方を知っていた」。まるで、われわれが英語の対訳本を読

▼**エクトル・マロ**（一八三〇〜一九〇七年）**の『家なき子』**（一八七八年）　捨て子の少年レミが旅回りの動物芸一座の親方に

んで勉強したようなやり方ではないか（以上、『言葉』白井浩司訳、人文書院、一九六四年、三一〜三四頁）。

少年フローベールのケースは、今日ではdislexia（識字・読字障害）という障害として捉えられるのではなかろうか。Wikipediaによれば、トム・クルーズが、二〇〇三年にこの障害を告白したことで、これの認知が広まったという。スピルバーグもこれと診断されており、現在も脚本を読むのに通常の二倍の時間を要するとのこと。さらにエジソン、レオナルド、アインシュタイン等の名も挙がる。まさに「天才になる馬鹿（白痴）」の神話系ではないか。もし彼らの天才が、謂われなく課されたdislexiaという障害を乗り越えよう、埋め合わせようとする凄絶な努力の賜物であったとすれば、「天才とは天賦の才ではなくて、絶望的な状況の中にあって作り出される突破口である」*というサルトルの命題が証明されたということになろう。ただ、レオナルドは兎も角、エジソンや、特にアインシュタインは、どうもそうしたpathétique（悲愴さ）とは無縁の、あっけらかんとした天才振りではある。いずれにせよ、Hの「遅れ」は、天才を生み出すほどの「歴《れっき》とした」ものではなく、多少の努力で克服された「凡庸」なものであった。果たして、少なくとも読む方については、何とか遅れを克服して以降、Hは本を読むのが好きな少年となる。

＊『聖ジュネ』Ⅱ、白井浩司、平井啓之訳、人文書院、一九六六年、三〇一

助けられ、一座に加わって国中を旅して回るという物語。昔は日本の子供の愛読書の一つだったが、今はどうであろうか。『アルプスの少女ハイジ』、『フランダースの犬』、『母をたずねて三千里』などで知られるテレビの世界名作劇場シリーズの最終作（一九九六年度後期）として放映されているが、これらの作品ほど人口に膾炙していないようだ。

頁。原書 Saint Genet (1952) は、もちろんジャン・ジュネ (Jean Genet) 論。サルトルの代表的な評伝作品で、中期（戦後期）の代表作。孤児院で成長した捨て子のジュネが、泥棒で物乞いで男色という悲惨な生存の中から、いかにして天才的な作家になっていくか、その過程をダイナミックに辿った、いわゆる「実存的精神分析」の大規模な展開の記念碑。「聖ジュネ」というタイトルは、そうしたジュネの悪の探求が聖性の域にまで達するところから発想されたのであろうが、同時に、ローマ時代のキリスト教殉教者の聖人の名を借用した気配がある。すなわち、ディオクレティアヌス帝（在位二八四年〜三〇五年）治下の殉教者、聖ゲネスの名が、フランス語では聖ジュネ（ただしスペルは Genest）となるわけである。この皇帝は、のちに「最後の大迫害」と呼ばれるキリスト教弾圧を行なった人物だが、聖ゲネスは、パントマイム役者で、キリスト教を揶揄するための教会の儀式のパロディを演じるよう命じられたが、途中で突然、己が信者であることを告白して、処刑された。このエピソードは、十七世紀のバロック劇作家ジャン・ロトルーの悲劇『聖ジュネ正伝』（一六四五年）の主題となっている。なお、『聖ジュネ』は、初め同じ訳者たちにより、『殉教と反抗』のタイトルで新潮社から出ているが、おそらくこれで読んだ人の方が多いだろう。それで行くと、この引用は『殉教と反抗　第二　美による救済は可能か』二六二頁ということになる。

字を書くのは苦手？

その、具体的な目印を伴う記憶としては、もしかしたら三年だったかも知れないが、おそらく四年の時、隣の小学校の図書室に日参した、というのがある。多分その小学校の図書室は充実していたのだろう。しかも公開されていた（これは、当時にあっても今日でも、特筆されるべきことではなかろうか）。家でも本は買ってもらえたはずだが、どういうわけか、その図書館に日参した。借り出せたかどうかもいまでは定かでないが、そこで手にとった本の中で忘れ難いのは、たしか中村という名の歴史学者が書いた子供向けの世界史物語だった。中村博士（？）とその家族（少なくとも娘が一人いて、着物姿の彼女の写真が載っていた）が、タイムマシンに乗って歴史を遡るという筋立てで、第二巻の中世は英仏百年戦争で終わるが、次の巻が何とフランス革命。おそらく途中の巻が貸し出されていたのだろう。このフランス革命、ナポレオンの生涯をたどるという形で叙述されていた。その後の巻も一通り読み終わった、と思う。例えば、第一次世界大戦で初めて出現した戦車の写真などには覚えがあり、第一次世界大戦最初期のタンネンベルクの戦い▼とヒンデンブルクの軍功も、この本で読んだ記憶がある。また、「神と獣《けだもの》」の中間、という人間観に初

▼**タンネンベルクの戦い**　第一次世界大戦開戦直後（一九一四年）に独露間で行なわれた会戦。英仏は、西部戦線へのドイツ軍の圧力を軽減するために、ドイツ領に侵攻するようロシアに要請。それを承けてロシアは、大兵力をもってドイツ領東プロイセンに侵入したが、ヒンデンブルク麾下のドイツ軍は、二倍のロシア軍を各個撃破した。ヒンデンブルク（一八四七〜一九三四年）は、すでに退役していたが、大戦勃発による「人手不足」でドイツ第八軍の司令官に任ぜられた。この会戦の大勝利で、権威が強まり、のちにドイツ・ワイマル共和国第二代大統領となり、ヒトラーに道を開くことになる。

めて出会ったのも、その本の中であった。たしか博士と令嬢を含む子供たちとの議論の中に、出てきたような覚えがある。もしかしたら、第二次世界大戦に至る現代史は盛り込まれていなかったのかも知れない。この本についてお心当たりの方は、ご教示願いたいものである。

実を言えば、Hはおそらく、書くのはずっと後まで遅かった、のではないか。どうも授業でノートをとるということが不得手だったような気がする。同時代的に（つまりliveで）はあまり実感しなかったが、大学で教えるようになってから、学生、特に女子学生が迅速かつ正確にノートをとっているようであるのを見るにつけ、顧みて自分はどうも不得手だったらしいと思わざるを得なかったりしたものだ。とはいえ、ノートをとる、つまり黒板に教師が書いたものを筆記するのは何のためか。おそらく読み返して復習するためだろうが、実際、わざわざそんな復習をする必要などあるのだろうか。ノートをとるにはかなりの集中が必要だろうが、それは教師がする話への集中とは同じものではない。要するに、ノートをとろうとするよりは、教師の話に注意を集中して、その場で精一杯理解した方が、はるかに効率的なのではないか。ただもしかすると、大学でのちに出会うことになる（女子）学生は、Hなどよりはるかに優れた知性であったのかも知れないから、話を聴いて理解しながらかつノートをとる、という二重の作業を造作もなくこなしていたのかも知れない。

勉強は兎も角、Hは剽軽《ひょうきん》者で、冗談を言って人を喜ばせる、明るい子供だった。二年の通信簿には、「大変ゆかいな感じのするお子さんです」とか「明るい性質で小さい子のめんどうをよくみて居ます。いつも教室に笑をまいています」とある。まあ、「クラスの人気者」という奴だ。小学校では、一年の時から六年まで、毎年、学芸会の劇に出演したはずである。「はずである」というのは、ずっとそのように信じて来たが、振り返ってみると、具体的な記憶がないからである。親に訊けば分かるだろうが、その親も今は亡い。具体的な記憶があるのは、四年の時と六年の時だが、三年と五年の時に関しては、何となく記憶がわだかまっているような、念頭でつかえているような、もどかしさがある。まあ、事実なのだろう。

近年は、学芸会の劇は全員出演が原則になっているようだが、当時はそうではなく、然るべく抜擢された子が舞台に立った。だから毎年出演するというのは、かなり例外的なことだったのではないか。高学年の頃だと思うが、父兄会（今なら「父母会」か）から帰った母が、毎年同じ子供が出演するのはよろしくない、という意見を述べた者がいたが、「それは当人が努力をしているからです、って言ってやったのよ」と息巻いていたのを、覚えている。その意見そのものはまことに正論だが、母がそれほど息巻いたところからすると、やはりHは、「毎年出演する」子供、少なくともその一人、おそらくは最も代表的な一人、であったことが分かる。名優だったのだ。

学芸会の常連

六年の時は、実は危ういところだった。最初の配役からは漏れていたのである。しかし途中からお呼びがかかった。どうも、実際に本読みか舞台稽古に入った段階で、やはりここは彼奴にやらせるのがいい、という意見が有力になり、ある先生が「呼んできましょうか?」と言って、Hを呼びに来た、と記憶している。だとすると、Hはどこかで待機していたのだろうか。そもそも最初外されていたのは、父兄会での例の「正論」が効いたのではなかろうか。それは雛祭りの人形が話し出すという「おもちゃのチャチャチャ」のような劇で、Hは三人冠者の一人を仰せつかったが、どうも呼び出されたその場で、この科白を言ってみろ、と言われて、言ってみたら、そのまま採用になった、というように記憶している。「ああ、やっぱり」というように、皆が納得し、安堵したような雰囲気に覚えがある。しかしそうだとすると、Hより前に選定された子がいて、それがまずかったから降ろされた、ということになるが、本当にそうなのだろうか……。

こうして初めて端役をやったわけだが、具体的に覚えているのは、四年の時の『泣いた赤鬼』の主役の赤鬼君を除けば、この役だけだ。『泣いた赤鬼』は、浜田廣介▼の傑作童話の舞台化で、最後に「青鬼くーん、青鬼くーん」と泣きながら叫ぶ科白は覚えているが、今度の役では、どうも科白は一つか二つくらいしかなかった。その科白は覚えていないが、どうもそれを言った時の口調や身振りには覚えがある。三人冠者の一人だから、熊手なんぞを抱え持って、斜め左上方を振り返り気味に科白を言うと、果たして会場はどっと笑いに包まれた……ような気がするのである。

実はHは、中学に行っても「名優」で通っており、区の演劇コンクールでも好評を博した。演し物は何と、青江舜二郎の『風流大名』。登場人物は、初代尾張藩主徳川義直と付家老の成瀬隼人正《はやとのしょう》。義直が小姓か腰元を手討ちにしようとするのを、成瀬隼人正《はやとのしょう》が、「暫く、暫く、暫く」と呼ばわって登場し、主君を諫める、という話だったと記憶しているが、こんな劇が、児童演劇の演目にあるというのも、今から見ると驚きである。しかし、日本児童劇全集第一巻（小学館、一九六二年）には、二編収録されている青江の劇のうちの一つとして掲載されている。見ての通りの「時代劇」で、実はこれの衣装や化粧については、旅回りの大衆演劇一座▼の支援を大幅に仰いでいる。当時は、ちょっとした繁華街には、こうした大衆演劇のため

▼**浜田廣介**（一八九三～一九七三年）坪田譲治、小川未明と並び称される児童文学の巨頭。『泣いた赤鬼』（初出は一九三三年）は、その代表作。人間と仲良くしたい赤鬼のために、親友の青鬼が、大暴れして赤鬼に懲らしめられるという悪役を買って出て、さらに自分は身を引いて遠くへ旅立つ、という献身的友情の物語。

▼**旅回りの大衆演劇一座**　最近あまり見かけなくなったが、その様子は、例えば小津安二郎の

の劇場があったものだが、中学の近くの旗の台駅の駅前にもそうした劇場があった。そこで当時ここで公演をやっていた劇団に、「技術顧問」を頼んだのである。おそらく演出担当の教師、西宮先生が渡りを付けたのだと思う。この先生、英語の先生だったが、演劇部の顧問にも任じていた。

実はHは彼の「秘蔵っ子」で、大いに演技力を買われていた。一度、英語劇の企画があり、やはりこの先生が演出担当だったが、英語が、特に英語の発音がそれほどでなかったHは、出演から外れていた。ところが教室で英語の時間に西宮先生、「ほんとはお前がいいんだけどな」と言いだして、「ちょっと読んでみろ」と言った。Hは、言われた箇所を音読した。聞き終わって先生、「ウーン」と唸ったきり、しばし沈黙、ややあって残念そうに首を振った。「そうか、やはり、そうだなぁ」などと呟きながら。要するに、演技力は抜群だが、英語の発音力がやや劣ったのだ。演し物は「ヴェニスの商人」、Hに擬せられていた役はシャイロック▼。A Daniel come to judgment！というあの名科白を述べる機会を、こうしてHは逸したわけである。

さて、旅回り劇団に「技術顧問」を頼むということは、果たして中学生の演劇活動にとって許されることだったのか？　当時でも、おそらく許されないことだったのではなかろうか。学校当局や区の演劇コンクール主催者に問い合わせたら、少

『浮草』（一九五九年）に描かれている。多くは家族を中核にした数人のメンバーで、町の芝居小屋で数週間公演をすると、また別の町に向けて旅に出る。例えば梅沢富美男は、旅回り一座のスターだった。最近では、早乙女太一。

▼シャイロック　ユダヤ人の金貸し。「返済できないときは、自分の肉一ポンドを渡す」との条件で、大商人アントーニオに金を貸す。アントーニオの商船は難破し、彼は破産、約束通り、肉を引き渡すよう要求される。友人が弁済するというのに耳を貸さず、あくまでも肉一ポ

なくとも眉を顰められ、おそらく禁止されたのではなかろうか。しかし、演出担当教員は、敢行した。おそらく無断で。その結果、出演者一同は、駅前大衆劇場の楽屋に「お邪魔」して、役者たちに顔を作ってもらい、衣装を着せてもらったのである。中学生役者の母親たちの何人か（Hの母親も含めて）は、このシチュエーションに欣喜雀躍し、何度か楽屋に付き添ったばかりか、役者たちとも懇意になり、彼らの公演にも押しかけて、ご祝儀などを弾んだ。学校の行事への参加と、わが子のための保護者としての行動が、まさか自分から進んで行くことのなかった大衆演劇の「鑑賞と支援」のまたとない機会をもたらしてくれたわけである。

「あんた、芸人だねェ」

この演劇企画が区のコンクールでどのような評価を受けたかは、定かでない。賞をとった覚えはない。おそらく、例の「技術顧問」の件が問題にされたか、少なくとも高く評価すべきでない要件とされたのだろう。しかし、Hの演技は、中学生らしくない「芝居掛かった」ものであったが、多くの中学生観衆にかなりの印象を与えたようだ。のちに、高校に入ってから、この時の観衆の一人が同級生となり、この時の「感嘆」を語ってくれたりしている。ただ、実を言うと、舞台上で失策を一つ、やらかしている。何かの小道具——脇差だったと思う——を置いた場所が一

ンドを要求して裁判に訴えたシャイロックに、法学者に扮した女主人公ポーシャは、その要求を認めると宣言。ここでシャイロックは、「ダニエル様の再来だ」と叫ぶ。ダニエルは、バビロンの虜囚時代の預言者、水浴姿を覗き見した二人の老人から脅迫され、死刑に処されようとしたスザンナを、名審理で救う名判事、これにより裁判の守護聖人となった。

瞬分からなくなって、探す際に、「あれ、あれはどこに行ったんだ?」と呟いた声が、観衆にも聞こえてしまい、笑い声が前の方で起こった次第である。

高校に上がると、演劇部に入って、一年の時に大宮デン助▼張りの禿頭でメリヤス・シャツに毛の腹巻という出立ちで「舞台デビュー」をして以来、春夏二回の定期公演に欠かさず出演し、最後は自分で書いた戯曲を演出している。大学に入った時、早稲田には学生劇団が無数にあり、そのどれかに入ろうかと迷ったものだが、演劇活動というのが、全面的な打ち込み（engagement と言っておこうか）を要求するものであることに気づいて、思い止まることになる。これから大学でフランス語を始め様々のことを学ばなければならない身で、もう少し自由を確保しておきたいと思ったからだが、それは先の話。

もう一つ、Hは落語少年でもあった。いつから落語をやっているのか、はっきりしない。ただ、たしか四年の時だったと思うが、学内の演芸会で漫談のようなものをやったことがある。ところが舞台の上で当の「漫談」をしている記憶は全くない。覚えているのは、予定時間が刻々と迫る中、みなが会場に集まっているため人《ひと》気《け》のなくなった校舎の中をそわそわと彷徨い、トイレに行ったりしている情景である。トイレに隠れて、出番をやり過ごそうとしていたのだろうか。トイレは、おそ

▼大宮デン助（一九一三～七六年）戦後、「デン助劇団」を率いて、浅草松竹演芸場を拠点に、演出・脚本・主演で活躍、浅草演芸界の代表的存在となった。

らくコンクリの床に簀子が引いてあって、その時のそのトイレの映像は明瞭に覚えている。つまり、やりたくなかったのだ。それで、悪夢の中でのように追い詰められていたのである。しかし結局やった。そして、うまく行った、らしい。というのは、たまたま祖母が観に来ていて、後で、家に帰ってからだと思うが、「ハルミちゃん、あんた、芸人だねェ」と、感に耐えないというように目を丸くして言ったからである。

要するに、ギリギリまで逃げ回っていたのを、見つけ出されて、舞台に上がらざるを得なくなったところ、結構うまくいった、ということになる。その前に、なぜそういうものをやるように指名されたのか、だが、それはもちろん、それなりの実績があって、こいつにやらせればうまく行くと思われていたからだろう。

これに似た状況を、比較的近年、テレビで観たものだ。クドカン▼のシナリオで、阿部サダヲが人気芸人役だが、この芸人、本番の前はトイレなどに隠れて逃げ回る。しかし、一度スポットライトを浴びるや、半狂乱のパフォーマンスで満場を笑いの渦に巻き込むのである。おそらく、そういう人間、あるいはむしろ、そういう症候群と言うか才能の発揮の仕方は現実に存在するのだろう。それにしても、「漫談」というのが、何とも訳が分からない。またその演芸会が何だったのか。年に一度の学芸会なら、Hは劇に出ていたはずだから、それとは別に演芸会が行なわれた

▼**クドカン** 言うまでもなく、脚本家の宮藤官九郎（一九七〇年生まれ）。阿部サダヲ（一九七〇年生まれ）は、クドカン物の常連だが、その芸名、果たしてあの阿部定からとったとのこと（「阿部定を」をサダヲと書いたらしい）、げにもとぼけた野郎だ。

のだろう。

もしその頃から落語をやっていたなら、その時も落語をやれと言われていたはずだ。しかし落語をやったという意識は全くない。落語なら、舞台上で座らなければならないが、その覚えがないのである。中学に入ると、最初から落語少年としてもてはやされるのだから、小学校を終えるまでには、落語少年になっていたはずだが、その頃はまだ、彼の「芸」が落語に定着し切っていなかったのだろう。

浪曲は「石松三十石船」

一つだけ、家《うち》の中での記憶に、こんなのがある。場面は茶の間で、若林の「小父さん」がいた。すると父親がHに、落語をやって見せるよう言ったのである。滅多にないことだった。大抵は、Hについての自慢をするのは、祖父だったのだが……。それに対して若林の「小父さん」は、あまりそういうことを子供に強要するのは良くない、というようなことを言ったのである。すると父は、「だって、巧いんだよ」と釈明した。若林の「小父さん」は真面目な人で、おそらくあちこちでそうした孫自慢、子供自慢の場面に付き合わされて、うんざりしていた、という以上に、原則論的義憤を感じていたのだろう。真面目な原則主義者として、「小父さん」はひたすら原則を述べたまでなのだ。父の方は、もしかしたら、いつも父親（つまり祖父）が享受している子孫自慢の権利を、たまには自分が行使しても罰は当たらないと、思ったのかもしれない。そのとき結局、落語をやったのかどうか、そっちの記憶はない。が、このエピソードは、Hが小学校の時に落語少年だったかどうか、について、何かを証明してくれるのだろうか。……答えは、「決め手はない」である。祖父は、Hが中学三年になったばかりの四月九日に亡くなったが、そのしばらく前から、二階で寝ていることが多くなった。しかし、中学二年の時にも元気に茶の間に君臨していた映像も残っている。そうなると、やはりこの場面は祖父が茶の間から撤退したあと、Hの中学二年の後半以降のこととするのが妥当だろう。だとすると、父としては、自分の父親がやっていた子孫自慢を、早速真似て実践しようとしたということになる。

祖父の孫自慢について、一つ変わったエピソードの記憶もある。多分Hの描いた絵を客に見せて自慢しようとした場面だが、その客が、こういう場面でいつも自分が採る対応の仕方を話し出した。「私は、ヘエー、これは驚いた、と言うんですよ」。こうすれば、ただ驚いたというだけで、巧いか下手かは言わなくても済む、というのである。なるほど、と思ったが、随分と鼻白む対処ではないか。得意になって、自分の対応マニュアルを説明するその客に、祖父がどんな反応を返したかは、覚えていない。

Hがどうやって落語を覚えたかと言うと、ラジオで聞いて、である。当時はテープレコーダーなどというものはなく、あったとしても、家庭で使われるには至っていなかったので、繰り返し聴こうと思ったら、レコードを買うしかなかったが、家には落語のレコードはなかった。浪曲のレコードは一点だけあって、広沢虎造の「石松三十石船*」だった。これはもちろん何度も聴いて、覚えた。だから「旅行けば、駿河の国は茶の香り、名代《なだい》なるかな東海道……」という虎造の名調子、家《うち》では盛んに唸っていたから、やろうと思えばできたが、人前でやったことは、多分ない。

＊　森の石松が、次郎長の名代《みょうだい》として讃岐の金比羅様へお礼参りに行くよう命じられ、無事に代参の大任を果たした帰り道、大阪から伏見まで三十石船に乗って淀川を遡る船旅の途中、船客同士が侠客の品定めを始める……と、側で寝ていた男（江戸っ子）がガバッと起き上がって、「冗談言うねえ、海道一の親分は、いま立派にいるじゃねえか。清水港の次郎長さんよ」と言い放つ。これを聞いた石松、その男に声をかけ、「飲みねえ、飲みねえ、そうかい、江戸っ子だってねえ、寿司食いねえ」と寿司を勧め、次郎長の子分で強い奴の名を言わせようとするが、「一番は大政、二番は小政……」と、なかなか石松の名が出て来ない。たまらず石松「肝心なのを一人忘れちゃいませんか、ってんだよ」。そこでようやく思い出した江戸っ子、石松の名を挙げるが、「だけど彼奴は馬鹿だからな」

で、石松、ギャフンとなる。ちなみに、このあと石松は、都鳥一家の騙し討ちにあって、清水に帰還することなく、一命を落とすことになるが、それは先の話。「江戸っ子だってねぇ。——神田の生まれよ」のリフレインが小気味良く、おそらく最も人気を集めた演目だったのではないか。もちろん一番喜んだのは、当の江戸っ子たちだったろう。彼ら江戸っ子、ないし俄か江戸っ子や自称江戸っ子たちは、この問答があたかも江戸で江戸前の寿司を食べながら行なわれたと錯覚して、実は大阪の押し寿司を江戸っ子が勧められているという状況に目を瞑ったのだろう。

「置泥《おきどろ》」と「花色木綿《はないろもめん》」

しかし落語の方は、結構人気があって、何かというとやらされたものである。全校の学芸会のような場でも、わざわざ机を二つ並べて座布団を置いて、その上に座ってやったことがある。他に、臨海学校や林間学校などでもやった。最近だが、修学旅行の列車の中でHの落語を聞いたという証言を寄せた者もいた。演し物は、「置泥《おきどろ》」と「花色木綿《はないろもめん》」*1で、この二つは、ラジオで二回くらい聴いたら、覚えてしまった。まあ、その手の記憶力は抜群だったのだろう。*2当時は一学年に一人や二人落語少年がいたもので、Hも林間学校などで、一年下の少年がやった落語を聴いたことがある。演し物は、なんと「寿限無《じゅげむ》」▼。まあこれは、言うまでもなく、最も初歩的な前座噺で、果たしてその少年、大して巧くなかった。「俺よりはだいぶ落ちる」と思ったものだ。

＊1　ともに古典落語の演し物。「置泥」は、無一物の大工の家に入った泥棒が、大工に同情して、逆に金を搾り取られるという話で、帰ろうとする泥棒を大工が呼び止め、「何だ——今度は晦日に来てくれ」で落ちになる（晦日＝月末で、掛取りがやって来て、当月分の支払いを請求される）。「花色木綿」は、泥棒に入られた男が、大家を呼んで来て、泥棒に入られたので家賃が払えないと言い出す。大家に「何を盗まれた」と訊かれて、持ってもいなかった物を次々と挙げていくが、布団を挙げたところで、「どんな布団だ——裏は花色木綿」と答えると、その後の物もみな「裏は花色木綿」にしてしまう。そこに縁の下に隠れていた泥棒が怒って飛び出してきて、嘘がばれてしまうが、大家が泥棒に「どこから入った」と訊き、「裏です——裏はどこだ——それが大家さん、裏は花色木綿」ってんで、落ちになる。この他に「時そば」もやれたような気がするが、レパートリーに入っていなかったと思う。

＊2　実際、ずっと後まで、歌はラジオやテレビで二、三回聞けば、歌詞を覚えて、歌えた。ただし、カラオケが登場すると、この能力は大幅に減退した。人類

▼**「寿限無」**　子供に理想的な名前を付けようとして、例の「じゅげむ　じゅげむごこうのすりきれ……」という、恐ろしく長い名前を付けてしまうという小噺で、落語のネタの中では、最も基本的なもの。

が、文字を発明したのちに、あの驚くべき記憶力を失ったのと同じ現象が起きたのだろう。学校の教科書も、特に努力しなくとも、つまり特に暗記しようと意図しなくとも、一度きちんと読んだら、ほとんど記憶することができたような気がする。丸暗記というのとは違う。内容を理解した上で、例えば試験などで、ほとんどそのままの文を書くことができたのである。こうなると、例のサヴァン症候群という奴を疑いたくもなって来る。しかしまあ、結論から言えば、二つの条件によって、Hにはサヴァン症候群は認められない、ということだろう。その第一は、サヴァン症候群というのは、発達障害か知的障害が前提である、ということ。第二は、Hの記憶力は、病的なレベルに達しているとはとても言えない、ということ。例えば漢字を暗記するのは、それほど得意ではなかったし、計算能力はむしろ劣っていた、という件は、あるいはサヴァン症候群がどの領域で発現するかという問題であるから、それだけで否定的結論を出すことはできないとしても、当の歌詞や文章を記憶する能力それ自体、記憶力に優れた子供ならだれでもその程度は……という程度のものだったと思われるからである。日常のプライヴァシーの中での能力を「検定する」ことは難しい。

一人、一年上に桶屋の鈴木というのがいて、家が桶屋だったからだが、これがえらく巧かった。とはいうものの、彼の落語を聴いた場面の記憶はない。ただ、自分より数等巧いと心底思っていたのだから、実際に聴いて感心した事実はあったのだろう。彼とは帰り道が学校から同じ側だったので、大幅に寄り道して、彼の家の前まで一緒に帰ることもあった——と、ここまで書いてきて、待てよ、いま「帰り道が学校から同じ側……」と書いたその学校は、小学校ではないか、それに鈴木君は、中学は学区が違うから違うはずだ、と思い至った。だとすると、やはりHは、小学校の頃からかなりの落語少年で、落語少年としての自己認識もあったのだろう。ただ、自分では落語をやるくせに、それほど落語に詳しいわけではなかった。人並みにラジオで落語を聴いただけで、特に蘊蓄があったわけでもなく、贔屓の噺《はなし》家《か》があったわけでもない。しかし鈴木君はかなり詳しく、志ん生▼の口真似などをしながら、あれこれの噺家の芸の勘所などを、歩きながら語ってくれたものだ。Hとしては、ただただ感服しながら拝聴していた。落語では到底こいつには敵わない、と思ったのが、噺家になるという夢のような「夢」を育まなかった理由かも知れない。

＊　桶屋と言うと、尾張の桶屋の鬼吉（次郎長の子分）か、「風が吹くと桶屋が儲かる」となるが、実際、彼の家は桶屋だった。桶屋という職業があったのだ。まだ都会では家庭での内風呂などは普及していなかった頃、彼の家は何を作っていたのだろう。もちろん、小さな桶や、手桶などもあったから、心配するには及

▼志ん生　もちろん、五代目古今亭志ん生のこと。戦後の落語家の中で、群を抜いた人気を誇るのは、酒好きで、貧乏で、破天荒なその人柄のためだろう。

ばないが。それはそれとして、Hの友人たちには、「魚屋の井出」、「煎餅屋の森田」、「自転車屋の風間」など、「……屋」の子が多かった。必ずしもサラリーマンのベッド・タウンではなかったこの界隈は、その後どうなっただろうか。マンションなども立ち並んで、さすがに「……屋」の付かない子供の比率がぐんと上昇したのだろうなあ……。

Hが落語などを嗜むようになったそもそもの原因は、やはり家庭環境だろうか。茶の間には、しょっちゅう人が出入りしていた、という話はすでにしたが、もう一つ、初午*がある。家の庭にお稲荷さんが祀ってあったことは、すでに書いたが、初午には、ご近所さんを招いて盛大にお祭が行なわれた。ご近所さんと言っても、大部分は子供たちで、要するにHの友達だった。庭に向かって開け放たれた六畳間の廊下が舞台に見立てられて、子供たちがメインで歌や踊りや演芸を披露したのだろう。Hも当然、落語などをやったのだろうが、覚えはない。明瞭な映像としては、ヤスオミちゃんの「バアバ」のストリップくらいしか覚えていない。ヤスオミちゃんは、中原街道沿いに店を構えるガラス屋の息子で、Hより一つか二つ下だったが、「バアバ」はどうも彼のオバさんらしい。彼のお母さんは、太って大柄の上に目玉もぎょろりとした、まあいかにもイタリアのおっかさんという風情の女性で、その面貌は、後に「横丁の色男」を名乗るヤスオミちゃんにも、その妹のたみ子ちゃんにも受け継がれており、二人とも目鼻立ちのはっきりした美貌の持ち主だったが、路地を隔てた隣に「ジイジ」と「バアバ」が住んでいた。この二人がヤスオミちゃんとどのような親戚関係にあるのか判然としないが、「ジイジ」は、目立たない風貌のヤスオミちゃんの父親の兄弟、「バアバ」はその妻、というのが最も蓋然的であろう。「バアバ」は、たしかメガネを掛けて、いつもニコニコ笑っている、美貌とはほど遠い女性だったが、どういうわけか初午になると「ストリップ」をやるのである。「ストリップ」といっても、肌の露出はほとんどなく、どうも下着のシャツの上に何やらブラジャーらしきものを着けて、タンバリンを膝や尻に打ちつけながら踊る、といったものだったと思う。美しくも扇情的でもないので、きちんと描写できるほど観察などしなかったから、描写に責任は持てない。何でそんな見たくもないものを語るのか、と言う向きもあろうが、思い出してしまったのだから仕方がない。なお、「バアバ」の名誉のために言っておくと、彼女、普段は色気に全く縁のない、男っぽいさばさばした女性で、この「ストリップ」自体、色気の「い」の字もなかったのは確かである。まあ、宴会での素人の裸踊りの一種と受け止めておこうか。

＊　初午は稲荷神の祭礼で、正式には「初午祭」と呼ぶべきで、二月の最初の午の日（初午）に行なわれる。お稲荷さんは鋳物師の守り神と、家では教えていた

が、おそらく職人全般の守り神なのだろう、と以前に述べたが、いまwikipediaで調べてみると、「本来は穀物・農業の神だが、現在は産業全般の神として信仰されている」とある。また、江戸時代に入ると、商売の神として公認され、大衆の人気を集めるようになって、稲荷神社の数が急増し、「流行神《はやりがみ》」と呼ばれる時もあったが、稲荷信仰は、江戸を中心として東日本で特に盛んで、江戸の町でよく見かけるものとして「伊勢屋、稲荷に犬の糞」と並び称されたとのことである。

また、三谷一馬の『江戸年中行事図聚』（中公文庫、一九九八年）には、以下のような引用（『江戸府内絵本風俗往来』より）が見える。「武家邸内なる初午稲荷祭は、邸の前町なる町屋の子供等を邸内に入ることを許して遊ばしめられ、邸内に囃屋台を出来、廿五座三十五座の神楽を奏し、又は手踊の催しより様々なるつくりものあり、花傘掩へる地口画灯籠の数多く庭裏より家中の長屋の門口へ立、夜に入るや武骨の武士、女子のいでたちして俄踊りの余興など始まるもあり。殿君、奥方、若君、姫君より御殿女中方の透見《すきみ》もし給ふあり。去れば二月初午は例年市中賑ふことおびただし」。

実はこれ、畏友、小林茂氏（早稲田大学名誉教授）から送られてきた情報である。氏は、早稲田の仏文科の教授に長らく任ぜられた方で、まさに博覧強記、古今東西（フランス）の文物に通じておられる。『飛火』掲載の拙稿を常々ご愛読くださるが、時に、拙稿の不備を補うかのような貴重なご指摘をお寄せくださるものである。この機会に、感謝の意を表する次第。

なお、この引用に続けて氏は、以下のように述べられている。「お屋敷の中の稲荷社、初午の日に、近隣の子供たちが集まって遊ぶ。お屋敷のお殿様までが扮装して俄踊りを一指し。ここに淵源を見ないで、何としようぞ。とまあ、思ったのです。まさしく、経験なさった初午の稲荷祭、こういうところに繋がるのでしょう」。

「お笑い」という芸能ジャンル

このように初午は、むしろ子供たちの演芸会で、実際どれほどの期間、恒例の行事となっていたのか、知るべくもない。まあ、一度だけではないだろう、としか言いようがないのである。職人たちは参加していなかったような気がする。祖父の道楽として行なわれていたのだろうか。職人たちについては、正月の宴会があった。ただ、これについても、明瞭な記憶はほとんどない。ただ一度だけ、三河万歳▼を上げたことがある。玄関先に三河万歳が門付けに来たのを上に上げて、庭を背にした廊下で万歳を行なわせたのである。これはさすがに印象深かったが、ただだいぶ後のことで、Hは高校生になっていたかも知れない。

▼**三河万歳**　古くより三河国（愛知県東部）に伝わる正月の祝福芸。太夫と才蔵の掛け合いで、当家の繁栄を言祝ぐ。

芝居（演劇）、落語、と来れば、お笑い、ということになるが、「お笑い」という芸能ジャンルは、その頃存在しなかったのではないか。あったとしても、極めてステータスが低かった。「お笑い」が、ジャンルとして確立するのは、やはり萩原欽一の登場によって、「コント」というジャンルが確立してからであろう。それまでは、漫才、漫談、歌謡漫談など（寄席では「色物」と呼ばれていた）とジャンル分けされていたものが、「コント」がいろいろなものを併合し、漫才ブームで唯一独立を保って繁栄した漫才とともに、相互浸透・相互交流的な両立体制を形作ったところに、包括的ジャンルとしての「お笑い」が成立し、それに携わる者が「お笑い芸人」と呼ばれるようになり、近年では単に「芸人」と言えば「お笑い芸人」を意味するまでになっている、ということではないか。

　その間、とりわけビートたけしの映画作家としての国際的大成功が、「お笑い」というジャンルを「聖別*」し、「お笑い芸人」という職能カテゴリーのステータスを、高貴なものにした、とまでは直ちに言えないまでも、言わば「非賤民化」した。これは巨視的に言えば、河原乞食として賤民視されていた歌舞伎役者が、やがて古典芸能を演ずる芸術家として「聖別」される動向と同じ現象であろう。より近年の例で言えば、勃興するテレビという文化生産システムが、青島幸男や井上ひさしを輩出した現象も同じである。最近起こった、又吉の作家としての「聖別」も、「お笑い」ジャンルのステータス上昇の一環に他ならない。「お笑い」は、世界的な映画作家や、政治家を生み出し、純文学作家も生み出したのである。仄聞するジミー大西とか片岡鶴太郎の画家としての才能も、同様である。つまり、才能ある少年たちが、「お笑い芸人」を目指し、その中には、「お笑い」以外の才能を秘めていて、「お笑い」での成功をきっかけとしてそれを開花させる者もいるわけである。

＊「聖別」は consécration の訳語。動詞（聖別する）は consacrer。ピエール・ブルデューの用語。本来はカトリック教会の用語で、「聖なるものとして神に捧げる」の意。司祭や司教の任命（叙階）も意味する。転じて「正統なものとして社会的に認める」の意に用いられる。「認証」などの訳語も可能だが、敢えて「聖別」の語を用いた。

だからお笑いのステータスが低かった当時にあって、演劇少年、落語少年たるHに、お笑いへの意識ないし関心はほぼなかった。ただお笑い的なものが身近になかったわけではない。一つは、例の若林の「小父さん」だが、歌謡漫談「人見明とスイング・ボーイズ」の人見明▼が、親戚だったらしい。また、少し年上で、遊んだこともある、ご近所のお兄ちゃんが、後にトリオのコメディアン（今で言う「お笑い芸人」）としてデビューした記憶もある。ちょうどテレビが出てきた頃で、その

▼**人見明**（一九二二年〜）戦後の一九四五年十二月、歌謡漫談グループ「スイング・ボーイズ」を結成して、プロとなる。アコーデオンを抱えた軽妙な漫談で人気を博したが、六七年にグループを解散。コメディアンとして、テレビ、映画、舞台で活躍した。

テレビ画面（昔は「ブラウン管」と言ったものだ）上で、一、二度目にしたことがあり、「あれが、……さんの隣の家の息子だよ」などと父が言っていた。だからといって、それが特段の関心や憧れに繋がったことはなかったようだ。その程度のレベルなら、別に……という感じだったのだろうか。

パラレル・ライフ？ 万能細胞？

老境に入って、人生を振り返ることもたまにはあるが、そうした時、去来するのは、もし演劇を続けていたら、という夢想である。もしかしたら、渥美清か西田敏行くらいにはなれたのではないか、という思いがふわふわとよぎったりする。もちろん本気ではなく、「もしかしたら万が一」ということだが……。西田敏行は、劇団出身の歴《れっき》とした俳優だが、渥美清は、浅草のお笑い芸人出身だ。なぜ渥美清かというと、青年の頃、渥美清に似ていると言われたことがあるからである。西田敏行の方は、Hが青年の頃はまだ頭角を現していなかったから、「似ている」と人に言われたことはないが、自分で勝手に同じ風貌と決め込んでいる、というより、自分が役者として自己実現したとしたら、西田敏行が演じたような人物を西田敏行の演じたように演じたのではなかろうか、と想像する、という程度のことにすぎない。渥美清というのも、同じことで、自分の役者としての最もあり得る可能性の一つと想定するということで、特に「お笑い芸人」として意識するわけではない。

　自分は結局、見栄っ張りの、傷つきやすい小心者の事大主義者で、世間的体面を顧みずに冒険に身を投じることなどできる度胸も自信もなかった。しかし、敢えて身を投じていたら……との思い、これは果たして後悔なのだろうか。自分は結局、一番やりたかったことを選択せず、二番目の「無難」な道を選択した、とお前は本気で思っているのか？――いやいや、これまで生きてきた生涯、これが自分のようなものが幸運にも生き得た最良の生涯だったことは、重々承知している。――しかしお前は、演劇を続けた夢を見ることで、お前という人間はお前が生きてきた生涯よりも「ましな」人間であると、言いたいのではないか。やろうと思ったら、もっと「ましな」ことが達成できたのだぞ、と？――いや、そんなことはない。ただ、自分がぴったりと寄り添っている生涯、自分がすっぽりと中に収まっている生涯から、ほんの少し身を引き離して、間に少し風を入れたいのかも知れない。まあ、この年になって、それくらいの「遊び」をしても罰は当たらないだろう。

　――そうかな。お前のやっていることは、まるでSFのパラレル・ワールドのように、お前の生涯に並行する、言わばパラレル・ライフを弄ぶ、不健全な遊びのように見えるけれど。そんなことをしていたら、無事に成仏できなくなるぞ。

　――まあ、もう一つの生涯、要するに「第二の人生」と戯れようとする無邪気な遊びだよ。だって世間では、現役を退いた人間は、第二の人生を生きるよう推奨されるじゃないか。そんなことをやっているうちに、だんだん人は、生涯・人生そのものから次第に遊離して行くのさ。言ってみるなら、生まれた時に、いやむしろconception（受胎）の瞬間にそうであったような、あらゆる可能性を秘めた万能細胞に、もしかしたら次第に戻っていくのかも知れない。何しろ人は生まれた時から老い始めるが、それは、自分の持っている可能性を一つまた一つと捨てて行くということだからね。[*]だって人は、一つの生涯しか生きられず、ということは、一つの可能性、もっと正確に言うなら、一続きの可能性の連鎖しか実現できないのだから。

＊　この命題は、学生時代に大隈講堂で聴いた中村光夫の講演で言われたもので、激しい衝撃を受けた。無限の可能性を孕んでいたが、そうやって着実に可能性を一つ捨てては一つ実現するということを続けながら、今日を築いた者のみが言える、重い、含蓄のある言葉（言説）であろう。ただし、そのとき実際に口に出された言葉は、少し異なるかも知れない。いずれにせよ、われわれは無限の可能性を持っている、といった甘言を真に受けることなく、その都度目の前に現れる少数の可能性を必死に選び取りながら、なんとかそれなりに生きてこられたのは、この教訓のお陰だったかも知れないのである。

五　テレビ少年第一世代

以前、確か例の元「コント赤信号」の渡辺正行だったと思うが、子供の頃、この世界には至るところにテレビ・カメラが仕掛けてあって、自分の行動は常に撮影されている、と思い込んでいたとテレビで語っていた。相手も、「そうだ、そうだ」と同調していた。その相手というのがだれだったか、覚えがないが、渡辺とほぼ同世代のお笑い芸人だったと思う。「おかしいなぁ、どこに（カメラが）あるんだろう」と、いつもその見えないカメラを意識していた、と言う。茂みの中や、木の上や、電信柱の上や、もしかしたら空中に、カメラは潜んでいて、テレビ画面に映し出される映像は、そこで撮られたものなのだ、ということらしい。時々、「ふと気配を感じて」いきなり後ろを振り返ることもあった、「見つけた。なぁんだ、こんなところにいたのか」という科白を頭に思い浮かべながら……というのだ。

今日、この幻覚というか妄想は、ある意味では現実となった。無数の監視カメラが日本の至るところの地上数メートルに設置されている。それが市民の自由を侵す怪しからぬ設備網なのか、テロや犯罪から市民生活の安寧を護る必要不可欠なものなのか、といった議論をしようというわけではない。あくまでも、渡辺正行（だったと思う）の幼い頃の汎テレビ的現実観を知って、生まれた時からテレビを観て育った世代は、なるほどこういうヴィジョンを抱くものなのか、と感慨を覚えたというだけの話である。それにしても、どんな感じなのだろうか。部屋で一人勉強なり読書なりをしている時に、常にカメラで写されていると感じているその感じは。もしかしたら、信仰篤きプロテスタントやイスラム教徒は、つねに神に見られていると感じているかも知れないが、そうした彼らの自己意識はそういう感じなのかも知れない。そうした絶対神の信者でない、平凡な日本人の一人としても、「俯仰《ふぎょう》天地に愧《は》じず」という儒教的意識は残っているし、神（もしくは神々）が見そなわしているという思いは、時に抱かぬでもない。だとすると、生まれた時からテレビを観て成長した人間にとっては、まさにテレビ・カメラとは、こうした見えざる神（隠れた神）の目なのかも知れない*。

＊　近頃は、「可視化」の時代で、刑事の取調べの可視化も実現の緒に就いているし、例えばいじめやパワ・ハラが、隠し撮りの録画で隠れもなき明々白々の事実として暴露されるのも、一種の「可視化」であるが、こうした「可視化」が広がっているのは、大いに結構なことであろう。ただ、例えば教室での自分の授業

が「可視化」されるとしたら、それはかなりしんどいことだろうな、と思ってしまう。まあ自分は、そうしたことがこれっぱかりも考え付かれなかった「いい時代」に生きていて救われた、というのが、正直なところだ。教室は、第三者が覗き見ることのできない「密室」であるが、しかしその中には多数の人間がいて、彼らはいずれも有為の若者である。言わば未来を背負った明晰な意識（複数）に教師は見られているわけで、その意味では十分に「可視化」されているとも言える。ただ、それらの映像は、後に残らない。それぞれの意識の中で、時に鮮明かつ具体的に残るとしても、そうした記憶された映像は、第三者に対して「可視化」されていない。つまり客観的な画像として映し出され、複写されることはない。要するに「可視化」とは、万人の視覚に供することのできる、再生・複製可能な画像にするということなのだから、むしろ「画像化」と呼ぶのが適切なのではなかろうか。

『居酒屋』と「ジェルヴェーズの歌」

Hはもちろん、生まれた時からテレビが当たり前のように存在していた世代の人間ではない。テレビ放送が始まったのは、一九五三年（二月にＮＨＫ、八月に日本テレビが放送開始）だが、この年はＨの中学入学の年だ。それ以前（つまり小学校の頃）に、多摩川園▼でテレビ放送の実験などが行なわれ、無数の筋の入った不鮮明な白黒画面に、不二家のペコちゃん人形だか、単なるキューピー人形だかが映し出されるのを見て、感嘆した覚えがある。だから、映像を遠くから電波で送って見えるようにするテレビというものがあることは、承知していた。そして、テレビ放送が始まると、子供たちは、早く家にテレビが来て欲しいと願うことになる。

　つまり、Hの世代の子供にとって、テレビとはまず、科学技術の進歩の成果に他ならなかった。つまり、テレビの原理については、現物が目の前に出現するより前に、少年雑誌等で何度も教えられており、人々のたゆまぬ工夫と努力の結果、発明されたものであることを、重々承知していたのである。つまりそれは、人が創り出したものだった。映画の原理も、分かっていた。それは一枚一枚の写真を高速でスライドさせることで、映像が動いているように見せる仕組だった。テレビは、電波が絡むので、映画よりは分かりにくいが、やはり理解可能な原理で動いていた。十九世紀に蒸気機関車が誕生した時、人々はその原理がいかなるものかに関心を持ち、大なり小なり原理を理解した。ルネ・クレマンの映画『居酒屋』*（一九五六年）では、鉄道駅で鍛冶屋の男が少年に、蒸気機関の仕組を図解して教える場面が出てくる。その頃の科学技術的発明は、人が作ったものであり、どんな驚異が新たに現れようと、人々はそれの原理を問い、納得しようとした。逆に言えば、それはだれ

▼**多摩川園**　現在の東急電鉄東横線多摩川駅の前にあった遊園地。面積約五haとかなり広く、城南地区の人気の遊園地だった。開園は一九二五年、七九年に閉園した。これにより、駅名は「多摩川園前」から変更された。

にでも仕組が分かるはずのものだったのである。

＊　この場面が原作にあったかどうか確認するために、原作（ゾラ）をざっと読み直してみたが、どうもそれらしい場面は見当たらない。鍛冶屋の男というのは、女主人公ジェルヴェーズの「心の恋人」のグージェで、彼女に開店資金を貸してくれたり、次男のエチエンヌを徒弟として引き取ってくれるなど、何くれとなく面倒をみてくれていた。グージェとは、のちに極貧と空腹の中で身を売ることを決意したジェルヴェーズが、街頭で初めて「捕まえた」男が彼だった、という形で再会し、結局、互いに愛の告白と清いキスを交わすだけで別れることになる。エチエンヌは、のちに機関車の運転手になり、やがて『ジェルミナール』の主人公たる炭鉱労働者として登場する。ちなみに、彼は、ジェルヴェーズが内縁の前夫ランチエとの間に設けた二人の息子の下の方で、長男クロードは画家になり、『ジェルミナール』の次作『制作』の主人公として登場する。また、彼女が正式に結婚したクーポーとの間に設けたのが、ナナである。

映画の監督、ルネ・クレマンは、『禁じられた遊び』（一九五二年）やアラン・ドロンの『太陽がいっぱい』（一九五九年）で有名だが、もともとはフランスの鉄道労働者の対独レジスタンスをドキュメンタリー・タッチで描いた『鉄路の闘い』（一九四五年）でデビューした人。寡作で、セミ・ドキュメンタリーの名匠で、例えば『パリは燃えているか』（一九六六年）は、当時フランスの監督であれだけの映画を撮れる者はいなかっただろうと思わせる。ただ、アラン・ドロンと出会った頃から、娯楽サスペンス映画の監督になってしまったような気がする。イギリスのデヴィッド・リーン▼の名声と比べると、いかにも残念の感を禁じ得ない。『居酒屋』は、そんな彼の集大成的代表作。冒頭の洗濯場の場、ご近所友人打ち揃ってルーヴル美術館に行く場面、ジェルヴェーズの誕生日の会食の場面などを、じっくり腰を据えて撮り切っている。鉄道駅の場も、どこかの終点駅（北駅か？）でロケをしたのだろうから、えらく手間暇のかかった撮影だっただろうと推察するが、如何せん、機関車を見上げてグージェが熱心に説明する場面に覚えがあるだけで、コンテクストは覚えていない。原作に見当たらないのだから、ルネ・クレマンが拘って挿入した場面なのだろう。

　実は映画では、ジェルヴェーズの誕生日の場面で、彼女を演ずるマリア・シェル▼が、歌を唄う。それはメロディーも歌詞もかなり単純で、ほぼ覚えて、いまでも歌える。ただ、この映画、フランスに続いて、直ちに日本でも上映されている（一九五六年の秋）のだが、その年、Hは高校一年で、フランス語は知らなかった。高二の時に、ルネ・クレール▼の『リラの門』（一九五七年）でジョルジュ・ブラッサンス▼に出会って感動し、劇中で彼が歌ったシャンソンのレコードを、あ

▼**デヴィッド・リーン**（一九〇八～九一年）『戦場にかける橋』（一九五七年）、『アラビアのロレンス』（一九六二年）、『ドクトル・ジバゴ』（一九六五年）と、立て続けに大きなスケールで歴史と格闘する人間の姿を描いたスペクタクル映画を発表した、当代随一の巨匠だが、これらの作品の直前には、主題歌 Summertime in Venice（ヴェニスの夏の日）も大ヒットして、巷の紅涙を絞った大人の恋愛映画『旅情』（一九五五年）もあった。

▼**マリア・シェル**

ちこち探し回ってようやく手に入れて、その歌詞の対訳を一心に読み取り、聴き取ったのが、記憶に残る最初のフランス語との出会いだから、その一年前に『居酒屋』でシャンソンと出会って、歌詞を覚えるところまで行ったなら、当然鮮明な自覚的記憶があるはずなのに、それがない。映画『居酒屋』については、新聞や雑誌などで、予告記事や裏話（ゲルマン系のマリア・シェルの訛りが、ルネ・クレマンの頭痛の種だった、とか）なども目にしており、それなりにワクワクしていたのだから、来たらすぐに観に行ったはずだ。考えられるのは、少しあとになってこのシャンソンに出会い、そう言えばあの場面でマリア・シェルがうたっていた歌だなぁ、と思ったということだろうか。この歌、実は作詞はレイモン・クノーであること、今回初めて知った。タイトルは「ジェルヴェーズの歌」。これは映画のタイトルが、原作の *L'Assomoir*（安酒屋）ではなく、主人公の名、Gervaise であるためである。以下にさわりを少々。ご覧の通り、実に簡単な文句で、覚えやすい。その割に流行ったかどうかまでは分からない……。

A quoi bon dormir　眠ったとて何になろう
A quoi bon rêver　夢見たとて何になろう
A quoi bon dormir　眠ったとて何になろう

▼**ルネ・クレール**（一八九八〜一九八一年）『巴里の屋根の下』（一九三〇年）、『自由を我等に』（一九三一年）、『巴里祭』（一九三二年）などで、いかにもフランス的な庶民の気風と巴里の街角の情景で、戦前の映画ファンを魅了した、最もフランス的な映画作家。『リラの門』は、久しぶりに巴里の片隅の庶民たちを描く、いかにも彼らしい映画と言えよう。

▼**ジョルジュ・ブラッサンス**（一九二一〜八一年）おそらく二十世紀最高のシャンソン歌手・詩人だろう。パイプをくわえて、ギターを弾き語るスタイル、反権力・反支配階級的な絶対自由主義的気風とユーモアで、フランス・シャンソンに一大転換をもたらした。ルイ・アラゴン、ポール・フォール、ヴィクトル・ユーゴなどの詩人の詩に曲をつけ、特に有名なのは、フランソワ・ヴィヨンのBallade des Dames du temps

Si vient le réveil　どうせ目覚めが来るのなら
A quoi bon rêver　夢見たとて何になろう
Si vient le soleil　どうせまた日が上るなら
A quoi bon dormir　眠ったとて何になろう
A quoi bon rêver　夢見たとて何になろう

Les jours et les nuits　日々と夜とが
tournent dans ma tête　頭の中で回る
Les jours et les nuits　日々と夜とが
déchirent ma vie　私の人生を引き裂く

生まれる前からテレビがあった人間とそうでない人間

しかし、生まれた時からこの世にテレビがある少年にとっては、テレビはもはや人が作ったものではない。神の被造物、と言うよりはむしろ、一種の天然自然物で、現実世界にはまさに、雨風や日の光や昆虫や花々、そしてテレビが遍在している、ということなのだろう。これは恐らく、物心付く頃からスマホを操って成長した若者にも当てはまることであろう。彼らが抱く現実世界のイメージは、もはや想

jadis（「いにしえびとのバラード」）。日本の自称「シャンソン愛好家」にあまり知られていないのは、和訳してリリースする人がいなかったからで、まことに残念。

像もできないが、いずれにせよ、スマホが人間たちの努力の積み重ねの末に発明されたということへの実感はないのではなかろうか。まさに天然自然物として、ずっと前から存在していると思っており、いつから存在しているのかなど、自問することもないのではなかろうか。

昔の人間は偉かった、などと言いたいわけではない。第一、テレビは辛うじて、その仕組を理解することが可能だったかも知れないが、エレクトロニクスとなると、もうお手上げである。瞬時にこちらの質問に応対する頭脳と膨大なデータの集積とによって、どうやらネットやスマホの運行が成り立っているらしい、というくらいが精一杯だ。

考えてみると、蒸気機関車の頃までは、人間の技術革新は、せいぜい機械仕掛けに新たな動力、それも石炭という格段に効率性の高い薪炭を燃やして得られる動力を適用しただけのものであるから、基本的にはからくりの改良だった。どんなに精巧な時計でも、中を開けて複雑な歯車の連動をたどれば、からくりの仕組は理解し得ただろう（少なくとも、理解し得るとの確信をもってそれを試みる者には）。歴史的な言い方をするなら、それは第一次産業革命の段階ということになろうが、人はすでに昔から、多くの機械仕掛け（例えば水車）が組み込まれている自然の中で生活していた。だから、新たな技術革新は、万人にただちに理解し得るものだったのである。[*] しかし、電気が出現し、やがてエレクトロニクスが出現するに至って、科学技術の発明品は、人間の理解力をはるかに越えたものとなった、つまり通常の人間（ようするに「万人」）の知性の及ばないものとなったのである。だから、生まれ育ったあとからテレビが出来た人間と、生まれる前からテレビがあった人間といった区別は、スマホに関しては、一切意味がない、ということになる。人間は、己の知力をはるかに越える装置を使いこなさねばならないのだが、そんな自覚もなく、平然と、なんの違和感もストレスも感じずに使いこなすのである。平穏に、幸せに。

＊ ディドロのEncyclopédie（『百科全書』）の図版集（もちろん後世の再版であるが）を見ていると、この思いをいよいよ強くする。そもそもこの本は、Dictionnaire raisonnée des sciences, des arts et des métiers.（「諸学・技術・工芸の合理的事典」）という副題が付いているが、このartsとmétiersとは、大幅に重複する概念で、ほとんど同義語と言っても構わない。Métierの方が、「職業としての技術」という意味合いが強く、「手に職を付ける」の「職」は、まさにこれである。ちなみにConservatoire national des arts et métiersは、国立工芸学校と訳されている。Arts et métiersが、合わせて「工芸」と訳される訳である。このarts et métiersが、『百科全書』の真骨頂であって、ディドロ自身も大いに力を入れたところだ。『百科全書』の図版集（*L'Encyclopédie, Planches sélection-*

nées et présentées par Clara Schmidt, L'Aventure, Paris, 1996）を見ると、例えば、屠殺・精肉人、パン焼き職人、砂糖菓子（飴）職人、ケーキ職人、樽製造師、箱製造師、トランク製造師、長持製造師、指物師、刃物製造師、馬車製造師、錠前師、弦楽器製造師のような petits métiers（職人仕事）の道具や作業法などが、細かく図解されており、農村生活としては、風車や水車の構造は言うに及ばず、畑を犂で掘り起こすやり方や、大鎌のアタッチメントや使い方、麻の栽培から織り方、藍という染料の作り方から染め方など、各種製造手工業（manufactures）では、活字鋳造から印刷業、飾り紐やリボンやトルコ絨毯の織り方といったものまで、また例えばガラス製造では、ガラスを溶かす炉の建設法から始めて、詳しく図解されているのである。まさに、産業革命というテイクオフ以前の、西欧の言わば土着技術の一大集成であった。

「テレビ観せてくれない？」

Hの家にテレビは、比較的早くやって来た。テレビ受像機が発売されて間もなく、「テレビを買う」ことが話題となった。何しろ町工場であり、職人もいたし家事手伝いの親戚の女性などもいたから、テレビを購入する「必要性」は比較的高かったのである。「テレビを買おうよ」という子供の「おねだりに」、決定権者たる父は、満更でもない様子で「そうねぇ〜」などと言葉を濁していた。最終的に晴れてテレビ購入が正式決定するまでに、どんなやり取りが続けられたか、別にきちんと覚えているわけではない。しかし、時間の問題である、つまり早晩テレビはやって来るという感じだった。つまり我が家はテレビがあるも同然だったのである。しかしもちろん、「あるも同然」と「ある」は、全く同然ではない。それが実は、ちょっとした事件を引き起こすことになる。

学校でも当然、テレビのことが話題になっていた。その中でいつの間にか、Hの家にはテレビがあるという噂が流れたのである。噂が流れた、というと、いかにも自然現象のようになってしまうが、噂はだれかが流したから流れる。その噂を最初に流した張本人は、Hである。別に自分から吹聴したわけではないが、テレビを買ったかどうかという話題の中で、「買ったの?」という質問に、まさに「言葉を濁していた」というのが真相だろう。明確に否定しないという「日本的」慮りが原因だったのではないか。いずれにせよ、学校でのテレビがらみの会話には具体的な記憶は一切ない。それでも、噂は広まった、らしい。

明確な記憶の映像があるのは、ある日、「○○君、いますか?」と友達が二人訪ねてきたときの映像だ。二人のうちの一人の顔は、はっきり覚えている。いかにも坊ちゃん坊っちゃんしたお目目パッチリの善良そうな少年で、もしかしたら「松島君」と言ったかも知れない。同級生ではなかった、と思う。その彼が、テレビを観せてくれと、小さな缶詰（小豆の缶詰だったと思う）を差し出したのである。どんな経緯だったのか、同級ではなかったから、例えば校庭か廊下でHを呼び止めて、「君の家《うち》にはテレビがあるそうだが、今度観せてくれるか」と尋ねたのかも知れない。それに「ああ、いいよ」と安請け合いをしたのだろうか。お家《うち》の方《かた》にも、こういうわけで、〇〇君の家にテレビを観せてもらいに行くんだ、と言って出かけて来たのだろうし、小豆の缶詰は、お母さんが手土産に持たせてくれたのだろう。だから、礼節を心得たちゃんとした家庭の息子だったに違いない。それにしても、Hの記憶では、アポはなかった。「お友達よ」と言われて、出て行ったら、二人が立っていたのだ。だとすると、かなり乱暴な話ではなかろうか、いくら少年であるとはいえ。あるいはHの安請け合いが、「いつでもいいよ」という、ことさら寛仁大度でいい加減な、誤解を生みやすいものだったからか。もっとも、当時は電話のある家はまだまだ少なく、子供同士が電話で話すことなど、よっぽどのことでなければ、あり得なかった。子供たちは、大抵は「アポなし」で、いきなり家を訪れあっていたのである。では、学校で、明日の何時頃に「行くけどいいかな？」と言われて、イエスと答えていたのだろうか。その記憶は全くないが、そうだとすると、「松島君」に瑕疵あり、とは言えなくなってしまう。

経緯についての記憶はないが、その時どう対応したかは、かなり明瞭に記憶に浮かび上がって来る。どうやら「ちょっと待っててね」と言って、彼らを玄関の外に待たせたまま、一旦奥に引っ込み、やがて戻って来ると、「あのね」と仔細あり気に声を潜めて、父親に相談したのだけれど、これこれの理由で駄目だと言われた、「悪いね、本当にごめん」と言っている、自分の口調や表情まで、手に取るように浮かび上がって来るようだ。* この手に取るように鮮やかな記憶の中で、「これこれの理由で」というところだけが、空白になっている。ここにだけは、例えば「テレビを置いてある部屋に今お客さんが来ている」といった尤もらしい理由を、「理性的」に考え出して補填しなければならない。「実はテレビは事務所に置いてあるので……」というのは、いかにも仕事をしないでテレビばかり観ているようで、いささか具合が悪いだろう。

＊　表情というのは、相手の目に映るものだから、「表情まで」というのはおかしい、という文句が出るかも知れないが、人間は自分の表情を、大なり小なり目に浮かべながら、話をしているものであって、そうした、言わば心象としての表情の記憶というのはあるものである。自分はいまこういう表情をしていると想像するその表情は、他人の目に映った表情と、もちろん原理的に異なる。そんなことを言ったら、その時の同じ表情が、A君の目に映ったものと、Bさんの目に映

ったものでも、原理的に異なる、ということになるだろう。またもちろん、写真に写ったものとも異なる。しかし、撮影された映像がかくも氾濫する現代にあっては、人はその映像を基準にして自分の表情を把握せざるを得なくなっており、その意味で、表情の「客観化」、まさに「画像化」が進んでいるということになるのだろう。爽やかな笑顔を作った積りが、締まりのない間抜けた笑い顔になっている、というのや、それなりに精力的な壮年の男の表情の積りが、しょぼくれた老人のうらぶれた顔である、といったことは、お蔭さまで少なくなっている、のなら結構なことではあるが……。

この事件が示すのは、「家にテレビがある」ことを、Hが否定しなかったばかりか、明確に肯定しているということである。つまりHは、嘘をついていたのだ。Hが見栄っ張りであったのは確かだと思うが、ことさら虚言癖があったわけではない。この手の虚言は、往々にして引っ込みがつかなくなった時に生まれ勝ちである。家には、テレビがあるも同然だった。そこで「テレビがあるのか」と聞かれて、明瞭に否定しなかった。あるも同然で、早晩あることになるのだし、現に今ないとしても、そんな副次的な差異を一々問題にするには及ばない、どうせ家の中のことだから、微妙な差異が外に露見することはなく、間もなくテレビが来ることによって、「あるも同然」がめでたく「ある」に変わるのだ、と思ったのだろう。しかし、「君の家《うち》にはテレビがあるのかい」と訊かれて、はっきりと「あるよ」と答えたとしたら、やはりその瞬間に、「あるも同然」は、無いのに「ある」と称する立派な嘘に変貌してしまう。

「ホントは無いんじゃないの?」

もう一つ覚えている映像がある。二階の座敷に少年たちが数人来ている。その面々はほとんど覚えていないが、一人だけ、松崎君の顔は記憶にある。そこから判断するに、どうやら中一の同級生たちらしい。少なくとも大半は。彼らはテレビを観に来たのだ。しかし、まだ家にはテレビは来ていなかった。Hはどうしたか。実はここにあるんだ、とか言って、バッと押入れを開け、「ざ〜んねんでした」などとおちゃらけたりしたような覚えもある。何とか取り繕って、その場を収めたのだろう。「実はありません」と白状して、みなに謝った覚えはないからだ。それにしても、どう言いくるめたのだろうか。一つだけ「ホントは無いんじゃないの?」という松崎君の言葉だけは、鮮明に覚えている。もしかすると、みんなも薄々気が付いていたが、心優しくも、あからさまに追求しなかっただけかも知れない。

それにしてもどうして彼らがかくも多数、やって来たのだろう。別に無理やり押しかけたわけではないのだから、「みんなで観に来ていいよ」と言ったのだろう。彼らが悪意をもってHを追い詰めたとも思えない。それなら当日がこんなもので済みはしなかっただろう。一つ考えられるのは、Hの読みの甘さ、というか計算違いである。いよいよテレビを買うことが決まった。少なくとも、父がそう明言した。それで勝手に、いついつにはもうテレビが来ているだろうと決め込んでしまい、同級生に吹聴した、ということではなかったか。おそらく、「テレビがある」という嘘*が、すでにかなり前からつかれていて、虚偽を維持する苦労が限界に達していたのだろう。それで、テレビを買うという父の決定で、ようやく嘘をついている状態から解放されるという喜びに、つい早とちりをしてしまったのだろう。今回は、見込み捜査というか、見切り発車というか、テレビが来るまでの時間の長さを読み違え、勝手に短縮してしまった、というエラーのような気がする。

*　この嘘、子供の無邪気な嘘と言いたいところだが、無邪気とはとても言えない。まあ、嘘つきは泥棒の始まりだから、決して褒められた話ではない。こんな嘘をつく原因となったもの、見栄っ張りでお調子乗りの自己顕示欲は、Hの性格の中に、長ずるに及んでなお根付いているに違いないのであり、この一件は、触れられるとヒヤッとする歯痛の予感のようなものとして、Hの胸中にわだかまっている。

ちなみに我が少年サルトルは、十一、二歳の時に、母親が再婚したため、パリからラ・ロッシェルに引越しを余儀なくされ、ラ・ロッシェルのリセで転校生として辛酸を舐めるが、そうした中で、格好を付けようとして、「パリには、一緒にホテルに行く娘がいる」と大法螺を吹き、さらには女中に頼んで、「いとしいジャン＝ポール」で始まるラヴ・レターを書いてもらい、友人たちに回し読みをさせる、ということまでやっている。このインチキはたちまち露見し、何人かに白状させられることになるが、果たしてその噂がクラス中に広まり、見下げ果てた嘘つきと見なされることになる（『サルトル——自身を語る』人文書院、一九七七年、一四〜一五頁）。サルトル少年の場合は、仲間外れにされた立場をなんとか挽回する手段として、このような虚言に訴えたものだが、Hの場合は、別に仲間外れにされたわけではなく、自然な（「生来の」と言っても良かろう）「虚栄心」と自己顕示欲の発露で、まあ、自然湧出型の鷹揚な嘘だった、とは辛うじて言えるだろう。

ラ・ロッシェル時代のサルトル少年の悲惨は、これだけでは終わらない。誰にも相手にされない少年は、数少ない友達の歓心を買うために、菓子を買ってプレゼントしようとして、母親のハンドバッグから金を盗むようになる。最初は一フラン（ユーロ施行直前の一フランより、はるかに価値があった）、それから五フランという具合に、次第に大胆になって、ある日、母親に露見した時には、七〇フランという額になっていた（「一九一八年の七〇フラン」、「五月のある日」というサルトル自身の証言によるなら、それは六月生まれの彼がまだ十二歳の時だった）。上着を脚にかけて寝ているジャン＝ポールを起こしに来た母親が、上着のポケットのコインや札を発見したのだ。少年は、それは友人のカルディノが母親からもらった金で、自分は冗談でそれを盗んだが、その日に彼に返す積りでいた、と説明した。話を聞いた母親は、その金を預かり、カルディノ少年に直接自分から返すから、彼を家に連れてくるよう言った。カルディノは、最悪の敵だったが、ジャン＝ポールはその金の五分の二を彼に渡す条件で、彼に一芝居打つことを約束させた。サルトルの母親は、やって来たカルディノに長々と説教した末に、七〇フランを渡した。カルディノはその五分の三を返す約束をきちんと果たさず、しかも大きな買い物をして、自分の母親に見咎められ、母親カルディノ夫人がサルトルの母に問い合わせるに及んで、悪事の全貌が露見するに至る。

これで散々叱られ、油を搾られた彼は、すっかり信用を失い、さらに決定的な失意と屈辱に追い込まれる。この事件は、ラ・ロッシェルを訪れた祖父シュヴァイツァーの知るところとなったが、そんなある日、祖父とともに薬局に行ったとき、祖父が床に落としたコインを少年が拾おうとすると、祖父はそれを押し止め、「ポキポキと音を立てて軋む哀れな膝を折り曲げて、自分で身を屈めた」のである。ジャン＝ポールは、床に落ちたコインを拾う資格もなかったのだ。それはリセの「第三級の時のこと」だとサルトルが述べているから、先の五月の事件の時はリセ第四級の生徒だったジャン＝ポールが、ヴァカンスを経て、学年を一年進級したのちのこと、ということになる（以上については、シモーヌ・ド・ボーヴォワール『別れの儀式』人文書院、一九八三年、一八七〜一八九頁）。一九一七年から二〇年のラ・ロッシェル時代、サルトルは十一歳から十五歳だったから、日本流に言えば、それは中学時代ということになるが、この時期はまさに、サルトルにとって、イニシエーションの苦難の時代だった。われわれの誰にとってもそうであるように。

横綱吉葉山、関脇若乃花

間もなくテレビが来るという頃に、中一の同級生たちが家に押しかけた、という仮説が正しいとすれば、Hの家にテレビは、中一の時にやって来た、ということになる。ものの本（要するにネット）によれば、テレビの公共放送（NHK）が始まったのは、一九五三（昭和二八）年二月だが、国産テレビ受像機は、それに先立つ一月から発売されている。シャープより発売されたその第一号は、十七万五千円で、世帯平均月収（二万六千円）の七倍弱と、すこぶる高価であったため、おいそれと普通の家庭が買えるものではなかった。そこで例の街頭テレビが繁華街や駅前などの要所要所に設置され、人々はテレビの前に群がって、立ったままでプロレスやボクシングや相撲の中継などを楽しんだが、中でも有名なのは、言わずと知れた、一九五四（昭和二九）年二月十九日の、力道山・木村政彦 対 シャープ兄弟のタグマッチで、日本中の街角が黒山の人だかりに埋め尽くされた。街頭テレビは日本テレビ社長の正力松太郎▼のアイデアで、これでスポンサーに、テレビ受像機は少なくても視聴者は多いことを力説して、スポンサー契約を取ったのだという。

Hの中学入学は、まさに日本のテレビ元年たる一九五三（昭和二八）年の四月だから、力道山・シャープ兄弟戦は、Hの中一の終わり頃となる。テレビが中一の時にやって来たとするなら、このタグマッチは家で観ることができたはずだが、その記憶はない。Hは、プロレスはおろか、野球のテレビ中継も観たことはない。大相撲は観ていたかも知れないが、明瞭な記憶はない。だとすると、家にテレビが来たのは、もっと後のことではないかという疑問が湧くが、だからと言って、明瞭な記憶がないのだから、先の仮説をきっぱりと否定することもできない。その時の記憶がないのは、それほど感動しなかったからだろう。

一つだけ、手掛かりになりそうなテレビ番組の場面を思い出した。有名人に似

▼**正力松太郎**（一八八五〜一九六九年） 読売新聞の社長。戦前はプロ野球球団（「読売ジャイアンツ」の前身）を創設。戦後は日本テレビを設立。日本の大衆娯楽・文化の発展に大いに寄与した。

た人（一般市民）が登場する番組で、当時人気の三人の相撲取りに似ている人（今で言う「そっくりさん」）三人が登場した。時の横綱吉葉山と若乃花（もちろん初代）までは、明瞭に記憶しているが、もう一人はだれだったか……。似られている（?）側の当人が、三人並んでいたかどうか、これまた判然としないが、まあ、三人だったと考えるべきだろう。明瞭に顔を思い出すのは、それぞれ吉葉山と若乃花とに似た人である。吉葉山に似たとされる出場者（?）が、「横綱は愛妻家で知られますが、ご感想はいかがですか」と質問した。ずいぶん奇妙な、意味不明の質問をするものだと思った。その人の顔を鮮明に覚えているのは、そのせいかも知れない。「ご感想はいかがですか」とは、何を意味するのか？　愛妻家で知られていることについての感想を尋ねているのか。もちろんそうではなく、愛妻家振りがどのようであるかを訊いているのだ。そして、日本でよく見られるように、その意味不明な質問は、きちんと意味が通じたのである。[*]そして、吉葉山は、「イヤ〜」などと、顔を赤らめるなり、頭を掻くなり、「照れた」を意味する反応をした（白黒だから、顔を赤らめたかどうかは、分からない）。それで遣り取りは順調に成立してしまったのだ。

＊　そうは言うが、他にどんな訊き方があっただろう。「あなたは噂通り愛妻家ですか。だとしたらどの程度に、どのような具合に愛妻家なのか、エピソードを

交えて具体的に描写してください」とは、実際問題、訊けない。ある意味では、訊きたい趣が相手に伝わるなら、別に正確な疑問文をこしらえなくても良いのだ。日本では、正確な質疑応答はなかなか成立しないのであり、逆にきちんとした質問に対して、のらりくらりと的を外しながら質問に答えないことも、横行する。意図して「のらりくらり」ならまだ許せても、本気で誠実な積りでそうなってしまうのは、手の施しようがない。このあたりについて論じる余裕はないが、一つだけ、日本に横行する奇妙な質問文を挙げるなら、「あなたにとって〇〇とは何ですか?」という、意味空疎で粗製濫造の安上がりな質問である。これに対して「映画とは、私の命です」とか、「サッカーとは、すべてです」とか、訳の分からない答えが出され、お互い目出度く優しさの中で話が通じることになる。その質問はどういう意味か、などと訊き返そうものなら、優しい日本のメディアと視聴者の顰蹙を買うことになるだろう。そういう訊き返しが可能なのは、教室における教師くらいなものかも知れない。

「悲劇の横綱」と「土俵の鬼」

吉葉山というのは、時代劇のスターに引けを取らない美男で(市川右太衛門張りと言われた)人気があったが、なかなか優勝できず、一九五四年の一月場所で全勝優勝してようやく横綱昇進を果たしたが、横綱になってからは全く不振で、結局優勝はその一回だけに留まり、一九五八年一月場所で引退している。若い頃、十両昇進を目前にして召集され、戦闘で少なくとも銃弾二発を受けた後遺症もあり、さまざまな疾患に悩まされ、「悲劇の横綱」と言われた。若乃花の方は、五四年の一月から関脇を務め、五五年九月場所、西関脇で一〇勝四敗一引き分け[*1]の成績で、大関に昇進した。のちに「土俵の鬼[*2]」などと言われるようになるが、その時はまだ精悍な若者だった、と思う。だからこの番組、吉葉山の横綱昇進のあと、若乃花が新進気鋭の青年であった頃に放映されたと考えられる。となると、五四年の比較的早い時期、つまりはHが中一か、中二になったばかりの頃ということになろう。

＊1　それにしても当時は引き分けというのが、あったのだ。ちなみに、当時は年間四場所で、初場所（一月）、春場所（三月）、夏場所（五月）、秋場所（九月）だけだった。これで見ると、一年の前半は六場所制の現在と同じ頻度になるが、後半は少し休めた、ということになる。

＊2　若乃花の昇進前三場所の通算勝ち星は二八勝二引き分けで、現在の基準からすると、やや甘い。しかしやがて、先に綱を張っていた栃錦と熾烈なライバル関係となり、所謂「栃若時代」を築く。一九五八年一月に二度目の優勝をして横綱昇進、六二年五月場所まで綱を張った。優勝回数は十回、うち九回は一九五

八、五九、六〇年の三年間に果たされた。一九五八年から年六場所制になったから、この三年間、十八場所のうち九場所で優勝したわけで、優勝率五割となる。ちなみに、この三年間で栃錦の優勝は四回。ただし一九六〇年の五月場所で引退している。この間、千秋楽全勝の相星決戦を含む、千秋楽決戦が六回。まさに「栃若時代」だった。しかし、栃錦が引退すると、急速に気力が衰えたようで、六〇年九月場所の優勝を最後に優勝はなくなり、二年後の六二年五月場所で引退した。引退後は、二子山親方として横綱を二人（二代目若乃花、隆の里）、弟の大関貴ノ花（初代）などを育て、相撲協会理事長も務めたが、貴ノ花の二人の息子が横綱になるなど、大いに繁栄した。

これは、横綱栃の海、大関栃光を育てた春日野親方（栃錦）と比べても、段違いの子孫繁栄ということになろうが、Hはむしろ栃錦の方が好きだった。軽量（入幕時の体重七十五キロ）で、技の展覧会と異名をとった技能派で、後年の舞の海のような存在だったのが、ついには大横綱にまでなったのと、小岩の生まれで、何となく粋な江戸っ子の風があったためだろう。若乃花も小兵で技に秀ではいても、何となく現場の肉体労働者の粗暴さのような匂いがした、ということかも知れないが、むしろすでに栃錦への贔屓が固まっていたため、特に他の者に関心を向ける余地がなかったのだろう。

実を言うと、吉葉山の顔も若乃花の顔も、目に浮かばない。目に浮かぶのは、吉葉山に似ているとされた中年男と、若乃花に似ているとされた若い衆だけである。吉葉山当人の顔は、もちろんよく知っていたが、その「そっくりさん」は、あまり吉葉山に似ていなかったと思う。なにやら、河津清三郎*に似ているようでもあったが、これは吉葉山の時代劇スター的美貌とそれほどかけ離れはしないかも知れず、結局、この人と河津清三郎と吉葉山が辺の長さが不均等の類似の三角形をなしている、というところに収まるのかも知れない。若乃花の「そっくりさん」についていは、眼光鋭い新鋭力士たる若乃花の立会いの表情を真似するよう、司会者から求められ、ぐっとこちらを睨みつけたその顔だけが記憶にある。しかも、当時の若い若乃花の顔には、全く覚えがない。後年の「土俵の鬼」時代以降の顔が、若き日の精悍な若者の顔の上に「上書き」されてしまったかのようである。

＊　河津清三郎は、戦前からの映画スターだが、溝口健二の『祇園囃子』の芸妓遊びの好きな会社専務で、売り出し早々の若尾文子が演じる舞妓にちょっかいを出し、無理やりキスして舌を噛まれるあの男を演じた俳優。『次郎長三国志』では、大政を演じた。このキスで舌を噛まれる一件、実はかなり身につまされ、いろいろ自問自答したものだ。ホントに噛まれたら痛いだろうな、しかし、どうなったら、あれほどがぶりと噛めるのだろうか……という具合に。

『日真名氏《ひまな》飛び出す』

要するに、Hは、日本で最も早く家でテレビを観るようになった少年の一人であり、日本で最初のテレビ少年の世代に属するということになる。どんな番組を観ていたか、当然、「ジェスチャー」[*1]は観ていたたし、一九五五年四月から始まった「私の秘密」ももちろん観ていたが、番組で印象に残るのは『日真名氏《ひまな》飛び出す』である。KRT（現TBS）の連続ドラマで、日真名氏（多分、探偵なのだろう）と泡手《あわて》大作が事件を解いていく。二人はとあるドラッグストアの常連だが、その女子店員を演じるのは、宮地晴子と笹森礼子。宮地晴子は、テレビが生みだしたテレビ女優の一人として、その後もそこそこ活躍するが、笹森礼子はやがて映画に抜擢され、日活の若手女優として、赤木圭一郎の相手役などを務め、『あいつと私』では、主人公の裕次郎と芦川いずみの同級生（慶応日吉）の一人で、在学中に結婚する女子学生を演じている。中原早苗、芦川いずみ、浅丘ルリ子、清水まゆみ、吉永小百合と共に「日活パールライン」[*2]のメンバーで、要するに人気青春女優の一人となる。

＊1　「ジェスチャー」は、テレビ放送開始時に始まったクイズ・バラエティ。どうやらジェスチャー・ゲームというものは、今日でも若者の二次会などでますます隆盛を極めているらしいので、説明には及ばないだろう。「私の秘密」は、司会の高橋圭三の「事実は小説よりも奇なりと申しまして……」という科白で有

名だが、愛視聴していた割には、具体的な記憶に乏しい。高橋圭三は、これを担当したことで、大人気アナウンサーとなり、日本初のフリーアナウンサーとなって、さらに宮田輝と同時に、参議院議員に当選した。テレビ関係の芸能人の議員当選の嚆矢である。

＊2　この「パールライン」は、裕次郎、小林旭、赤木圭一郎、和田浩治、宍戸錠、二谷英明の「ダイヤモンド・ライン」に対する、女優陣のラインアップ。それしても当時、日活は生きのいい新進スターを多数擁していたなぁ。

当時、ドラッグストアなどというものは、なかった。[*1] おそらくだれもがこのドラマの中で初めてドラッグストアと称するものに出会ったのではなかろうか。今日でも、薬局ではないドラッグストアというのが、あるのか、具体的にはどこのどの店なのか、よく分からない。つまり、日本にドラッグストアというものを持ち込んだのは、このドラマなのだ。日真名氏役は久松保夫、泡手大作役は高原駿雄。久松はこのドラマで、一躍人気スターとなったが、その後、あまり役に恵まれず、やがて声優として活躍するようになる。特にクルト・ユルゲンス[*2]とバート・ランカスターの吹き替えは、独壇場だったようだ。高原駿雄は、新劇俳優から抜擢された。もともと文学座だったのが、どうやらこの頃、劇団青俳に加入したらしい。その後も、舞台と映画で演じ続けたが、あまり大きな役には当たらなかったようだ。ただ、比較的好きな俳優ではある。

＊1　この文について、ある年長の友人から、以下のようなご指摘をいただいた。御礼申し上げます。――「当時、ドラッグストアなどというものは、なかった」とありますが、有楽町駅から日比谷方面に向かった角のビル（帝劇の近く）に大きな店がありました。「ドラッグストア」といえば、そこのことでした。「進駐軍」の将校とか外国人外交官とかその家族、それに外国（アメリカ）生活の経験のあるブルジョア日本人を相手にしていたのだと思います――。

＊2　クルト・ユルゲンスは、戦後日本人にも知られた数少ないドイツ俳優。なにしろ日本人の目に映るにはハリウッド映画に出演しなければならず、ハリウッド映画に出てくるドイツ人は、ドイツ軍将兵しかいなかった。彼はその限られた条件を満たした Happy few の一人だった。逆に言うと、われわれはドイツ人の顔を、ほとんど彼によって知ったのである。代表作『眼下の敵』を始め、『史上最大の作戦』や『ネレトバの戦い』など、みなそうだが、フランスではバルドーの『素直な悪女』の酒場の主人や、『目には目を』の主役の医師など、軍人以外の役にも恵まれている。ドイツ人の顔、という点で落とせないのは、ペーター・ヴァン・アイクだ。言わずと知れた、アンリ・ジョルジュ・クルーゾー▼監督『恐怖の報酬』の、あの沈着冷静なドイツ人。ところがものの本では、彼はフランド

▼**アンリ・ジョルジュ・クルーゾー**（一九〇七～七七年）フランス映画にサスペンスとドキュメンタリー・タッチを導入した巨匠。『情婦マノン』（一九四九年）で、ヴェネツィアの金獅子賞、『恐怖の報酬』（一九五三年）で、ベルリンの金熊賞、カンヌのグランプリと、三大国際映画祭の最高賞を受賞したが、寡作。人気シャンソン歌手だったイヴ・モンタンは、『恐怖の報酬』で、俳優としての評価を固めた。

ル系だという。現に彼の姓 van Eyck は、まさにあの近代絵画の祖、北方ルネッサンスの巨匠、ファン・エイクと同一である（ドイツ語読みなら、ヴァン・アイク）。こんなところにも、思わぬ感慨の種があった。バート・ランカスターは、言わずと知れた、ハリウッドの大スターで、書きたいことも沢山あるが、キリがないので、割愛。

ドラマの中身は、何一つ覚えていない。まさに、ドラッグストアで主役の四人がにこやかに、おそらくは軽妙な会話を交わしているらしいということ以外、何一つ。どうも泡手大作は、銭形平次で言えば、ガラッパチの八五郎*の役回りで、「親分、てぇへんだ」と駆け込んでは来ないまでも、日真名氏がドラッグストアで悠然とコーヒーなどを喫しているところにやって来て、「実はですね……」などと、不審な出来事を告げ、かくして「暇な氏」は「暇なし」となる、ということのようなのだが、結構よく観ていたはずのあのドラマ、どうしてこれほど覚えがないのか、不思議なほどである。唯一よく覚えているのは、コマーシャル・ソングだ。これは三共の一社提供で、劇中のドラッグストアも、三共の直営店の設定。劇中で、日真名氏などが三共の栄養ドリンクを飲んだりしたようだが、コマーシャル・ソング、アニメで熊の親子（?）が登場。子供の方が、「どうして三共の○○は××なの？」と訊く。この××には、「良いの？」とか「よく効くの？」が入るのだが、それに対して、大きな熊さん、張りのある魅力的な低音で「それはね……」と口を開くところで、メロディーが始まり――

ミネラル、ビタミン、甘草エキス、

みんな入ってる◯◯……

この「みんな入ってる」までは、メロディーを再現できるが、あとは出てこない。

＊ガラッパチの八五郎　この通称、銭形平次が最初だと思っていたが、案に相違して、落語の熊さん、八つぁんの八五郎の渾名がガラッ八だったらしい。「ガラ」が、言動が粗野で荒っぽいという意味で、それが八五郎の頭に付いて出来たのが「ガラッ八」、さらに転じて、「ガラッパチ」そのものが、形容動詞とは相成った、わけである。

映画と違って、連続テレビ番組は、それを観たというだけでは「年代確定」ができない。数年に及ぶからだ。そして、少年期の数年は、長すぎる。少年は急速に成長するが、創成期のテレビも、同じくらい急速に成長したからだ。おそらくかなり初期のものと思われる場面で、他に思い出すのは、ある生《なま》コマーシャルである。生《なま》コマーシャルというのは、番組の中でコマーシャルを行なうもので、最近までやっていた、小堺一機の『ライオンのごきげんよう』で、番組中で製品を並べて、能書きを語ったりするアレである。最近のテレビでは、滅多に見られないが、初期には、録画の技術がなかったため、生《なま》コマーシャルは珍しくなかった。さてその生《なま》コマーシャル、確か一人は宮地晴子だと思うが、三人くらいが輪になって踊ってて、そのうちの一人が、踊りをやめて傍を見て、「あら、こんなところに△△があるわ……」などと言って、製品を手に取る、というもので、そのダサさ加減に呆れたものだ。*何となく、ランオンのコマーシャルだと思っていた。だとすると、ライオンというのは、当初から、この手のストレートすぎる生《なま》コマーシャルの巨頭だったということになる。

＊ そう言えば、例の『てなもんや三度笠』で、あんかけの時次郎役の藤田まことが、悪党どもを退治したあと、前田のクラッカーを一袋手に翳して、「俺がこんなに強いのも、当たり前田のクラッカー」と見栄を切るのも、立派な生《なま》コマーシャルで、これは少しもダサくなく、出色の出来だった。

「オタンチン・パレオロガス」

もう一つ印象に残る場面は、あるバラエティ番組で、女性が三人並んで、「ガッカリンコン・パレオロガス、ガッカリーオス・テーレッチュ」と歌うもの。「……パレオロガス」のあとに、「これはガッカリしたという意味のギリシャ語です」、「……テーレッチュ」のあとには、「これはガッカリしたという意味のラテン語です」という科白が入る。これはいつ頃の番組なのだろうか。一人はもしかしたら、またしても宮地晴子で（オイオイ、俺はもしかして、宮地晴子ファンなのじゃないか）、もう一人は、これは間違いなく、中原美沙緒[*1]だった。彼女はシャンソン歌手で、一九五五年に『パリのお嬢さん』でデビュー。だから、この場面、早ければ五五年なのだが、本当に「パリのお嬢さん」を体現したかのようなお嬢さん歌手の彼女が、そんな早くにこんなバラエティ番組に出ているとは、考えにくい。彼女、五八年十二月からKRTの連続ドラマ『あんみつ姫』の主役を演っているので、その頃かも知れない。それにしても、「これはギリシャ語です。……ラテン語です」というのは、随分とペダンチックなギャグではないか。これが受けたとすれば、当時の視聴者層、かなりレベルが高いなぁ、と思うが、「……パレオロガス」は、言わずと知れた、漱石が『猫』の中で発声した造語、「オタンチン・パレオロガス」[*2]のもじりだから、ギリシャ語なのは良いとして、「……テーレッチュ」がラテン語というのは、如何なものであろうか。

＊1　中原美沙緒は、『それいゆ』、『ジュニアそれいゆ』の中原淳一の姪で、淳一の妻の葦原邦子は義理の叔母にあたるという、いわゆる「毛並みの良い」お嬢さん。華奢で可愛らしい容姿と可憐な声で小綺麗に歌っていた。フランス語は出来たのだろうが、試しにYou Tubeで『河は呼んでいる』を聴いてみたところ、

発音指導したいところが一、二ないではなかった。それにしても、あの頃はシャンソン歌手というのがいたのだ。まさにフランスが憧れだった時代……については、またの機会としよう。

＊2　オタンチン・パレオロガスの、オタンチンは、江戸の罵倒語で、馬鹿、間抜け、の意。これは現代人（二十一世紀人）にも使われているのではなかろうか。だとすれば、わざわざ注釈は要らない。パレオロガスは、東ローマ帝国最後の皇帝、コンスタンティノス十一世パレオロゴスから来ている。彼は一四五三年、オスマン軍十万でコンスタンティノポリスを包囲した、メフメト二世からの「寛大」な降伏勧告を拒否し、二ヶ月に及ぶ徹底抗戦の末、乱軍の中に没した。彼の名は、英語ではConstantin Paleologosとなるが、発音は、コンスタンティン・パレオロガスで、語調が良いので、オタンチン・パレオロガスともじられたものだろう。このペダンチックなもじり、漱石の創案なのか、漱石が属する知識人サークルで成立していたものか、は不詳。おそらく前者だろう。

Hが高校生となる一九五六年には、『チロリン村とくるみの木』、『お笑い三人組』が始まり、翌年には、『赤胴鈴之助』*が、さらに翌五八年には、『事件記者』、『バス通り裏』、『月光仮面』が始まる。またこの頃は、アメリカ製の連続テレビ・ドラマがよく放映された。ものの本（つまりはネット）によると、五七年には、『名犬ラッシー』、『アイ・ラブ・ルーシー』が、五八年には、『パパは何でも知っている』が始まっている。これらの連続ドラマのうちどれを観ていたかと言うと、『事件記者』と『パパは何でも知っている』は、愛視聴（？）していた。『お笑い三人組』や『赤胴鈴之助』も、よく観ていたようだが、あまり明確な覚えはない。『バス通り裏』も、時々観ていたような気がする。ただ、連続ドラマの場面に覚えがあると言っても、「年代確定」に役立たないのは、先に述べた通りだ。例えば『パパは何でも知っている』は、アメリカ中西部の都市に住む五人家族の日常を描くものだが、これが日本で放映されたのは、一九五八年八月から一九六四年三月まで六年の長きにわたる、ということが、今調べて分かってみると、思ったより随分と後だと気付かされる。ほとんど学部時代で、大学院時代にも及んでいる。これで覚えているのは、ある日、ママがちょっとした「無断外出」をしてしまう回と、姉のベティが、近くの空軍基地のパイロットと恋仲になる回だが、特に後者は、おそらく終わりの方のエピソードだろうから、Hはすでに学部を終えていたかも知れない。

アメリカのホーム・ドラマは、アメリカ人の日常生活の模様を覗かせてくれる、言わば American way of life のショーウィンドーであるが、『ブロンディ』（本書、一五九頁を参照）のような漫画や絵入りの物語よりは、リアルな動く映像であるテレビ・ドラマの方が、ショーウィンドー効果が格段に優れているのは自明であろう。その点、「なんでも知っている」賢く頼れるパパと、主婦としての能力に優れた優しいママの下で、伸び伸びと育って行く三人の子供たちという、まことに理念型的な家族（子供三人というのは、合計特殊出生率としても理想的な数であろう）を提示するこのドラマは、それ自体が理念型的なアメリカン・ホーム・ドラマだった。

『アイ・ラブ・ルーシー』の方は、ほとんど観ていないから、はっきりしたことは言えないが、ニューヨークのアパートメントに、歌手でバンドリーダーの夫と住む、ちょいとばかりドジな女性の巻き起こすドタバタ・コメディのようで、日本での人気はどうだったのだろうか。

＊『赤胴鈴之助』で特筆すべきは、これが吉永小百合のデビュー作だということである。当時、彼女は小学六年生、公募でラジオ・ドラマのヒロインに当選、遅れてスタートしたテレビ・ドラマでも、引き続き同じ役（千葉周作▼の娘、千葉さゆり）を務めた。彼女が歌っている場面は今でも覚えている。こんな美少女がいるのか、と見とれたものだ。もう一つ覚えているのは、横車押之助を演じる大平透が、腕組みして思案しているところ。彼はむしろ声優で、『スーパーマン』の主役の吹き替えで人気を博した。その声優の姿を初めて目にしたので、記憶に残っているのだろうか。

一九五八年十月には記念碑的ドラマ『私は貝になりたい▼』が放映され、十二月に

▼**千葉周作**（一七九三〜一八五六年）幕末の剣豪、北辰一刀流の創始者。神田お玉が池の千葉道場（玄武館）は、竹刀を用いた、合理的・実践的な稽古法で指導し、人気が高く、清河八郎、山岡鉄舟などの人材を輩出した。その指導法は、現代剣道にも通ずる。

▼**『私は貝になりたい』** 橋本

は東京タワーが完成、一般公開される。大学に入学する五九年四月には、皇太子ご成婚（あのミッチーとの結婚）があり、これがテレビ受像機の飛躍的普及に貢献したと言われる。五八年にはまた、例の『マンモスタワー』が十一月に放映される。これは、当時二十五歳の白坂依志夫《よしお》という新進気鋭のシナリオライターが脚本を書いたもので、タイトルはもちろん、間も無く一般公開を迎える、あの東京の空に屹立する東京タワーを暗示している。テレビ・ドラマを「電気紙芝居」と呼び、「テレビ恐るるに足らず」と、己の隆盛に胡座をかいていた映画界と、勃興するテレビ界の緊張関係を、おそらく初めて描いたドラマである。映画会社重役に名優森雅之、彼の義弟でテレビディレクターが滝田祐介、そして何と、無声映画の弁士だった老人までが登場し、これが森繁久弥。つまり、無声映画（活動写真）、映画、テレビという、歴史の中で興亡した三つの大衆映像娯楽を体現する人物形象が、顔を合わせるわけである。撮影所所長の森雅之は、ある若い大部屋女優の奔放な個性に目をつけ、スターに育て上げようとしていたが、彼女はやがてテレビ局の専属タレントになってしまい、歌って踊れるスターとして花開く。その父親が活動弁士の森繁で、ドラマは、森繁が昔語った映画口上を滔々と語り続けるところで終わる。トーキーが出現したことで、無数の活動弁士たちは失職に追い込まれたわけだが、こうして森繁は、諸行無常、盛者必衰、奢れる人も久しからず、の理《ことわり》を、全盛期の

忍脚本、フランキー堺主演で、一九五八年に放映されたテレビドラマ。上官の命令で捕虜の殺害を強制された庶民兵が、C級戦犯として処刑される物語。タイトルは、その主人公が遺書に「もう二度と人間に生まれて来たくない。生まれ変わるなら、深い海の底の貝になりたい」と記した言葉から。思えばこのセリフ、人間中心主義《ヒューマニズム》の否定と輪廻転生思想で、いかにも日本的な発言である。早くも翌一九五九年、同じフランキー堺主演で映画化され、また二〇〇八年にも、中居正広主演でリメイクされた他、一九九四年には、所ジョージ主演で、テレビドラマとしてリメイクされている。

映画界に向かって示唆するわけだ。ちなみに、ある資料によると、この年（一九五八年）はまさに映画入場者数が最大（一一二万七千四五二人）を記録した年であり、あとは減少の一途をたどって行くことになる。

テレビドラマ『マンモスタワー』

白坂依志夫というのは、プレイボーイ気取りで、何と中川三郎▼の長女、タップダンサーの中川弘子と結婚して、得意満面で新世帯写真に納まっている、気障でいけ好かない男だと思っていたが、二五歳そこそこだったとすれば、それもやむを得ないか。このシナリオだって、ほとんど記号そのものでしかない人物形象をバサバサッと放り込むだけの、説明過多の、深みも趣もない、乱暴な作品だと思っていたが、それは確かにそうではあるにせよ、日本社会が経過しつつある大変動の概要をそれなりに集中的に示して見せたエスキスとして、相当に評価できるのではなかろうか。

このドラマの前に、彼は『巨人と玩具』のシナリオを書いている。これは言うまでもなく、開高健の小説（芥川賞受賞の『裸の王様』の直前の作）の映画化で、監督は大映の新鋭増村保造。キャラメルの販売促進競争の中で、貧困家庭の少女をスカウトしてスターに仕立てたのち、自社のキャラメルのイメージ・キャラクターに採

▼**中川三郎**（一九一六〜二〇〇三年）日本人で初めてのタップダンサーで、社交ダンスの普及活動家。マンボ、チャチャチャ、ツイスト、ボサノヴァ等、新たなダンスの導入・紹介に努めた。

用して売り上げを伸ばそうと企てる気鋭の宣伝部課長の物語で、その少女に野添ひとみ、課長は高松英郎、その部下が川口浩。野添ひとみは、まあ、綺麗で可愛いくて、しかも「高嶺の花」感のない女優だったが、川口松太郎の息子で、大映の若手スターだった川口浩と、やがて結婚する。この映画の役は、清純派の彼女としては汚れ役のような気味もあるが、清純派の枠をぶち壊して新たなキャラクターの可能性を切り開いたもので、まずは女優としての代表作と言えるだろう。「巨人と玩具」とは、社会ないし企業という巨人に、個人はまるで玩具のように玩ばれるというほどの意味だが、小説としては（そして映画としても）、広告宣伝という、資本主義社会の商品販売活動の最先端をなす分野を、おそらく初めて題材とした作品だった。開高健は、サントリー（当時は壽屋）の宣伝部*の社員で、自身、この宣伝という分野の最先端にいた。そういう人間が、芥川賞を取り、自分の知悉する世界――企業活動の最先端――を描く作品を書いたというのは、やはり画期的なことではあった。

＊　当時、壽屋の宣伝部には、開高の他に、山口瞳やイラストレーターの柳原良平▼などがいた。山口は、開高の推薦で入社して、コピーライターとして活躍（「トリスを飲んでHawaiiへ行こう」など）したのち、『江分利満氏の優雅な生活』で直木賞を受賞（一九六三年）。バーに腰掛けてトリスを飲むと、顔の下の方にトリスが溜まり、次第に水位が上がって、やがて顔全体が赤いほろ酔いの色に沈

▼**柳原良平**　『アンクル・トリス交遊録』（旺文社文庫、一九八三年）

没するという、アンクルトリスのイラストは傑作。

『マンモスタワー』は、映画とテレビの対決を、興隆・成長する日本の経済活動の象徴たる東京タワーという「エンブレム」の下で描いたものだが、『巨人と玩具』は、広告宣伝の世界の内情を初めて描いて見せることによって、広告宣伝という活動ないし業務の公認（「聖別」と言ってもいい）を行なったと言える。おそらくそれ以前には、広告宣伝というのは、精々ポスターや大きな看板を作る仕事だったが、テレビの発展とともに、テレビ・コマーシャルという圧倒的な仕事が出現した。ラジオにもコマーシャルというものはあっただろうが、あまり印象に残らなかったのではなかろうか。そこへ行くと、音に映像が組み合わさったテレビ・コマーシャルは、爆発的な効果を発揮した。これ以降、広告宣伝は、流行を産み出し、社会の動向をキャッチして増幅し、それが新たな世界と社会と生活の見方《ヴィジョン》の提唱へとつながる、という具合になって行く。広告宣伝のエキスパートだった男が、日本文学をリードすると目される作家となり、その男の書いた『巨人と玩具』という小説の映画化のシナリオを書いた男が、その同じ年（一九五八年）に、まさにその年に完成する東京タワーという、怪物じみたタワーの陰で進行するテレビの勃興を描く『マンモスタワー』を書いたということ、これはまことに意味深長である。マンモスタワーとは、この作中では、まさに個人を玩具のように玩び、踏み潰す、巨大な存在

（社会、組織、企業）を象徴してもいた。それは、四本の巨大な脚を、まるで蛸のように広げているモンスターさながらの、真下から見上げたタワーの映像をバックに、「踏み潰されたら、大変だ」と歌うオープニング曲が、示していた。勃興する日本経済とその首都東京の活力の象徴でもあり、かつまた人々を蹂躙する資本主義社会の非情さの象徴でもあるこの巨大タワーは、まさに圧倒的に存在する実体の常たる両義性《アンビヴァレンツ》を備えていた、ということだろう。

テレビ視聴の個人史

まあ、このあたりまでが日本のテレビの黎明期だとすると、それはまさにHの少年期（「中等教育期」と言おうか）と重なる。そういう意味では、日本でテレビ放送が始まった年に中一だったHはまさに、日本最初の真正なテレビ少年世代の一員だったと言えよう。つまり、日本でのテレビの歴史のスタートからテレビに付き合っている世代、とはいえ、生まれながらにしてテレビが存在し、テレビというものが天然自然の所与であったわけではなく、それまで存在しなかったテレビが期待や希望や憧れの的として誕生し・到来する現場に立ち会った世代であり、録画技術もなく、ぶっつけ本番の緊張とリスクの中で、テレビ・ドラマがより良き品質を目指して苦労を重ねる模索に付き合った世代である。

しかし、発展期のテレビで活躍することになるテレビの申し子たちは、当然ながら、もう少し年上でなければならない。――前田武彦（一九二九年・芝）、いずみたく（一九三〇年・谷中）、青島幸男（一九三二年・日本橋の仕出し弁当屋の息子）、永六輔（一九三三年・元浅草の寺の住職の息子）、大橋巨泉（一九三四年・両国のカメラの部品製造・小売店の息子）、萩本欽一（一九四一年・下谷区稲荷町）、ビートたけし（一九四七年・足立区島根）、テリー伊藤（一九四九年・築地の場外市場の玉子焼屋の息子）……。思いつくままに、テレビの申し子たちを挙げてみると、こんな具合になる。萩本欽一とビートたけしは、折角調べたのだから、並べておこう、くらいのところだが、テリー伊藤は、掛け値なしに、テレビの申し子の第二世代の代表と言えよう。こう並べてみると、みな東京都心の下町生まれ（ビートたけしは、まあ、下町の外縁だが）であることに、着目せざるを得ない。下手な説明を試みることは差し控えるが、へェー、なるほどねぇー、と妙な感服をしてしまう。

テレビは下らない、というのは、少なくともテレビ全盛期（ドリフとたけしの全盛期）までの、道徳化的言説であった（テレビ衰退期の二十一世紀には、こうした言説はとんと聞かれなくなった。テレビは、下らんと非難するにも値しなくなったのだろうか）。もちろん下らない番組は沢山あったが、面白い番組もかなりあった。確かにテレビばかり観ていると、本も読めないし、勉強もできない。Hは高校受験に失敗するが、それがどれくらいテレビのせいなのか、判定のしようはない。確かにテレビはよく観ていたが、他のこともいろいろやっており、いわゆる「勉強」が不十分になったのは、テレビだけの所為ではない。それに高校受験に失敗はしたが、失敗した結果入った高校では、そこそこ幸福な生活を送った（その当時は、そうは思わなかったが）。あるいは、失敗しなかった場合よりも、幸福だったかも知れない。ただ、のちに大学教師としてのキャリアを重ねる中で、多少肩身の狭い思いをすることがなかったわけではないが、それとてもさしたる不都合とはならなかった、と思う。

一度だけ、テレビを観ない時期があった。かなり若くして結婚し、独立した新世帯を営んだ時、テレビ受像機を持たなかった。一つは貧しくて、買えなかったからでもあるが、まあ、テレビに精進の時間を奪われるのを忌避したからでもある。その後、実家に転がり込んだり、妻の実家に転がり込んだりした時は、自分のものではないテレビ受像機を観させてもらう立場となり、フランスに留学した二年間も、当然テレビ受像機を自室に備えることはなかった（実はこれは後悔している）。帰国後しばらくして、現在の居住地の近くに借家をした時、初めて自分でテレビ受像機（カラーになっていた）を購入した。それで初めてカラーで観ることになったのは、夏の甲子園だった。原辰徳が、東海大相模の一年生で出て来たときだ。実は、それまで高校野球など観たこともなかったのだが、この「邂逅」で、高校野球の面白さに「目覚めた」。まあ、日本人男性の基本的素養の一つのイニシエーションを受けたわけである。それ以来、甲子園は結構観ている。少なくとも、準決勝、決勝くらいは、大体観る。

『華氏四五一』

野球は別として、テレビそのものは、ずっと観ている。要するに、テレビ始まって以来のテレビ愛視聴者（?）のままである。家に帰って、リヴィングに入ると、まず最初にテレビを点ける。二階の書斎から階下に降りてくると、リヴィングに入って最初にすることは、テレビのスイッチを入れることだ。ほんの十分くらいリヴィングにいるだけでも、その間テレビは点いているわけである。まさにテレビ中毒。フランソワ・トリュフォーの『華氏四五一』*（一九六六年）の描く近未来の世界だ。あの映画で、主人公の家ではバカでかいテレビ・スクリーンが壁面を占めており、常時映像が流れている。ジュリー・クリスティ扮するセクシーな妻は、一日中テレビを観ていて、夫が帰宅すると、今テレビで習ったばかりの柔道の技を夫に試そうと夫の足を足で払う。つまり、テレビに侵され、テレビに依存する、無思考な女というわけである。映画の設定した近未来が、西暦何年なのか、あるいは何年かは明示されていないのか、実は原作を読んでいないため、詳らかにしないが、ジョージ・オーウェル▼が一九四九年に設定した近未来が一九八四年であることを考えるなら、そしてまた、SFが設定する近未来というものは、「近未来」というものの本質からして、せいぜい半世紀先くらいでなければならないとすれば、一九五三年に刊行されたこの小説が暗に想定する未来は、遅くとも二〇〇〇年前後と考えられよう。だとすると、その未来の社会がそのようになったのは、それよりかなり以前のこと、例えば平成元年あたりでなければならないだろう。というわけで、我が家のリヴィングにも、トリュフォーの映画が見せているような大きなスクリーンが設置されていて、その前に人がいる限り不断に映像を流し続けているのである。しかしその一方で、諸悪の根源にして象徴だったテレビそのものは、もはやアクティヴな世代の主要なメディア・ツールではなくなって、害悪を垂れ流す力もない。実《げ》に時の経つのは早いもの、ということなのか、それとも、過去となったものは現在に対してそれぞれ直接に繋がるため、それら相互の時間的隔たりは解消されてしまう、あの時というもののメカニズムのせいなのか。

＊この映画の原作は、レイ・ブラッドベリのSF小説。原題は Fahrenheit 451で、同じだが、小説の邦題は『華氏四五一度』であるのに対して、映画の方は『華氏四五一』となっている。訳としては、もちろん小説の方が正確で、華氏

▼ジョージ・オーウェル（一九〇三～五〇年）まず何よりも、スペイン内戦に義勇兵として参戦し、その体験を描いた『カタロニア讃歌』（一九三八年）の著者であるが、全体主義のディストピアを描いた代表作『一九八四年』を書いたのは一九四八年、刊行は翌四九年である。わずか三十五年後の未来を描いているわけで、それだけ設定したディストピアの危険性が切迫していたということだろう。今から振り返ると、一九八四年というのは、ソ連邦・共産圏崩壊の直接のきっかけとなったゴルバチョフの登場（ソ連共産党書記長に就任）の一年前であること、これは何やら妙なめぐり合わせである。

四五一度とは、紙が燃え始める温度（摂氏ならほぼ二三三度）である。小説は、アメリカでマッカーシー旋風▼が荒れ狂った一九五三年に書かれもので、テレビというソフトパワーと権力機構による弾圧を組み合わせた文化・言論の抑圧というディストピアを描くものと言えそうだが、読んでいないため、断言はできない。物語を辿るにしても、あくまでも映画に依拠するしかない。

主人公の職業はファイアマン（消防士）。ただしこの国では fireman とは、まさに fire する人である。というのも、ここでは本を読むことが禁じられており、本を所有するのは犯罪となる。本が見つかると、この firemen が出動し、本を焼却する、つまり「焚書」を行なうのである。彼は通勤電車（サフェージュ式モノレール▼）で良く見かける女性（ジュリー・クリスティの二役）と親しくなるが、彼女は本への弾圧に抵抗する地下運動のメンバーで、その影響で彼は自分の職業に疑問を抱くようになり、やがて犯罪者として追われるようになる。そして、彼女に連れられて、人里離れた森の奥へと分け入って行くと、そこには地下組織のメンバーが暮らしている。彼らは、本が焼かれても、その中身が残るように、本の中身を暗記するのである。どうも一人が一冊の本を暗記するのが規則のようで、彼女が引き合わせる人間はみな、自分の担当の本のタイトルで自己紹介する。担当の本の暗記は、次世代にも引き継がねばならず、ある老人は、担当の本を孫に暗唱して暗記させてい

▼**マッカーシー旋風**　ウィスコンシン州選出の上院議員ジョゼフ・マッカーシーが、一九五〇年に「国務省内の共産主義者のリスト」の存在を示唆したことをきっかけとして吹き荒れたマッカーシズムの「赤狩り」旋風のことであるが、これの主たる舞台となったのは、下院の非米活動委員会であり、マッカーシーは上院議員であるから、この委員会の委員ではない。彼は、一九五三年より上院政府活動委員会常設調査小委員会委員長として強引な調査を進めたが、一九五四年十二月二日に上院はマッカーシーに対する譴責決議を可決している。一方、下院の非米活動委員会は、終戦直後より、親ソ連のスパイ活動の摘発・告発を行なっており、有名なハリウッドでの赤狩りは、一九四七年がピークとなっている。したがって、赤狩りとマッカーシー旋風そのものとは、やや異同があるということだろう。

たが、今まさに最後の一行を孫が暗記し終わった時、その老人は息絶える。要するに彼らは、生ける書物たちで、全体として生身の人間たちからなる図書館をなしているわけである。それらの書名は覚えのあるものばかりだったが、今思い出そうとしたら、一つしか出てこない。それは『君主論』▼だが、なぜそれだけ覚えているのか。その頃、読もうと思っていたからかも知れないが、多分、他のと比べて意外だったからだろう。いずれにせよ、それらの担当の本の中には、長いのや、難しそうなのがあって、どうも責務としては不均等だな、と思ったりもしたものだ。ただそれもご愛嬌と言うべきで、過度の正確さ・リアリズムを避けて、メルヘン調を維持しようとした、トリュフォーの（そしてもしかしたら原作者の）企みなのだろう。原作が刊行されたのは、一九五三年。奇しくも日本のテレビ元年に当たる。もちろんアメリカでは、一九四一年、日米戦争が勃発した年にテレビ放映が始まっているようであるから、テレビの文化的脅威への痛烈な批判の書が登場する準備期間は、十分あったと言えるだろう。

テレビと家族団欒

テレビを観なかったら、俺はもっとマシになっていただろうか、と自問することはないではない。ほとんど何かの手続きをするようなノリで、自問する。例えば、

▼サフェージュ式モノレール　軌道桁の下面の中央部が溝のように開いており、下面をゴムタイヤで走行する台車の下に車両がぶら下がる形になっている。サフェージュ（SAFEGE）とは、「フランス経営経済研究会社」の略称。日本では、千葉都市モノレールと湘南モノレールがこの方式。なお、映画『華氏四五一』は撮影にあたって、SAFEGEがオルレアンに建設した実験線を使用した。

夕食後、寝るまでの一、二時間について、もっと有効な使い方をしていたら……というわけだが、寝る前の蛍光（液晶ディスプレイ）は、睡眠導入を撹乱すると、どこかで聞いたことがあるし、軽い本を読むのはいいかも知れないが、本当に軽い本なら、読むには及ばない。クラシックの名曲を聴く、というのは一つの手だが、これは結構集中と緊張が必要となるのではなかろうか。まあ、多少マシになっていたかも知れないが、おそらく人格的バランスは崩れていただろう。テレビのお陰で、ノイローゼにも鬱病にもならないで、これまでやって来られた、ということではなかろうか。

一つだけ、明らかなテレビの弊害を挙げるとすれば、それは家族団欒の微妙な阻害である。食事の時にはテレビを観る。テレビ・ドラマで家族が食卓を囲む時、こちら側には人がいない。本来なら、向こうを向いた人の背中が映るべきところなのだが。それはテレビ・カメラのいる側で、食卓の四辺のうちの一つには、まるで食卓を囲む家族の一人のようにして、テレビ・カメラが着席しているわけである。そして現実の「お茶の間」では、そこはおそらくテレビ受像機が鎮座する場所なのだ。*ドラマの中では、家族の成員たちは、大なり小なりテレビ・カメラの方を見ながら食事をする（この機能主義的戯画とも言うべき名場面は、家族が横一列でご馳走を食べる、森田芳光の『家族ゲーム』の高校受験合格家族祝賀会であろう）。そして、現実

▼『君主論』　もちろんマキャヴェッリの名著（一五三二年）。このタイトルは、イタリア語で Il Principe、フランス語だと Le Prince となる。前に、Le nouveau Prince という本を、おそらく『新君主論』と訳すべきところ、『新たな王子』と訳した人がいたらしい。

の中では、家族の成員たちは、同じ位置に置かれたテレビ受像機に目と耳を向けながら、互いに話をすることなく、食事をするわけである。

＊もし、例の渡辺正行少年のように、この世界の至る所にテレビ・カメラが仕掛けられていると思い込んだ人間なら、テレビ受像機の画面こそ、最も格好の仕掛け場所と思っただろう。鏡とかテレビ受像機とか、人が見つめるものほど、「視る」装置としては打って付けだろう。人々の顔を真正面から捉えられるのだから。鏡が「視る」装置になるとなると、例の取調室のマジックミラーのようなものになるだろうが、そういう隠しカメラ設置の犯罪も、確か発生していたと思う。ただ、鏡にせよテレビ受像機にせよ、「見つめられる」装置であるだけに、「隠れる」能力は劣るのではないか。つまり、発覚するリスクは高いのではなかろうか。それにしても、『リング』の貞子は、テレビ受像機の中から這い出してくるのだから、それまでずっと、テレビ受像機の中からこちらを視ていたことになる。これは怖い。

テレビを視聴すると、飲食はできるが、会話はできない。どうもテレビの享受の仕方は、男と女でかなり異なるようで、男はテレビに集中するが、女はお喋りしながらテレビを視聴するのが好きなようだ。よく恋人同士が二人で仲良くテレビを視聴すると、大喧嘩になると言う。例えば、サッカーなどを観ている時、女は、この選手はイケメンで素敵だとか、最近どの女性タレントと結婚したとかいう話題を次々と持ち出して、楽しく歓談しようとするが、男にとってそれは、折角のゲームを固唾を飲んで見守る邪魔でしかない。サッカーならまだしも、ドラマやニュース・ショーだと、女の高い声が、肝心の科白を掻き消してしまう時もある。「今何て言った?」と訊くと、聞き漏らしたほんの一、二シラブルだけでなく、ご丁寧にワン・フレーズを繰り返し、あまつさえ説明まで加えようとする。これは親切な、もしくは親切と見られたい人間にありがちなことで、道を訊くと、余計なことまで教えてくれようとする、大阪の(失礼!)オバハンなどと同じパターンだ。要するに、男にとってテレビは、観る以上は、一瞬たりとも見逃さぬよう視聴すべきものなのである。多くは大して重要ではない科白ばかりだとしても、時々、聞き漏らしたくない言葉が飛び出す。いつそれが来るか分からないから、じっと視聴し続けるしかないのだ。団欒と両立するはずはない。娘がいた頃は、画面の進行の合間に差し挟む論評が、それなりに興味深くもあり、教えられることも多かったのだが……。

日本の家庭の何パーセントが、テレビで団欒を阻害されているかは、分からない。まあ、相当な割合だと思うが、かと言って、テレビを排除して団欒を尊重しようとすると、それはそれで結構しんどいのではなかろうか。まあ、テレビへの過度の集中を避けながら、騙し騙し食事をするしか手はないのだろう。

あとがき

「はしがき」でも書いたことだが、本書の諸編、もともとなんらかの構想の下に書かれたものではない。それまで同人雑誌『飛火』には、やや薄めた「研究論文」的なものやサルトルの訳などを載せていた。「仁古田再訪」も、あそこに書いたような経緯があって、初めて書かれたものである。ただ、戦時中に縁故疎開で匿ってくれた家の現在の当主の許を、たまたまその近くに居住する教え子と訪れて、三人であの頃の話をするという状況は、何やら稀有な特権的なものだった。「あの頃」のことを語り合う二人に、もう一人、若い立会人というか証人がいるわけで、時として、その第三者に話柄の説明をする必要があったからである。そこで、この経緯と会話をそのまま書けば、面白いものが出来そうだと思ったのだが、書き始めてみると、まさにそれは「失われた時を求める」ことに他ならなかったのである。

そこで今度は、自分の誕生から始めて、過去（戦時中が少しと終戦直後が大部分）を振り返るという着想が生まれた。しかし実は、これほどの量になるとは思っていなかった。二回くらいで終了、というのが、当初の「見込み」だった。ところが、書き始め、書き進むに連れて、思い出が次々と沸き起こり、押し寄せて来た。それらの思い出の場面のあれこれを、どうやって配置していったら良いのか。ご覧の通り、時系列で区切って漸進する一つの物語にはしなかった。その都度、異なるテーマの下に、思い出が時間を超えて集められ、組み合わされる、という形をとることになったのである。だから「連載」ではなく、まさに「連作」と呼ぶべきものである。ただ便宜的に「一回、二回」と呼ぶことはあろうが。

こうして押し寄せた過去の場面には、まだ書かれていないものも多い。「連作」は完結していないのである。すでに二年前頃から、これらを本にしたいという意欲が生まれ、あちこちに相談し始めた。これを大いに評価してくださって、親身になって奔走してくださった方もいる。その時には、出版の目処が付いたら、さらに三編ほど書き下ろして……と考えていたが、結局、今回は取り敢えず現有の六編のみをひとまず刊行することにした。考えてみると、あと三編書き下ろすのも、なかなか大変である上に、もしかしたら三編では収まらないかもしれないのである。

できれば続編を出したいと思ってはいる。現に今回の作品の中には、その後の展開を予告しているものもあり、楽しみにしてくださる方もいないではない。ご期待くだされば幸甚である。とはいえ、この調子で、高校、大学まで進んでいくつもりはない。やはり人間、面白いのは幼少期だろう。「ある青年H」、「ある中年H」……「ある後期高齢者H」

などというのは、ぞっとしないではないか。

この際、各編の初出一覧をお示ししておこう。二〇一五年六月から一七年一二月まで、雑誌『飛火』の四八号から五三号にわたって掲載されたものであるが、「二　父親のこと」以降のものでは、「ある少年H　父親のこと」という具合に、本書で掲げたタイトルの前に、総タイトルが掲げられる形になっていた。また、「五　テレビ少年第一世代」は、「ある少年H　初代テレビ少年世代」となっており、分かりにくいとのご指摘をいただいていた。そこで今回、変更した次第である。

ご覧の一覧では、煩雑を避けて、初出タイトルではなく、本書でのタイトルで表示してある。

仁古田再訪——わが A la Recherche du temps perdu	『飛火』第四八号	二〇一五年六月
一　ある少年H	『飛火』第四九号	二〇一五年一二月
二　父親のこと	『飛火』第五〇号	二〇一六年六月
三　「性に目覚める頃」	『飛火』第五一号	二〇一六年一二月
四　才能ある（?·）少年	『飛火』第五二号	二〇一七年六月
五　テレビ少年第一世代	『飛火』第五三号	二〇一七年一二月

こうして一冊の本として刊行されるに当たって、まず感謝の意を表したいのは、『飛火』の編集担当、臼田紘氏にである。そもそも『飛火』に同人として誘ってくださったのも、大学院時代よりの親友である氏であり、この雑誌が現在の私にとって、いかに貴重な表現の場となっているか、を言い出したら切りがなくなるが、今回の作品についても、「ある少年H」を入稿した際、「大変面白い」との評が直ちに彼から帰ってきた。変わり者の祖父のことなどを洗いざらい書き綴ったものだから、「やばい」のではないかと気掛かりがないではなかったところにこの評、大いに気を良くし、何よりも安堵したものである。

次に、『飛火』に掲載中に、ご厚意溢れる評や貴重なご指摘をお寄せくださった友人読者のみなさんにも、この機会に改めて御礼申し上げたい。一々お名前を挙げることはしないが、重要なご指摘をくださった方の何人かは、ご了承を得た上で、本文中にお名前を挙げさせていただいた。また、本書の帯に素晴らしい推薦文をお書きくださった福岡伸一氏にも、心からなる謝意を表するものである。氏とは、現役の頃よりご昵懇に願っている仲だが、今回、筋違いを承知でお願いしたところ、ご快諾いただいた。そこで雑誌掲載のものをお見せしたところ、大いにご評価くださり、特に「性に目覚める頃」は「いい感じ」と言ってくださった。まことに慧眼の士と感服した次第である。

最後にもちろん、出版者、吉田真也氏には、御礼の言葉もない。実は吉田氏との仲は、ＡＰＥＦ（フランス語教育振興協会）主催のフランス語研修旅行に遡る。一九九四年の夏、ロワール川の畔、トゥールに引率した二十数人の、日本全国から集まった学生のうち、氏は唯一の男性だった。勢い、氏とは「男同士」仲良く付き合うことが多く、トップレス全盛期の市民プールなどに一緒に出かけたりもしたものだ。氏はその苗字から「よっちゃん」と女子学生陣からもてはやされたが、現にその時のメンバーの一人と結婚されている。東京都立大学で御厨貴教授の薫陶を受けた氏は、日本経済評論社などで編集者として修行を重ねたのち、二〇一一年に独立、これまで主に政治・歴史・社会関係の書籍を出版されているが、柏倉康夫氏のものなど、文化・文学関係の良書も数多く送り出されている。

この一年有余、難航する出版計画にいろいろご助言をいただいた上、最終的に、適切な行き場のない計画を引き受けてくださった。その決断は、かなりのリスクを氏に背負わせるものであったろう。結果的にリスクが大幅に軽減されることを、祈るしかない。それから の数ヶ月、氏との共同作業は実に快適なものであった。特に、欄外註と小見出しは、氏のご提案によるものであり、欄外註の選定は、大幅に氏のご助言を容れて行なわれた。

この間、ゲラなどで何度か作品を「再読」することになったが、それはその都度、幸せな快楽の経験であった。こんなに楽しんでしまって、人様に申し訳ない、もうこれだけで十分です、と言いたいところだが、どっこい私の煩悩はまだまだ収まらない、と来ている。

こうして「あとがき」を書き終えるに当たって、本書をお読みくださる方にも、一言御礼を申し上げるとともに、お願いしたいことがある。ここに書かれたこと、記憶をもとに、「ものの本」などで調べて確認し補足したものであるが、あるいは私のとんだ勘違いなどもあるかもしれない。例えば、映画を語る際など、基本的には思い出だけで書いている。そこで、思い違い、誤りを発見された時は、どうぞご指摘戴きたいのである。何卒よろしくお願い申し上げます。

二〇一九年四月吉日

石崎　晴己

著者紹介

石崎 晴己（いしざき・はるみ）

1940年生まれ。青山学院大学名誉教授（文学部長、総合文化政策学部長等を歴任）。

1969年早稲田大学大学院博士課程単位取得退学。

ジャン＝ポール・サルトルを専攻、ピエール・ブルデューやエマニュエル・トッドの紹介・翻訳でも知られる。


訳書に、サルトル及びサルトル関係として、サルトル『戦中日記——奇妙な戦争』（共訳、人文書院）、『敗走と捕虜のサルトル』（藤原書店）、アンナ・ボスケッティ『知識人の覇権』（新評論）、アニー・コーエン＝ソラル『サルトル』（白水社）、ベルナール＝アンリ・レヴィ『サルトルの世紀』（監訳、藤原書店）、A・コーエン＝ソラル『サルトル伝』（藤原書店）。

エマニュエル・トッドのものとしては、『新ヨーロッパ大全』Ⅰ・Ⅱ、『移民の運命』、『帝国以後』、『デモクラシー以後』、『文明の接近』、『アラブ革命はなぜ起きたか』、『最後の転落』、『不均衡という病』、『家族システムの起源』Ⅰ・Ⅱ（いずれも藤原書店）。

他に、ピエール・ブルデュー『構造と実践』、『ホモ・アカデミクス』（いずれも藤原書店）、エレーヌ・カレール＝ダンコース『ソ連邦の歴史Ⅰ レーニン——革命と権力』（新評論）、『レーニンとは何だったか』（共訳、藤原書店）、ロットマン『伝記アルベール・カミュ』（共訳、清水弘文堂）、セリーヌ『戦争、教会』（国書刊行会）など多数。

編訳著書に『いまサルトル』（思潮社）、『エマニュエル・トッド世界像革命』（藤原書店）、編訳書に『トッド　自身を語る』（藤原書店）、編書に『21世紀の知識人』（共編、藤原書店）など。

ある少年H

わが「失われた時を求めて」

2019年6月1日　初版第1刷発行

著　者　石崎晴己

発行者　吉田真也

発行所　合同会社 吉田書店

102-0072　東京都千代田区飯田橋 2-9-6 東西館ビル本館 32

TEL：03-6272-9172　FAX：03-6272-9173

http://www.yoshidapublishing.com/

装幀　野田和浩

DTP　閏月社

印刷・製本　中央精版印刷株式会社

定価はカバーに表示してあります。

ISBN978-4-905497-75-2